Ragnas Spiegel

Bewusst Sein verändert Familienstrukturen

Isabel Kirschner

Isabel Kirschner

Ragnas Spiegel

Bewusst Sein verändert Familienstrukturen

Roman

Impressum

Bibliografische Information der Deutschen Nationalbibliothek:
Die Deutsche Nationalbibliothek verzeichnet diese Publikation in der
Deutschen Nationalbibliografie; detaillierte bibliografische Daten sind
im Internet über http://dnb.dnb.de abrufbar.

Verlag: BoD • Books on Demand GmbH, In de Tarpen 42,

22848 Norderstedt

Druck: Libri Plureos GmbH, Friedensallee 273, 22763 Hamburg

ISBN: 978-3-7597-8512-1

Inhalt:

Geprägt von den Mustern der Vergangenheit machen sich fünf Familien auf die Suche nach ihrem Herzensweg.

Samuel steht seit dem Tod seiner Frau vor großen Herausforderungen mit seinen pubertierenden Kindern.

Außergewöhnliche Wege wählt Monika, als ihre Tochter den Kontakt mit den Enkelkindern einschränkt.

Anton hatte sich die Elternzeit mit drei Kindern entspannter vorgestellt.

Die Ehekrise von Ines hat gravierende Folgen für ihre Kinder.

Als die WG mit ihrem guten Freund in Gefahr gerät, erkennt die alleinerziehende Simone ihre wahren Gefühle.

Der Besuch eines spirituellen Erziehungsseminars schenkt den fünf Familien Orientierung auf ihrem Weg.

Wird es ihnen gelingen, die eingefahrenen Muster zu durchbrechen

Über die Autorin:

Isabel Kirschner arbeitet seit vielen Jahren als Erzieherin und Dozentin in der Familienbildung.

Vor 25 Jahren entdeckte die Meditation sie und sie begann, sich mit ihrer eigenen Vergangenheit auseinanderzusetzen. Seitdem ist es ihr ein Herzensanliegen spirituelle und pädagogische Erkenntnisse zu verbinden und Familien auf ihrem individuellen Weg zu begleiten.

Ragnas Spiegel

Bewusst Sein verändert Familienstrukturen

Von Isabel Kirschner

1. Auflage,

4 Monate vorher

Simone

„Dem Familienerbe kann man nicht entkommen. Positive Gedanken machen nur Druck. Druck, dass bei mir nichts gelingt, egal wie viel positive Energie ich aussende." Bitter klingen Marions Worte.

Ein altbekanntes Gefühl breitet sich in Simone aus, als würden die Worte eine Energie transportieren. Eine Energie der Verzweiflung und Hoffnungslosigkeit. Der Kloß in Simones Magen wird stärker. Sie konnte noch nie gut mit Gefühlen umgehen und hat mit ihren eigenen und denen ihrer Tochter wirklich genug zu tun. Sie könnte ihr vorwerfen, dass Marion sie das letzte Mal zu dem Seminar überredet hat. Auch wenn es ihr guttat und ihr Leben grundsätzlich verändert hat, hat Marion es ihr fast schon aufgezwungen. Früher hätte Simone Marion das sicher um die Ohren geschlagen, doch seit dem letzten Seminar sorgt sie mehr für sich und ist seitdem zufriedener geworden. Sie braucht niemanden mehr auf seine Fehler aufmerksam zu machen.

Fieberhaft sucht sie nach einem Weg, um die negative Energie von Marion zu verändern.

„Dann ist es doch gerade gut, das Seminar bei Ragna zu besuchen. Sicher gibt es dir neue Impulse. Denk doch mal an die vergangenen Seminare", sagt Simone, krampfhaft bemüht, den genervten Ton in ihrer Stimme durch einen positiven Klang zu ersetzen.

„Was nützen Impulse, wenn ich die Veränderung nicht umsetzen kann. Du weißt genau, dass Friedrich Veränderungen hasst. Ich bin nicht so stark wie du, um meine drei Kinder alleine zu erziehen." Marion spuckt die Worte förmlich durch das Telefon.

Innerlich zuckt Simone zusammen. Diese Wut müsste Marion ihrem Mann entgegenbringen und nicht ihr. Immerhin ist er das Problem.

„Dann mach doch für den Spaß mit. Immerhin wollten Magda und Ines teilnehmen und Lore ist sicher auch dabei. Und ein Abend nur für dich ist doch auch nicht zu verachten", wendet Simone ihre Überzeugungskraft bei Marion an.

„Für diesen Quatsch spielt Friedrich nicht mehr den Babysitter." Müde kommen die Worte aus Marions Mund. „Das hat er gesagt? Es sind doch auch seine Kinder", empört sich Simone.

„Na ja, er ist natürlich auch müde, wenn er abends nach Hause kommt und drei Kinder sind nun mal anstrengender als ein Kind", nimmt Marion ihn in Schutz, „ein Kind ist wie kein

Kind", hängt Marion noch dran. Ihre Stimme klingt zunehmend aggressiver.

In Simone beginnt es zu brodeln. Warum stellen es Familien mit mehreren Kindern immer so hin, als wäre ein Kind keine Arbeit? Wie oft hat sie diesen Ausspruch gehört, ein Kind ist kein Kind. Früher wäre dies der Zeitpunkt gewesen, an dem Simone das Telefonat beendet hätte. Heute weiß sie jedoch, dass Marion aus eigener Verzweiflung austeilt. Daher atmet sie tief durch und sagt mit bemüht ruhiger Stimme: „Deine Worte verletzen mich. Es macht keinen Sinn, Familien miteinander zu vergleichen. Jeder hat seine Lernaufgaben."

Kein Ton dringt aus den Kopfhörern. Marion scheint es die Sprache genommen zu haben und das kommt selten vor.

„Bist du bei unserem Treffen im Bistro nächste Woche dabei?", fragt Simone in die Stille.

„Ich.....weiß.....es.......nicht." Zornig schlagen die Worte Simone entgegen.

Dabei hat Marion sich längst entschieden, ganz sicher wird sie nicht zu dem Treffen gehen. Warum auch? Um sich die Ratschläge der anderen, um die Ohren schlagen zu lassen. Sie ist nun mal nicht so mutig wie die anderen. Sie kann ihren Mann nicht verlassen. Nein, bestätigt sie sich schnell. Sie will ihren Mann nicht verlassen, denn sie sind glücklich miteinander. Und obwohl er keine Veränderungen mag, hat er sich sehr wohl verändert. Immerhin sind sie im letzten Jahr nur zu zweit verreist, ohne die Kinder. Und nur, weil sie es angeregt hat. Vielleicht hat ihr Mann auch Recht; dieses Geschwätz, das man sich ständig entwickeln und verändern sollte. Wofür? Wenn man doch mit seinem Leben zufrieden ist? Ja, sie ist zufrieden und lässt sich von niemandem etwas anderes einreden.

„Jan versucht mich anzurufen. Da muss ich dran. Solltest du es dir anders überlegen, dann melde dich", sagt Simone und drückt Marion weg.

Fassungslos starrt Marion das Handy an. Klar, sie hört allen zu, hat für jeden ein offenes Ohr und wenn sie jemand bräuchte, ist niemand da. Sie knallt ihr Handy auf den Tisch in der Küche.

Gedankenverloren legt Simone das Telefon zur Seite. Marion scheint gar nicht zu merken, wie ängstlich sie selbst gegenüber Veränderungen ist.

Jan, der gerade zur Haustür hereinkommt, unterbricht ihre Gedankengänge. „Ich habe Laura und Kira auf dem Spielplatz gesehen. Hatten richtig viel Spaß auf den Schaukeln."

„Dass die beiden sich gefunden haben, war ein Glückstreffer", stellt Simone froh fest. Die Freundschaft hat Laura das verlorene Selbstvertrauen wiedergegeben, das sie nach der Feier von Silvia verloren hatte. Voller Schrecken denkt Simone an die Zeit und wie lange es dauerte, bis Laura ihr endlich die

Wahrheit erzählte. Seitdem hat sich viel verändert bei ihr, genauso wie bei Laura. Sie steht gegenüber ihren Freundinnen besser für sich ein. Letzte Woche erst hat sie ihr stolz erzählt, dass Silvia mit ihr zusammen eine Kleingruppe bilden sollte. Als sie anfing, alles zu bestimmen, sagte ihr Laura, dass Entscheidungen gemeinsam getroffen werden und sie ansonsten bei der Lehrerin, um eine neue Gruppe bitten würde. Ohne zu murren, fügte Silvia sich.

Während sie ihr das erzählte, strahlten Lauras Augen und ihre eigenen wahrscheinlich genauso, so glücklich war sie, dass ihre Tochter sich ihr anvertraute.

„Kira passt viel besser zu Laura. Beide sind noch verspielt und mit ihren zwölf Jahren nicht hinter Jungs her, wie Silvia und ihre frühreifen Freundinnen", sagt Simone, ihrer Stimme hört Jan die Erleichterung darüber an.

„Ich hätte mal wieder Lust auf einen entspannten Fernsehabend. Was meinst du? Heute Abend?", fragt Simone und sieht Jan erwartungsvoll an.

„Heute? Heute......ist schlecht. Ich.....", druckst Jan herum.

„Sag bloß du hast etwas vor? Du hast doch immer Zeit für uns!" Erstaunt sieht Simone ihn an.

„Jaaaa....Ich wußte ja nicht, ...dass du heute." Er stockt.

„Jetzt erzähl schon. Was hast du vor?", löchert ihn Simone und sieht ihn erwartungsvoll an. Vielleicht hat er eine Überraschung für sie geplant. Der gute Jan. Mit ihrer Frage hat sie ihm die geplante Überraschung verpatzt. Sie grinst. „Sag mal, was hast du geplant? Oder frage ich besser nicht, weil es eine Überraschung ist?"

„Na ja, du kennst doch Mirko. Er lässt einfach nicht locker, wenn er sich etwas in den Kopf gesetzt hat. Er hat seine Cousine zu Besuch und meint, die müsse ich unbedingt kennenlernen. Wir gehen heute Abend essen", sagt Jan und blickt sie zerknirscht an. „Ich dachte, weil heute Abend bist du doch zuhause. Dein Malkurs war doch gestern...", ergänzt er stotternd.

Simone fühlt sich, als hätte sie gerade einen Schlag ins Gesicht erhalten. Erst gestern hat sie die Warnung von Lore weit von sich gewiesen. ´An deiner Stelle würde ich auf Jan aufpassen. Nicht, dass er sich in jemand anderes verliebt.´ Schallend hatte Simone gelacht und siegessicher geantwortet: ´Jan ist eine ganz treue Seele. Der liebt nur mich.´ Und jetzt das.

Sie räuspert sich und bringt krächzend ein: „Viel Spaß", hervor.

„Es ist doch in Ordnung für dich?", fragt Jan besorgt nach, „du bist doch heute zuhause, oder?"

Stumm nickt Simone und lenkt schnell ein: „Wir machen den Fernsehabend einfach wann anders." Hoffentlich klingt ihre Stimme nicht so eifersüchtig, wie sie sich fühlt.

In diesem Augenblick klingelt es an der Tür. Noch nie war Simone so dankbar für eine Störung. Sofort dreht sie sich um und eilt zur Tür. Rote Wangen und strahlende Augen blicken ihr entgegen. Suchend schaut Simone in den Flur. „Wo ist Kira? Habt ihr euch gestritten?", fragt sie Laura.

„Nein!", sagt Laura und schüttelt den Kopf. „Wir schreiben morgen einen Aufsatz, den wollte sie mit ihrem Vater üben. Ich übe später mit Jan."

„Jan hat heute Abend keine Zeit. Er geht ins Restaurant essen", erklärt ihr Simone mit spitzen Ton.

Die letzten Worte hört Jan, da er den beiden entgegenkommt. Er sieht auf seine Uhr. Eine halbe Stunde bleibt ihm noch. Der spitze Ton in Simones Stimme entgeht ihm nicht. Vielleicht sollte er das Essen absagen. Doch er weiß genau, dass Mirko das nicht gelten lassen würde. Er hört förmlich seine Worte. 'Lass dir doch von Simone nicht alles gefallen, du bist doch nicht ihr Sklave.' Mirko versteht einfach nicht, dass Simone und Laura Familie für ihn sind. Fieberhaft überlegt Jan, wie er seinen beiden Frauen gerecht werden könnte. „Wir könnten jetzt eine halbe Stunde üben", sagt er und sieht beide, um Verständnis bittend, an.

Anton

Vorsichtig bettet Magda Mathilda in die Wiege. Sachte zieht sie ihre Hände unter ihrem Rücken hervor. Bemüht sie so wenig wie möglich zu bewegen, damit sie nicht wach wird. Mathilda ist gerade erst eingeschlafen. Ruhig geht ihr Atem. Einzig ihr Mund verzieht sich zu einem Lächeln, dann sieht es wieder aus, als beginne sie zu weinen. Magda hält die Luft an, um kein Geräusch zu erzeugen. Sie legt eine dünne Decke über Mathilda und den dicken Schlafsack, der sie umgibt. Ihr erstes Winterkind, sagt sich Magda und sieht lächelnd zu, wie sich Mathildas Mund wieder entspannt.

Nachdem Magda sich vergewissert, dass das Babyphone richtig eingestellt ist, schleicht sie aus dem Zimmer, die Treppe hinunter und ins Wohnzimmer.

Einträchtig sitzen Thomas und Emma auf dem Teppich und bauen gemeinsam ein Legohaus. Kurz überlegt Magda, ob sie dies kommentieren soll oder vielleicht sogar Thomas loben? Wie war das mit dem loben nochmal? Die Worte von Ines über das Loben gehen ihr durch den Kopf; es mache Kinder abhängig und nehme ihnen die innere Motivation. Magda schüttelt den Kopf, da hat sie doch einen guten Grund, nichts zu sagen. Außerdem stellt sie für sich fest, ist es selbstverständlich dass er sich um seine jüngere Schwester kümmert. Schließlich ist er der Große.

Zartes Klopfen an der Zimmertür holt sie aus ihren Gedanken. Ines betritt den Raum. In der Hand schleppt sie eine große Tüte. Sie stellt sie neben der Tür ab und geht mit ausgebreiteten Armen auf Magda zu. Fest umschließt sie sie. „Herzlichen Glückwunsch zu der kleinen Mathilda."

Dann wendet sie sich an Thomas und Emma. „Herzlichen Glückwunsch auch den großen Geschwistern."

Emma strahlt. „Ich bin nicht mehr die Kleinste."

Ines nickt anerkennend. „Das stimmt." Sie geht zu ihrer Tüte und öffnet sie. Heraus holt sie eine Legopackung und reicht sie an Emma weiter. „Hier für die große Schwester."

Mit großen Augen sieht Emma sie an und greift nach dem Päckchen. Magda sieht sie strafend an. Emma hat nur Augen für das Legopüppchen, den Legokinderwagen und das Legobaby. Mit ihren kleinen Fingern versucht sie, die Packung aufzureißen.

Magda setzt gerade an, um sie zu ermahnen, als Ines spitzbübisch sagt: „Was hatten wir nochmal im Seminar gelernt? Dass Kinder über das Vorbild lernen und Ermahnungen somit verschwendet sind?"

Empört schüttelt Magda den Kopf. „Soll das heißen, ich bedanke mich nie?!"

„Keine Ahnung", sagt Ines und zuckt mit den Schultern. „Mir reicht als Danke jedoch die strahlenden Augen deiner Tochter. Die sind mir tausend Mal mehr wert, als ein antrainiertes Danke."

Mit diesen Worten wendet sie sich erneut der Tüte zu. „Ist wohl besser ich ändere meine Reihenfolge. Du....", sagt sie und dreht sich zu Thomas, „bekommst dein Geschenk gleich. Doch zuerst, tatata, eine Flasche Vitamin Trank für Magda, damit du schnell verlorene Kräfte wieder aufholst und..." Sie kramt weiter und holt ein Päckchen hervor, „.... einen warmen Strampler für Mathilda, damit unser kleines Winterkind nicht friert."

Erfreut nimmt Magda die beiden Geschenke entgegen und sagt zu Ines: „Das war doch nicht nötig."

Ines lacht. „Das werte ich jetzt mal als Danke."

Leichte Röte überzieht Magdas Gesicht.

Längst hat sich Ines wieder ihrer Tasche zugewendet. Dieses Mal zaubert sie einen viereckigen Kasten hervor und reicht ihn an Thomas weiter mit den Worten: „Wenn dir mal alles zu viel wird, kannst du dich weg zaubern."

Mit geschickten Händen reißt Thomas den Karton auf. Zauberutensilien fallen ihm entgegen und ein kleines Buch. „Danke", ruft er Ines zu und lässt sich auf den Boden fallen.

„Pssst", sagt Magda und hält den Zeigefinger vor den Mund. „Wenn jetzt Mathilda wach wird...."

Schuldbewusst schlägt Thomas die Hand vor den Mund.

„....dann war sie wahrscheinlich gerade dabei aufzuwachen", ergänzt Ines den Satz.

Anton beobachtet die Szene von der Zimmertür. Sagenhaft wie ruhig Magda auf jede Kritik von Ines reagiert, bei ihm wäre sie längst ausgeflippt.

Ines strahlt ihn an und überreicht ihm und Magda eine Glückwunschkarte. Anton nimmt die Karte und liest den Text laut vor: „Mit der Geburt des Kindes werden auch die Eltern geboren. Ein jedes Kind verändert die Familienkonstellation. Ich wünsche euch Zeit, damit jeder seinen Platz neu finden kann und wünsche der kleinen Mathilda einen glücklichen Start hier auf Erden und in ihrer Familie." Er reicht die Karte an Magda weiter und nimmt Ines liebevoll in den Arm. „Danke, für deine lieben Worte."

Sie grinst und sagt: „Sonst habe ich nichts für dich dabei, Anton. Ich dachte, dass du in Elternzeit gehst, ist Geschenk genug."

Anton strahlt zurück. Er ist froh, dass er auf seiner neuen Arbeitsstelle als Arzt in einer Reha Klinik, diese Möglichkeit wahrnehmen kann.

„Auch wenn ich weiß, dass du alles im Griff hast, Magda, und keine Hilfe benötigst, habe ich euch einen Eintopf mitgebracht und einen Kuchen." Mit diesen Worten zaubert Ines eine Kuchenform hervor, die sie an Anton weiterreicht. Schnell stellt dieser ihn auf den Tisch, damit er den Topf, den Ines ihm entgegen streckt, annehmen kann. „Danke", sagt er erfreut und bringt beides in die Küche. Stirnrunzelnd sieht Magda dem Treiben zu, unsicher ob sie diesen Überfall gut finden soll oder nicht.

Als ahne Ines ihre Gedanken fragt sie: „Hattet ihr bereits gekocht? Dann könnt ihr den Eintopf auch für morgen aufheben."

Anton, der gerade das Wohnzimmer betritt und die letzten Worte gehört hat, schüttelt den Kopf. „Muss noch erledigt werden. Als Elternzeit-Papa, der ich bin, sobald die Mutterschutzzeit von Magda vorbei ist und da ich außerdem zur Zeit Urlaub habe, wurde mir diese Aufgabe zugewiesen."

„Red doch keinen Quatsch...", unterbricht Magda ihn barsch. Krampfhaft bemüht leise zu sprechen, da es im Babyphone wieder ruhig geworden ist. Dabei fällt ihr Tonfall barscher aus, als sie dies beabsichtigt hat, doch nur so ist es ihr möglich, die

Tränen, die seit der Geburt ihr ständiger Begleiter sind, zu unterdrücken. Sie verabscheut diese weinerliche Art bei anderen und erst Recht bei sich selbst. „Wir hatten alle vier gemeinsam bei unserer Familiensitzung überlegt, wie wir die Arbeit aufteilen. Jeder hat seinen Part übernommen. Jetzt stell mich nicht wieder als die Böse hin." Ihre Stimme überschlägt sich.

Anton hebt beschwichtigend seine Hände. „Natürlich hast du wie immer Recht."

Wut und Verzweiflung breiten sich in Magda aus, diese Aussage hätte er sich echt sparen können. Wütend funkelt sie ihn an.

Schnell lenkt Anton ein: „Du hast wirklich Recht. Das war total blöd von mir." Entschuldigend sieht er sie an und fährt sofort an Ines gewendet fort: „Ich bin dir auf jeden Fall dankbar, dass ich heute um das Kochen herum komme." Liebevoll wendet er sich Magda zu. „Dann kann ich dir woanders helfen und schon mal üben für meine Elternzeit und du kannst dich ausruhen, wenn du möchtest. Ruhe hast du dir verdient, nach der Geburt."

Ernst sieht ihn Magda an, in sich eine große Sehnsucht nach Schlaf, Ruhe und einfach mal sich nicht kümmern. „Ich muss mich ja um Mathilda kümmern, schließlich ist sie noch sehr klein und Brust kannst du ihr keine geben", keift sie ihn an, um dann direkt einzulenken. „Aber in den Stillpausen kannst du dich sehr gern kümmern."

Bemüht keinen der beiden anzusehen und sich unsichtbar zu machen, starrt Ines wie hypnotisiert auf Thomas und Emma. Hoffentlich schweigen die beiden und heizen die Auseinandersetzung nicht noch mehr an.

Als erinnere sich Magda wieder an ihren Besuch, wendet sie sich an Ines. „Danke, dass du so spontan zu Thomas und Emma gekommen bist und Anton bei der Geburt dabei sein konnte."

„Nicht der Rede wert", sagt Ines und strahlt. „Dafür sind wir doch hier auf der Erde, um uns gegenseitig zu helfen. Wann bekomme ich jetzt endlich Mathilda zu sehen. Deshalb habe ich diesen ganzen Zauber hier veranstaltet", sagt Ines und blickt Magda an.

Den Zeigefinger an den Lippen schleicht diese die Treppe nach oben Richtung Schlafzimmer. Ines folgt ihr ebenso leise. Verstohlen wischt Magda ihre Augen trocken und konzentriert sich unauffällig auf ihren Atem, um das Gefühlschaos in sich zu beruhigen. Leise öffnet sie die Tür. Auf Zehenspitzen schleichen sie zu der Wiege.

Verzaubert steht Ines an der Wiege. Mathilda öffnet ihre Augen, nur um sie direkt wieder zu schließen. Ihr kleiner Mund zieht eine Schippe und leises Weinen erklingt. Ines tritt zur

Seite und winkt Magda herbei. „Besser du holst sie heraus. Mich kennt sie nicht und ich möchte nicht, dass sie erschrickt."

Leise flüstert Magda mit dem Säugling, schiebt ihre Hände sanft unter den kleinen Körper, bis sie auch den Kopf zart umfassen und hebt sie vorsichtig nach oben. Sie legt sie sich in den Arm, so dass Ines sie weiter betrachten kann.

„Wird mir schwer fallen, so bald wieder arbeiten zu gehen", stellt Magda mit einem Seufzer fest.

„Bereust du, dass Anton die Elternzeit nimmt?", fragt Ines.

„Nicht wirklich. Auch wenn es mir schwer fällt, dich nicht zu sehen", sagt Magda und drückt Mathilda einen zarten Kuss auf ihre Stirn. „Ich dachte in den letzten Wochen vor der Geburt schon, ich werde wahnsinnig. Und dass, obwohl ich sogar von Zuhause aus weiter gearbeitet habe, wenn auch nur wenige Stunden. Bei Anton ist sie besser aufgehoben. Er macht schon Pläne und will sogar in eine Krabbelgruppe gehen. Er hofft, dass er noch eine findet, die speziell für Väter ist."

„Wenn er das jetzt gehört hätte, würde er sich sicher sehr freuen", sagt Ines und hofft, dass Magda die gehörten Worte in ein Feedback für Anton umsetzt.

„Das weiß er doch. Außerdem bildet er sich sowieso schon eine Menge darauf ein, dass er Elternzeit nimmt. Dabei ist das doch nichts besonderes. Immerhin haben wir uns beide für das Kind entschieden", erwidert Magda.

Das leise Wimmern von Mathilda schwillt an. Ines grinst und sagt: „Wie leise sie schreit."

„Na ja, laut genug", stellt Magda fest. Mit dem Säugling in der Hand geht sie zur Kommode und greift nach ihrem Handy. „Ich stille das kleine Krümelchen, dann komme ich mit ihr ins Wohnzimmer", erklärt sie Ines und steuert auf den Lehnsessel zu, den sie extra für die Stillzeit ins Schlafzimmer gestellt haben. Mit routiniertem Griff entblößt sie ihre Brust und legt Mathilda an. Gierig sucht ihr kleiner Mund die Brustwarze und beginnt sofort zu trinken. Magda entsperrt mit der freien Hand ihr Handy und scrollt durch die Nachrichten.

Sehnsucht breitet sich in Ines aus. Sehnsucht an die vergangene Zeit, als sie Levi und später Malu gestillt hat. Damals konnte sie ihre Augen nicht von den saugenden Kindern abwenden. Genau wie jetzt, sie kann den Blick nicht von der trinkenden Mathilda abwenden. Wie friedlich dieses Bild ist. Mit Gewalt reißt Ines sich von dem Anblick los, nicht, dass Magda denkt, sie starre ihr auf den Busen und flüstert leise zu Magda: „Ich warte im Wohnzimmer auf euch."

Kurz blickt Magda von ihrem Handy hoch und nickt. Vor lauter Gier verschluckt sich Mathilda und hustet. Magda liest die Nachricht fertig und freut sich; ein Gratulationsgruß von

Marion, die sie bei dem Seminar 'Mehr Leichtigkeit in der Familie' kennenlernte.

Aus dem Husten ist ein Weinen geworden, bei Mathildas verzweifeltem Versuch die Brustwarze zu finden. Magda legt ihr Handy in den Schoß. Sie legt sich Mathilda über die Schulter und streichelt sachte ihren Rücken. „Entschuldigung, ich wollte nur schnell die Nachricht lesen. Ein Glückwunsch zu deiner Geburt."

„Der hat festgesessen", kommentiert Magda das Bäuerchen. Mit der einen Hand befreit sie ihre andere Brust aus dem Still-BH und legt Mathilda an. Dabei rutscht das Handy aus ihrem Schoß und fällt auf den Boden. Während Mathilda saugt, streckt sich Magda nach dem Handy. Dabei zieht sie die Brustwarze in die Länge. „Au", entweicht es Magda. Erschrocken lässt Mathilda los und beginnt zu greinen. „Ich habe es kapiert. Ich lasse das Handy liegen und bin ganz bei dir", flüstert Magda beruhigend ihrer Tochter zu. Erneut legt sie sie zurecht, so dass sie die Brustwarze findet. Die nächsten zehn Minuten versinken die beiden in einer Einheit. Verliebt beobachtet Magda ihre Tochter und freut sich, wenn Mathildas zufälliger Blick ihre Augen trifft.

Nach einem weiteren Bäuerchen trägt Magda Mathilda vorsichtig die Treppe hinunter und ins Wohnzimmer. Als Thomas und Emma sie sehen, springen sie auf. Thomas drängt sich an Emma vorbei und stürzt auf Mathilda zu.

„Vorsicht! Thomas! Du bist doch jetzt der Große. Lass deiner Schwester den Vortritt", schimpft Magda lauter als beabsichtigt.

Sofort stoppt Thomas ab, dreht sich um und stürmt aus dem Zimmer.

„Was ist denn jetzt los?", fragt Magda empört ihren Mann.

„Die beiden hatten gerade verabredet, dass Thomas zuerst zu Mathilda darf", erklärt ihr Anton.

„Das wusste ich doch nicht", verteidigt sich Magda. „Nimm du sie. Ich gehe zu Thomas."

Sie reicht Mathilda an Anton weiter, der sie vorsichtig in Empfang nimmt. Emma ist wie erstarrt stehen geblieben, als Thomas aus dem Raum gestürmt ist. Unsicher ob die Vereinbarung weiterhin gilt, blickt sie ihren Vater an. Er lächelt sie an, setzt sich vorsichtig mit Mathilda auf das Sofa und klopft neben sich auf den Platz. "Setz dich zu mir."

Abwartend bleibt Emma stehen. Ihr Blick wandert zu ihrer Mutter, fragend, ängstlich, um Erlaubnis bittend.

Doch Magda nimmt ihre Tochter gar nicht wahr. Ihre Augen sind auf Ines gerichtet. „Du siehst ja was hier los ist, seit Mathilda auf der Welt ist. Ich bin bei Thomas. Wir telefonieren später." Mit diesen Worten dreht sie sich um und eilt die Treppe nach oben. Vor seiner Tür hält sie inne, atmet durch und klopft an.

„Wer ist da?", ertönt die genervte Stimme von Thomas.

„Ich bin es. Darf ich reinkommen?", flüstert Magda. Die Tür öffnet sich einen Spaltbreit. Magda tritt ein. „Tut mir leid, wegen vorhin. Ich hatte Angst, dass du mich umrennst."

„Immer schimpfst du nur mit mir", sagt Thomas trotzig.

Magda schluckt. Sie ist jedoch auch stolz darauf, dass Thomas den Mut hat, sich zu verteidigen. Das wäre vor dem letzten Seminar noch nicht möglich gewesen. Damals hat er alles, was sie sagte, stillschweigend angenommen.

„Da muss ich wohl mehr auf mich achten, wenn du das so siehst", lenkt Magda ein. „Wieder gut?" Sie hält ihm ihre Hand entgegen.

Er nickt und lächelt. „Wieder gut."

Er ergreift ihre Hand. Magda zieht ihn näher zu sich und zerzaust mit der anderen Hand seinen Haarschopf. Thomas zieht seine Hand aus ihrer und springt auf. In sicherer Entfernung zupft er seine Haare zurecht. Liebevoll sieht Magda ihm zu. Gemeinsam gehen die beiden nach unten.

Emma sitzt neben Anton und streichelt über Mathildas Kopf.

Thomas schaut sie an und sagt fordernd: „Ich darf."

Kurz liegt Magda eine barsche Bemerkung auf der Zunge, die sie genauso wie die Ermahnung an Emma, ja vorsichtig mit ihrer Schwester zu sein, heruntergeschluckt. Schließlich ist Anton dabei und kann sich darum kümmern.

„Ich ruhe mich jetzt aus. Mathilda habe ich gerade gestillt, dass sollte für zwei Stunden reichen", erklärt sie Anton und hofft, er kommt ohne sie zurecht.

Ines

„Ich gehe jetzt. Falls ihr mich braucht, meldet euch einfach", sagt Ines zu Anton gewendet.

„Das sollte kein Rauswurf von Magda sein. Wir wissen deine Hilfe sehr zu schätzen. Und deine Suppe. Danke nochmal", sagt dieser verlegen.

Ines winkt ab. „Habe ich auch nicht so verstanden. Tschüss." Sie nimmt ihre Tüte und verlässt das Haus. Leise zieht sie die Tür hinter sich zu. Anstatt den direkten Weg nach Hause zu nehmen, immerhin liegen ihre Häuser nebeneinander, knüllt sie die Tüte zusammen und stopft sie in ihre Jackentasche. Große Taschen haben durchaus ihre Berechtigung, stellt sie für sich fest. Die Auseinandersetzung der beiden hat sie aufgewühlt. Manchmal wünscht sie sich, Peter und sie würden sich streiten. Doch längst hat die Routine ihre Ehe eingeholt. Routine, bitter lacht sie auf, wohl eher gähnende Langeweile. Ihr Schritt wird schneller.

Sie fühlt sich, als sei ihre Ehe in einer Sackgasse angekommen und hinter ihnen wurde die Straße verschlossen. Gefangen in der unendlichen Langeweile. Bei anderen ist sie um einen guten Rat nie verlegen, wie leicht gelingt es ihr, Lösungen anzuregen oder durch geschicktes Nachfragen, Situationen zu erkennen.

Warum ist es nur so schwer, bei sich selbst die Lösung zu erkennen? Warum ist es so schwer, den eigenen Weg zu sehen?

Vielleicht wäre es besser gewesen, sie hätten sich damals getrennt, statt ihrer Ehe eine neue Chance zu geben und nach Düsseldorf zu ziehen. Nein! Energisch schüttelt sie den Kopf. Damals war es ihr so klar, dass der Umzug eine Chance war, die sie nutzen konnten.

Hatten sie sie verstreichen lassen oder standen sie jetzt einfach an einer neuen Weiche? Beziehungsweise Sackgasse, ergänzt sie innerlich. Verzweiflung breitet sich in ihr aus. Eine tiefe Verzweiflung und kein Weg weit und breit, nur das pechschwarze Tunnel in das sie mit Karacho eintaucht. Blind vor Tränen eilt sie weiter. Selbst vor ihren Kindern können sie ihre Sprachlosigkeit nicht vertuschen. Noch nie haben die beiden Kinder so häufig gestritten.

In ihrer Jackentasche vibriert es. Sie wühlt unter der Tüte und zieht ihr Handy heraus. Peter. Sicher wundert er sich, wo sie bleibt. Sie drückt den Anruf weg und schreibt eine kurze Nachricht. *Bin in zehn Minuten zuhause.*

Sie dreht um und joggt die Strecke nach Hause, in der Hoffnung, die Verzweiflung zu besiegen. Mit dem Ellenbogen stößt sie die angelehnte Haustür auf.

„Wo warst du?", ruft Peter durch die offene Wohnzimmertür, als er sie im Flur hört.

„Mama, wo warst du? Ich war drüben und wollte dich holen", tönt Levis Stimme aus der oberen Etage zu ihr.

„Nur eine Runde spazieren. Ich brauchte Zeit für mich", erklärt Ines.

„Alles in Ordnung?", fragt Peter besorgt.

„Nicht mehr und nicht weniger als sonst. Mich bedrückt unsere Situation eben", flüstert Ines erregt zurück.

„Hast du mit Magda über uns gesprochen?", wispert Peter und ergänzt sofort. „Nur, damit ich gewappnet bin, wenn sie mich daraufhin ansprechen oder komisch ansehen." Bei den letzten Worten zwinkert er Ines zu, damit sie denkt, es wäre nur ein Scherz.

Ines schüttelt den Kopf. Obwohl sie anderen viel von sich erzählt, wählt sie doch genau aus, **was** sie erzählt. Peinlichst ist sie darauf bedacht, den Schein zu wahren. Den Schein, dass sie alles im Griff hat. Theoretisch.... hat sie auch alles im Griff, ...doch praktisch...

Vielleicht fallen ihr deshalb die Tipps für andere so leicht......

Levi hüpft die Treppe nach unten. „Darf ich jetzt zu Thomas? Bitte!", bettelt er und sieht seine Mutter an.

„Lass die mal in Ruhe. Die müssen sich erst als Familie finden mit ihrem neuen Geschwisterchen", erklärt ihm Ines.

Malu und Levi sind ein weiterer Grund, weshalb Ines niemandem von der Sprachlosigkeit zwischen ihrem Mann und ihr erzählt hat. Bisher konnten sie ihre Situation gut vor den beiden verheimlichen. Wobei sie sich da nicht so sicher ist, denn die zwei haben sich in letzter Zeit verändert. Sie sind stiller geworden. Außerdem weiß sie doch, dass Kinder Spannungen viel eher spüren, als Erwachsene. Nein, wenn sie ehrlich ist, will sie nicht ihre Kinder schützen, sondern sich selbst. Was ausgesprochen ist, wird wahr. Sie weiß nicht, woher sie diesen Satz hat, doch sie möchte den Schein ihrer Ehe aufrecht erhalten.

„Dann gehe ich jetzt?!", sagt Peter und sieht sie an. Ines nickt. Sie gehen sich aus dem Weg. Ist der eine zuhause, geht der andere. Die einzige Verbindung, die sie noch haben, sind ihre Kinder und dass sie beide das Beste für sie wollen. Doch daran schlittern sie gerade mit Karacho vorbei. Inzwischen ist auch Malu aus ihrem Zimmer gekommen und die Treppenstufen hinab gesprungen.

„Spielst du mit mir?", fragt Malu und sieht ihre Mutter an.

„Jetzt nicht. Vielleicht später", wiegelt Ines sie ab.

„Mir ist aber so langweiiiilig!", quengeln die beiden.

„Ihr seid groß genug, euch alleine etwas einfallen zu lassen", weist Ines sie zurecht und könnte sich für ihren abweisenden Ton ohrfeigen. Es müsste einen Knopf geben, mit dem sie ihre

Kinder kurz abstellen kann, damit sie eine halbe Stunde nur für sich hätte. Eine halbe Stunde in der sie meditiert und einen Teil ihrer inneren Ruhe wieder findet. Eine halbe Stunde in der sie ihre Gefühle sortiert.

Immerhin sind die stärksten Gefühle durch den Spaziergang abgeklungen. Statt zu meditieren, brüht sie sich einen Tee auf.

„Ihr könnt zusammen etwas bauen. Wenn ich meinen Tee ausgetrunken habe, komme ich zu euch", wendet sich Ines an Malu und Levi, die nicht von ihrer Seite weichen, „es hat nichts mit euch zu tun. Ich will über etwas nachdenken", ergänzt sie, damit die beiden sie verstehen und endlich in ein anderes Zimmer gehen.

„Worüber denn?", fragt Levi und blickt sie mit großen Augen an.

„Wo ist denn Papa?", fragt Malu mit zitternder Stimme.

„Peter...", sagt Ines und atmet tief ein und aus, damit ihre innere Spannung nicht nach außen dringt. Klar, jetzt bleibt es wieder an ihr hängen. Sie wollten gemeinsam mit den Kindern reden. Ständig können sie die Kinder nicht abwiegeln. „Der arbeitet." Leicht kommt ihr diese Lüge nicht über die Lippen.

Schweigend sehen Malu und Levi sie mit großen fragenden Augen an.

Zur Zeit wäre Ines dankbar, wenn Kinder nicht die Stimmungen ihrer Eltern wahrnehmen und stattdessen den Worten glauben würden.

„Soll ich einen Kakao kochen?", fragt Ines genervt und hofft, sie kann die Kinder damit ablenken. Beide nicken, lassen sie jedoch nicht aus den Augen.

Wenn ein Fremder zehn Minuten später in ihre Küche blicken würde, sähe er eine idyllische Familie, die gemeinsam am Tisch sitzt. Würde er jedoch in das Innenleben dieser drei Personen blicken, würde er etwas anderes wahrnehmen. Steif sitzt Malu und rührt in ihrem Kakao. Nur nicht bewegen und etwas Falsches machen. Als wäre sie von einem Kokon umgeben, der jede Bewegung nach außen verbietet, so fühlt sie sich.

Auch Levi rührt langsam seinen Kakao um. Wenn seine Eltern sich scheiden lassen, muss er sich entscheiden, zu wem er gehen möchte. Wenn er bei seiner Mutter bleibt, ist sein Vater traurig und wenn er zum Vater zieht seine Mutter. Er will keinen traurig machen. Vielleicht ist es besser, wenn er und Malu sich aufteilen, so wie im doppelten Lottchen. Dann ist keiner von seinen Eltern traurig und vielleicht darf er sie trotzdem mal sehen oder mit ihr telefonieren. Er nimmt einen tiefen Schluck Kakao. Panik erfasst ihn, was, wenn der Elternteil mit Malu wegziehen würde. Dann könnte er sie nicht mehr sehen und was, wenn er wegziehen müsste, dann würde er seinen besten Freund Thomas verlieren.

Ines stiert vor sich hin. In ihr ist es dunkel und verworren. Ihr Bauch besteht aus einem einzigen Loch, dass sich in ihr ausbreitet. Sie hat den Glauben verloren. Den Glauben, dass Peter und sie ihre Ehe noch retten können. Der Glauben hat ihr Vertrauen und ihr Lebenswissen mit gezerrt. Wenn es doch nur jemand gäbe, der sie an die Hand nimmt und ihr die Richtung weist.

Energisch reibt sich Ines über die Augen. Als Mutter kann sie es sich nicht erlauben, ihren trüben Gedanken nach zu hängen. Sie hebt den Blick. Die Plätze neben ihr sind leer. Erschöpft lässt sie die Hände in ihren Schoß fallen und lauscht in das Haus. Aus dem Wohnzimmer hört sie leise Stimmen. Die Erschöpfung wechselt in eine tiefe Verzweiflung. Ihr Leben ist ein einziger Fehltritt. Jahrelang strebt sie es an, bewusst zu werden und bei dem kleinsten Problem entgehen ihr die offensichtlichen Sachen. Sie bleibt sitzen. Hoffentlich gönnen ihr die Kinder noch lange eine Pause.

Die bleibt ihr jedoch nicht lange vergönnt. Das Flüstern verwandelt sich in ein Schreien, dem ein bitterliches Weinen folgt. Genervt steht Ines auf und eilt ins Wohnzimmer. Erstarrt steht Levi neben seiner Schwester und sieht ihr ängstlich entgegen. „Ich wollte das nicht", ruft er ihr zu.

„Was ist passiert?", fragt Ines gereizt.

„Wir haben zusammen gebaut. Ich wollte..... nur den Legostein nehmen, ...weil der passt genau an diese Stelle", erklärt Levi stockend. „Und da.....habe ich ihn aus ihrer Hand genommen. Und dann... ist sie mit dem Kopf auf den Boden geknallt...", flüstert Levi mit glasigen Augen.

Mit einem Blick erfasst Ines die Situation. Den erschrockenen Blick von Levi. Malu, die sich auf dem Teppich inzwischen hingesetzt hat und schreit und schreit. Die Legoplatte, die zwischen ihnen auf dem weichen Teppich steht und die Legokiste, die daneben steht. Zum Glück ist Malu nicht auf die Kiste gefallen, dann hätte sie sich weh getan. Doch auf dem weichen Teppich war es wohl mehr der Schreck. Die frühere Malu hätte sich über den Hinterkopf gestrichen und weiter gespielt, doch seit kurzer Zeit schreit sie bei jeder Gelegenheit und lässt sich kaum beruhigen.

Wem wendet sie sich am besten zu? Ratlos sieht Ines vom einen zum anderen. Verzweiflung, Ratlosigkeit breiten sich in ihr aus. Am liebsten hätte sie sich dazu gesetzt und mit ihren Kindern um die Wette geschrien.

In diesem Moment wird die Haustür aufgeschlossen. Im Mantel stürmt Peter ins Wohnzimmer. Erleichtert sieht Ines ihn an. „Ein Missgeschick beim Spielen", klärt sie ihn kurz auf. „Kümmere du dich um Malu!"

Peter setzt sich zu seiner Tochter auf den Boden und nimmt sie in den Arm. Ines dreht sich zu Levi, öffnet ihre Arme und flüstert: „Kommst du zu mir?" Levi lässt sich in ihre Arme fallen. Er schluchzt auf. Beruhigend streichelt Ines ihm über den Kopf. „Ich wollte.... das ....nicht", bringt Levi zwischen Schluchzern hervor.

„Das glaube ich dir. Du wolltest dir den Baustein holen und Malu hat ihn festgehalten", stellt sie fest.

Levi nickt, aufschluchzend.

„Und dann..... hat sie plötzlich losgelassen?", fragt Ines.

Levi nickt. „Ich bin doch der Große", schluchzt er.

„Sie ist umgefallen, weil sie so einen Schwung bekommen hat, als sie plötzlich losgelassen hat." Sachte wiegt Ines ihn hin und her.

Malu schmiegt sich an Peter. Er hält sie einfach nur fest und wartet, bis ihr Geschrei langsam weniger wird. „Sollen wir ein Kühlakku holen?", fragt er sie leise, sobald ihr Geschrei abebbt. Sie nickt. Auch wenn es nicht nötig ist, wird es sie zumindest ablenken, denkt er sich. Langsam erhebt er sich. Hand in Hand schlendern die zwei in die Küche.

Kurze Zeit später kehren sie zurück, Malu schleckt hingebungsvoll an einem Eis. Mit drei weiteren Eis wedelnd folgt Peter. Während sein Blick fest auf Ines gerichtet ist, sagt er: „Die haben wir im Eisfach entdeckt. Ich dachte ein Eis auf die Hand kühlt die inneren Wunden."

Er reicht Levi und Ines ein Eis, bevor er sein eigenes auspackt. Genüsslich am Eis leckend, sitzen die vier auf dem Boden. Über die Kinder hinweg treffen sich die Blicke von Ines und Peter.

Monika

Sehnsüchtig sieht Marie-Lou ihrer Mutter entgegen.

„Mama", kreischt sie und zerrt an der Hand ihrer Oma. Betont langsam schlendert Monika Richtung Gartentor, die Hand ihrer Enkelin eng an sich gedrückt. Als Marie-Lou weiter an ihrer Hand zieht, stoppt Monika ihre Schritte, beugt sich zu ihr hinunter und ermahnt sie mit erhobenen Zeigefinger. „Du hörst doch dass Lennart quengelt. Hör auf, an meiner Hand zu ziehen. Du bist doch schon ein großes Mädchen."

Gemächlich setzt sie nach diesen Worten mit ihrer Enkelin an der Hand ihren Weg fort, Beatrix entgegen. Den quengelnden Lennart auf dem Arm, balanciert diese mit der freien Hand den Kinderwagen durch das Gartentor. Erneut kreischt ihr ihre Tochter „Mamaaaaa" entgegen, während sie weiter an der Hand ihrer Oma zerrt.

„Komm her, mein Schatz", ruft Beatrix ihrer Tochter zu. Und an ihre Mutter gewandt: „Lass sie bitte los."

„Willst du dich nicht erst einmal um Lennart kümmern! Deine Tochter ist vier Jahre, da wird sie wohl mal warten können. Aber bitte.......", mit diesen Worten wendet sich Monika an Marie-Lou. „Ich lass dich los. Aber erst wenn du aufhörst, an meiner Hand zu zerren und zu zappeln. Also, bitte."

Abwartend bleibt sie stehen, bis Marie-Lou sich fügt. Erst dann lässt sie die Hand los. Sofort stürmt Marie-Lou auf ihre Mutter zu. Diese legt den freien Arm um ihre Tochter und drückt sie an sich. Marie-Lou schlingt ihre Arme um Beatrix Bauch.

„Ich will, dass du mich mit beiden Armen umarmst", bittet Marie-Lou, dabei schimmern Tränen in ihren Augen. „Kannst du Lennart nehmen?", fragt Beatrix ihre Mutter. Diese schüttelt den Kopf und brummt leise vor sich hin, während sie auf die drei zugeht. „Man muss nicht jeden Wunsch der Kinder erfüllen. Kinder müssen auch warten lernen."

Monika nimmt Lennart von Beatrix entgegen und flüstert ihm zu: „Du wirst mal geduldiger werden, als deine Schwester, obwohl die, als die Ältere, die vernünftigere sein sollte." Voller Unverständnis blickt sie dabei zu ihrer Tochter und Enkeltochter. Lennart scheint den Unmut seiner Großmutter zu spüren. Leise geht sein Quengeln in Geschrei über.

„Er ist sicher müde", stellt Monika an ihre Tochter gewandt fest und bettet Lennard vorsichtig in den Kinderwagen. Augenblicklich schwillt das Geschrei an. Monika fischt mit ihren Fingern nach dem Schnuller, der neben Lennards Kopf unter dem Tuch hervorlugt. Sie greift den Schnuller und steckt ihn dem schreienden Lennard in den Mund. Wütend dreht dieser seinen Kopf weg. Woraufhin Monika die linke Hand zur Hilfe nimmt und leicht auf seinen Kopf drückt, während die Rechte den Schnuller festhält.

Durch den Schnuller klingt der Protest nur noch gedämpft aus dem Kinderwagen hervor. Die eine Hand fest gegen den Schnuller gepresst, schuckelt sie den Kinderwagen vor und zurück.

Beatrix beugt sich zu ihrer Tochter, und umschließt sie mit beiden Armen. „Ich habe mich so auf dich gefreut."

Marie-Lou hebt ihren Blick und strahlt ihre Mutter an.

„Komm wir begrüßen Lennart." Mit diesen Worten erhebt Beatrix sich. Arm in Arm schlendert sie mit ihrer Tochter zum Kinderwagen. Dort angekommen schiebt sie Monika zur Seite und sagt: „Danke, ich kümmere mich jetzt."

Sobald der enge Griff um seinen Kopf und Schnuller gelockert ist, befördert Lennard den Schnuller mit seiner Zunge aus dem Mund und schreit lauthals los.

„Ich hole dich aus dem Wagen. Dann kannst du Marie-Lou Hallo sagen", flüstert Beatrix, während sie Lennard vorsichtig aus dem Kinderwagen hebt.

„Er wäre fast eingeschlafen." Vorwurfsvoll sieht Monika ihre Tochter an.

„Er schreit! Wie soll er denn da einschlafen?", fragt Beatrix ihre Mutter entrüstet.

„Der schreit sicher nur, weil er müde ist. Ich habe dich auch schreien lassen und irgendwann bist du eingeschlafen mit dem Schnuller im Mund", sagt ihre Mutter mit dem Blick der besagt; dir hat es auch nicht geschadet.

„Prima, dann weiß ich jetzt wo mein mangelndes Vertrauen ins Leben herkommt. Wer weiß wie ich geworden wäre, wenn ich mich nicht hätte in den Schlaf weinen müssen", redet sich Beatrix in Rage. Abrupt stoppt sie ihre Worte. Denn mit jedem Wort steigt Wut und Hilflosigkeit in ihr auf. Und dem will sie keinen Raum geben. Langsam und tief atmet sie ein und aus. Sie spürt, wie ihre Wut sich langsam beruhigt.

„Du hast doch ein gutes Urvertrauen", stellt Monika fest.

„Ja? Und, das weißt du woher?", fragt Beatrix und winkt schnippisch mit der Hand ab. Das Geschrei von Lennart übertönt ihre Worte. Beatrix wendet sich mit verschlossener Miene ihrem Sohn zu. Sachte streicht sie ihm über die Haare und flüstert: „Hast du dich erschreckt, weil wir so laut geredet haben?" Sie geht in die Hocke und dreht Lennart, so dass er seine große Schwester sieht. Diese streicht ihm sachte über die Wange und sagt: „Nicht erschrecken." Nach diesen Worten geht sie einen Schritt zurück, zieht eine Grimasse und schmeißt die Arme in die Höhe. Bei jedem anderen Menschen hätte sich Lennart über diese plötzliche Bewegung erschreckt. Nicht so bei seiner Schwester. Bei ihr bewundert er jede kleinste Geste.

Fasziniert beobachtet Lennart die Verrenkungen seiner Schwester. Sein Schreien verstummt.

„Danke für deine Bespaßung. Wenn es jemand schafft, dass er ruhig wird, dann du", stellt Beatrix zu ihrer Tochter fest und erhebt sich.

„Kannst du den Kinderwagen schieben?", bittet Beatrix ihre Mutter und an ihre Tochter gewandt, „wir sagen Opa noch Hallo und dann gehen wir nach Hause."

Gemeinsam gehen die vier zum Haus. Den Kinderwagen stellt Monika vor der Haustür ab. Beatrix betritt mit Lennard auf dem Arm und Marie-Lou an der Hand das Haus. Laut schallt ihnen bereits im Flur die Stimme des Nachrichtensprechers entgegen. Beatrix Puls beginnt zu rasen, sie ermahnt sich, ruhig zu atmen. Wie immer läuft der Fernseher als Hintergrundmusik. Marie-Lou betritt den Raum, ihr Blick starrt wie gebannt auf den Fernseher. Lennard verdreht seinen Kopf, um ebenfalls einen Blick auf den Fernseher zu erhaschen. Auf dem Sofa sitzt Beatrix Vater. Als sie eintreten, wendet er seinen Blick kurz vom Fernseher ab. „Schön, bekomme ich Lennart auch mal wieder zu sehen. Ich hoffe, ihr bleibt heute länger."

„Papa, bitte. Kannst du nicht den Fernseher ausmachen, solange die Kinder hier sind!" Entrüstet fährt sie fort: „Marie-Lou hat hoffentlich nicht die ganze Zeit, als sie bei euch war, fern gesehen!?"

„Natürlich war deine Mutter mit ihr draußen im Garten. Du kennst sie doch, sie ist immer am Werkeln", stellt Hans seelenruhig richtig, „ich verstehe gar nicht, wieso du so gereizt bist, der Fernseher im Hintergrund, stört doch niemanden."

„Doch, die Kinder. Schau doch, wie sie hinstarren. Für Kinder ist zu viel Fernsehen nicht gut", regt sich Beatrix auf.

„Ach, stell dich nicht so an. Du bist viel zu verkrampft in der Erziehung", wiegelt er ab, während er weiter auf den Fernseher starrt.

„Hast du schon etwas gegessen?", ruft Monika aus der Küche, „ich mach dir schnell die Suppe warm."

„Nein, danke. ich habe keinen Hunger", ruft Beatrix zurück und schüttelt den Kopf.

„Zu spät", sagt ihre Mutter und betritt, einen Suppenteller voller Linseneintopf das Wohnzimmer, „Suppe geht immer", stellt Monika fest, während sie den Teller auf dem Tisch absetzt.

Fassungslos schüttelt Beatrix den Kopf und sieht von ihrem Vater zu ihrer Mutter. Noch bevor sie realisiert, was ihre Mutter plant, ergreift Monika Lennart von hinten und hebt ihn hoch. Erschrocken zuckt er zusammen. Seine Hände rudern hilflos herum, als suchen sie unsichtbaren Halt. Bitterlich beginnt er zu weinen. „Jetzt leg ich ihn aber in den Kinderwagen zum Schlafen", sagt sie zu ihrer Tochter. „Der quengelt ja nur noch."

„Du hast ihn gerade völlig überraschend für ihn - **von hinten** - aus meinem Arm gerissen. Er hat sich erschrocken! Was erwartest du denn ...?", ereifert sich Beatrix. „gib ihn mir bitte."

„Jetzt iss du erst mal in Ruhe. Ein bisschen Schreien schadet schon nichts. Das härtet ab. Im Leben läuft nicht alles nach Plan. Das kann man nicht früh genug lernen." Mit diesen Worten verlässt Monika den Raum Richtung Kinderwagen.

Beschwichtigend hebt ihr Vater seine Hände und sagt: „Lass deine Mutter mal machen. Sie kennt sich aus mit Kindern. Wir haben dich auch groß bekommen."

Beatrix sinkt auf den Stuhl und schließt kurz die Augen. Marie-Lou legt die Hand auf ihren Arm. „Mama, bist du traurig?"

„Ich habe mich über Oma geärgert. Jetzt ist wieder gut. Ich esse die Suppe und dann gehen wir nach Hause. Magst du auch?" Beatrix hält ihr den gefüllten Löffel hin. Marie-Lou schüttelt den Kopf und sieht ihrer Oma nach.

„Geh ruhig zu Oma."

Sofort springt Marie-Lou auf und rennt ihrer Oma in den Flur nach. „Ich habe dich lieb, Oma." Wehen ihre Worte durch das Gewimmer von Lennart zu Beatrix hinüber. Gleichzeitig während sie die Suppe löffelt, bemüht sich Beatrix, durch gezieltes tiefes Atmen ihren Ärger in den Griff zu bekommen. Einatmen, halten, ausatmen. Langsam beruhigen sich die Wutwellen in ihr. Erst als sie sicher ist, dass ihre Stimme ruhig und fest klingt und sie nicht weiter von ihrer Wut gesteuert wird, ruft sie ihrer Mutter zu: „Es gibt neue Erkenntnisse zur Kindererziehung. Heute weiß man, dass es Kinder stresst, wenn sie weinen müssen, ohne dass sich jemand kümmert. Ich möchte **nicht**, dass er schreiend einschläft. Dann lernt er nicht das Einschlafen, sondern er lernt, dass er allein gelassen wird, wenn er schreit. Bitte **trage ihn,** bis ich die Suppe gegessen habe."

Langsam verklingt das Schreien des Säuglings. Die Schritte ihrer Mutter und kleine trippelnde Schritte sind jetzt in der Küche zu hören. Papier raschelt.

Innerlich verdreht Beatrix erneut die Augen, bestimmt naschen die beiden jetzt, weil die Mutter, sich nach der empfundenen Kritik Gutes tun will. Beatrix weiß, wenn sie jetzt dagegen etwas erwidert, hängt der Haussegen endgültig schief. Lieber erhöht sie ihr Tempo und löffelt in Windeseile die Suppe in sich hinein.

„Wir müssen los", mit diesen Worten erhebt sich Beatrix und trägt ihren Teller in die Küche. Sobald sie die Küche betritt, hört ihre Mutter auf zu kauen und presst die Lippen zusammen. Mit Karacho fühlt sich Beatrix in ihre Kindheit katapultiert.

„Darf keiner wissen, dass du naschst?", fragt sie Monika sarkastisch. Sofort hält diese sich die Hand vor den Mund und verteidigt sich: „Wir haben nur gut für uns gesorgt."

Bitter erwidert Beatrix: „Da gibt es durchaus sinnvollere Möglichkeiten."

Dann öffnet sie ihre Arme und hält sie Lennart entgegen, sofort streckt dieser ihr seine Hände entgegen.

„Komm. Wir gehen nach Hause", flüstert sie, während sie ihn ihrer Mutter aus dem Arm nimmt. Marie-Lou greift ihre andere Hand. Beatrix lässt die Hand direkt wieder los und schüttelt sich gekünstelt. Mit spitzem Mund ulkt sie: „Huuuu, klebrig. Wasch sie dir erst."

Monika schnappt den Arm von Marie-Lou und zieht sie zum Spülbecken. Sie hält die kleinen Hände unter den Wasserhahn und schrubbt sie mit einem Lappen ab. Nachdem sie sie mit einem Geschirrtuch trocken gerieben hat, prüft sie, ob sie immer noch kleben. „Jetzt kannst du zu deiner Mutter gehen", stellt sie fest, nimmt sie noch einmal in den Arm und sagt: „Tschüss, meine kleine Maus."

Marie-Lou rast zu ihrer Mutter, greift erneut die Hand und sagt: „Sauber. Oma hat kleine Maus gesagt." Sie lacht und sieht ihre Mutter an.

„Na so was", sagt diese. „Die kleine Maus und wir gehen jetzt. Danke für euer Kümmern."

Sie winkt ihren Eltern zu, legt Lennart in den Kinderwagen und schiebt ihn aus dem Haus. Draußen steigt Marie-Lou auf das Trittbrett. Zügig gehen sie den Bürgersteig entlang. Mit jedem Schritt, den sie sich von ihrem Elternhaus entfernt, spürt Beatrix, wie ihre innere Anspannung langsam nachlässt. Als sie an der Bäckerei vorbei kommen, hält sie an. „Wir brauchen noch Brot", erklärt sie Marie-Lou.

Sofort springt Marie-Lou vom Trittbrett und läuft fröhlich springend auf die Bäckerei zu.

Vorsichtig schiebt Beatrix den Kinderwagen die Rampe nach oben. Marie-Lou erwartet sie bereits an der Ladentür. Ihre Füße gegen den Boden gestemmt, zerren ihre Hände an dem Türgriff. Ein Kunde öffnet die Tür von innen und fragt: „Darf ich helfen, kleine Dame?"

Forsch sieht Marie-Lou ihn an und antwortet: „Kann ich alleine." Sie lehnt ihren kleinen Körper gegen die nun geöffnete Tür.

Schnell lächelt Beatrix den Mann an und zuckt entschuldigend mit der Schulter. Freundlich winkt er ab.

Der Duft nach frischgebackenem Brot und Teilchen weht Beatrix entgegen, als sie sich mit dem Kinderwagen umständlich an Marie-Lou vorbei schiebt. Sie streicht ihrer Tochter über den Kopf und bedankt sich. „Danke, dass du die Tür aufgehalten hast."

Nachdem sie den Kinderwagen neben der Eingangstür im Laden geparkt hat, nimmt sie Lennart auf den Arm. Die andere Hand reicht sie Marie-Lou.

Als sie sich ans Ende der Schlange stellt, macht die vor ihnen stehende Kundin Platz und sagt: „Gehen Sie mal ruhig vor. Mit Kindern ist man immer etwas unruhiger."

„Danke", sagt Beatrix, tritt an die Theke und mustert das Angebot im Regal.

„Ein Vollkornbrot...." Beatrix zögert und ringt mit sich. Soll sie wirklich? „Und die Schokoladenschnecke. Die nehme ich direkt auf die Hand", erklärt Beatrix der Verkäuferin. Gierig beißt sie ein Stück ab, bevor sie ihr Portemonnaie herausholt und bezahlt. Marie-Lou zieht an ihrer Jacke und bettelt: „Will auch probieren."

„Gleich, wenn wir draußen sind", wird sie von Beatrix vertröstet.

„Nein, jetzt", jammert Marie-Lou.

Schnell zupft Beatrix ein kleines Stück von der Schnecke ab und reicht es ihr. Sie selbst beißt ein großes Stück ab und geht zum Kinderwagen. Langsam trottet Marie-Lou hinter ihr her.

Als sie wieder auf der Straße stehen, sieht Marie-Lou sie an und bettelt: „Ich will noch ein Stück."

Nachdem Beatrix ihr erneut ein kleines Stück gegeben hat, stopft sie die restliche Schnecke schnell in den eigenen Mund.

„Noch mehr", sagt Marie-Lou und reckt ihr die Hand entgegen.

„Schon leer", sagt Beatrix und hält ihr die geöffneten Hände hin. Enttäuscht zieht Marie-Lou eine Schippe.

Während Beatrix zuhause das Brot in die Tiefkühltruhe legt, hört sie, wie die Haustür aufgeschlossen wird. Marie-Lou hat das Geräusch ebenfalls vernommen. Augenblicklich lässt sie ihre Puppe, die sie gerade aus dem Puppenwagen holen wollte, zurückfallen. Und rast in den Flur, laut „Papaaaa", schreiend.

„Meine Prinzessin", ruft Sebastian, nimmt sie in die Arme. Liebevoll drückt er sie an sich. Seine Tochter auf dem Arm, spaziert er zu Beatrix, dabei baut er kleine Hüpfer ein, die Marie-Lou zum Lachen bringen. Liebevoll küsst er Beatrix auf den Mund und fragt: „Wie war dein Tag?"

„Anstrengend. Vor allem..", weiter kommt sie nicht, da Marie-Lou anfängt zu reden. „Mein Tag war auch gut. Wir waren bei der Oma und da war ein Wolf."

„Ein Wolf ? Das war sicher ein Hund", korrigiert Beatrix. Vehement schüttelt Marie-Lou den Kopf. „Nein ein Wolf. Und der ist gefährlich. Ich habe Angst vor dem Wolf."

„Bei der Oma war ein Wolf?", skeptisch sieht Sebastian Beatrix an.

„Bestimmt im Fernsehen", regt sich diese auf.

„Nein, im Wohnzimmer. Jetzt ist er bestimmt in meinem Zimmer", jammert Marie-Lou.

„Der Wolf ist nicht in der Wohnung. Du brauchst keine Angst zu haben", beschwichtigt sie Sebastian. Sie kuschelt sich enger an ihn. „Doch der Wolf ist hier. Ich habe ihn in meinem Zimmer gesehen."

„Wollen wir gemeinsam nachsehen?", bietet Sebastian ihr an.

Zögerlich nickt Marie-Lou. Beide schleichen durch den Flur zu ihrem Zimmer. Marie-Lou hält sich dicht hinter ihrem Vater. Vorsichtig öffnet er die Tür einen Spalt und lugt hinein.

„Die Luft ist rein. Nichts zu sehen", wispert er Marie-Lou zu und öffnet die Tür langsam weiter. Er schaltet das Licht an und betritt das Zimmer.

Ängstlich linst Marie-Lou hinter seinem Rücken vorbei ins Zimmer. „Da ist ein Wolf." Mit ihrem Zeigefinger zeigt sie in die Ecke.

„Ich seh keinen. Kann das ein Fantasie-Wolf sein, der sich in deine Augen schleicht?"

Marie-Lou nickt.

„Fantasie Wölfe bekommt man nur mit Fantasie weg", erklärt ihr ihr Vater ernst, dreht sich leicht nach hinten. „Hast du vielleicht eine Idee?"

Marie-Lou schüttelt den Kopf.

„Ich kenne einen guten Trick, wie Fantasie Wölfe eingefangen werden", sagt Sebastian und geht, mit Marie-Lou an der Hand, in die Küche. Aus dem Kühlschrank holt er ein Stück Käse und bricht ein Stück ab. Dieses verstaut er in einer Tüte. Interessiert sieht Marie-Lou ihm zu.

„Damit fängt man Fantasie Wölfe", erklärt er ihr. „Fantasie Wölfe machen Menschen nichts und sie lieben Käse. Und um den Käse zu bekommen, machen sie sich ganz klein, so dass sie in die Tüte passen. Wenn er drinnen ist, machen wir einen Knoten in die Tüte und dann kann er nicht mehr raus."

„Muss er dann sterben?" Mit aufgerissenen Augen starrt Marie-Lou ihren Vater an.

„Möchtest du, dass er stirbt?"

„Nein. Er soll nicht sterben." Marie-Lou schluchzt auf. „Mach, dass er nicht stirbt."

„O.k. Dann bringe ich ihn raus und verbiete ihm, Wohnungen zu besuchen."

Marie-Lou nickt. Gemeinsam schleichen sie in das Kinderzimmer, gehen in die Hocke, öffnen weit die Tüte. Urplötzlich schließt Sebastian die Tüte und sagt: „Jetzt ist er drinnen." Heftig bewegt er die Tüte hin und her, als wolle sich der Wolf daraus befreien. Ganz nah nimmt er die Tüte an seinen Mund und flüstert: „Alles guuut. Es passiert dir nichts. Wir wollen dich nur nicht in der Wohnung haben. Keine Angst, ich bringe dich jetzt nach draußen und dann suchst du dir eine Höhle in der du wohnen kannst." Er hält die Tüte ruhig. „Siehst du. Jetzt hat er sich beruhigt."

Vorsichtig stupst Marie-Lou mit ihrem Zeigefinger gegen die Tüte.

„Möchtest du sie halten?" Sachte hält er ihr die Tüte entgegen. Marie-Lou weicht zurück.

„Dann trage ich sie und bringe ihn nach draußen", beruhigt sie Sebastian und geht mit der Tüte in der Hand auf die Tür zu.

„Ich auch", bemerkt Marie-Lou. Fragend sieht sie ihren Vater an und hebt ihre Hand zur Tüte. Aufmunternd nickt er ihr zu, dabei lächelt er sie liebevoll an. Mutig greift sie ebenfalls nach der Tüte. Vorsichtig darauf bedacht, bloß keine falsche Bewegung mit der Tüte zu machen, schleicht Sebastian neben seiner Tochter her. Verbunden durch die Tüte, in der der Fantasie Wolf sicher verstaut ist.

An der Garderobe stoppen sie. Beatrix lugt aus der Küche hervor und fragt: „Wo wollt ihr mit der Tüte hin?"

„Da ist der Fantasie Wolf drin", erklärt ihr Marie-Lou, „den lassen wir jetzt draußen frei."

„Aber nicht ohne Jacke", mahnt Beatrix.

„Würdest du die Tüte mit dem Wolf halten, bis wir die Jacke angezogen haben?", fragt Sebastian seine Frau und deutet auf die Tüte, „nicht schütteln."

„Wenn er brav ist, halte ich ihn kurz."

Sebastian und Marie-Lou nicken eifrig und übergeben Beatrix gemeinsam die Tüte. Vorsichtig nimmt sie sie mit der linken Hand entgegen und stützt sie mit der rechten Hand ab.

Bekleidet mit Jacken und der Tüte zwischen sich, verlassen sie das Haus.

„Ich glaube, Mama hatte auch Angst vor dem Wolf", sagt Marie-Lou zu ihrem Vater, „ich habe jetzt keine Angst mehr. Ich kann die Tüte selber tragen."

„Wenn du möchtest", sagt ihr Vater und nimmt seine Hand von der Tüte, „wenn ich mittragen soll, sagst du Bescheid."

Marie-Lou nickt. Vorsichtig und stolz trägt sie die Tüte.

„Was habt ihr mit dem Wolf gemacht?", fragt Beatrix, als die beiden wieder zurück sind.

„War ein Fantasie Wolf, die machen Menschen nichts", erklärt ihr Marie-Lou, „wir haben ihn frei gelassen. Im Park. Dort findet er sicher eine warme Höhle und vielleicht auch eine Frau und Kinder. Dann ist er nicht so allein." Sehr zufrieden sieht Marie-Lou aus. Liebevoll lächelt Beatrix ihren Mann an und streicht ihm sanft über den Arm. Ihr Mann, der nach einem langen Arbeitstag noch so viel Energie für die Fantasie der Kinder hat.

Zwei Stunden später liegen alle in ihren Betten. Leise flüstert Beatrix ihrem Mann zu: „Sicher hat sie bei meinen Eltern den Wolf im Fernsehen gesehen. Mein Vater kann einfach nicht das Fernsehen auslassen, obwohl die Kinder zu Besuch sind."

„Red doch mal in Ruhe mit ihm", schlägt Sebastian vor.

„Er hört nicht. Er denkt die Kinder bekommen nichts mit. Und meine Mutter stopft sie mit Süßigkeiten voll. Ich habe gar keine Lust mehr, sie dorthin zu bringen", sagt Beatrix und seufzt, „ich finde es wichtig, dass sie Kontakt mit ihren Großeltern haben. Aber ich fühle mich überhaupt nicht respektiert. Es ist genau wie früher, das was ich sage oder was ich will, wird nicht gehört."

Schweigend hört Sebastian ihr zu.

„Na ja, ich bringe sie einfach nicht mehr hin oder kürzer. Wird zwar für mich anstrengender, wenn ich Marie-Lou jeden Tag von der Kita abholen muss. Aber das ist dann halt so", stellt Beatrix fest und seufzt erneut.

„Freitags könnte ich mehr übernehmen", bietet Sebastian ihr an. Dankbar kuschelt sich Beatrix näher an ihn. Die Arme eng umeinander verschränkt schlafen die beiden ein.

Vier Monate später

Die Reise beginnt

Kinder sind der Samen des Lebens

Die Welt von morgen wird von ihnen gestaltet.

Mit einem leisen Geräusch fallen die Samen aus der Tüte auf die Glasschale. Ragna legt die Tüte zur Seite und greift nach der nächsten. Ein buntes Gemisch der unterschiedlichsten Samenformen und Farben liegt vor ihr. Sachte verteilt Ragna mit ihrer Hand die Körner. Sie stellt den Teller auf die Kommode an der Wand, entzündet das ebenfalls darauf stehende Räucherstäbchen. Mit der Hand wedelnd verteilt sie den Rauch im Zimmer.

Erst dann geht sie zur Tür. Ihr Gesicht überzieht ein breites Lächeln, als sie die Stimmen vor der Tür hört. Sie freut sich auf die Gruppe. Selten hat sie so viele Teilnehmer, die bereits an anderen Seminaren von ihr teilgenommen haben. Die Stimmen werden lauter und mischen sich mit begeisterten Begrüßungsrufen. Ragna fühlt sich in ihre Schulzeit zurückgeworfen, wenn sie sich nach den Ferien wieder gesehen haben.

„Hereinspaziert", ruft sie und breitet ihre Arme aus. „Schön, dass ihr da seid."

Herzlich begrüßt sie die bekannten Teilnehmer mit einer Umarmung. Vor den neuen unbekannten Teilnehmern bleibt sie stehen, spürt in sich hinein, ob diese ebenfalls bereit für eine Umarmung sind.

„Lasst eure Herzen zu einander fließen", ruft Simone ihr zu und grinst.

„Du hast ja Recht", stellt Ragna fest und fragt jeden der Neuen, „darf ich dich in den Arm nehmen?"

Nachdem jeder Einzelne zugestimmt hat, umarmt Ragna sie.

Als alle sitzen, zündet sie die Kerze in der Mitte des Stuhlkreises an und setzt sich auf den letzten noch freien Stuhl. Strahlend lässt sie ihren Blick von einem Teilnehmer zum anderen wandern.

„Bevor ihr euch vorstellt, erzähle ich euch etwas zu dem Seminar. Genau wie das Licht der Kerze hier leuchtet, möchte ich in euch das Licht der Erkenntnis entzünden. Ihr alle tragt das Wissen in eurem Herzen, was für euch und eure Kinder gut ist. Oft haben wir jedoch verlernt auf diese Stimme zu hören oder sie wird von anderen Stimmen übertönt. Dafür entzünden wir das Licht der Erkenntnis", sie macht eine Pause und sieht die Teilnehmer erwartungsvoll an, „jetzt bin ich natürlich auf euch gespannt. Was war eure Motivation dieses Seminar zu buchen?"

„Dann fange ich direkt mal an, denn ich bin schnell fertig.Ich heiße Ines, habe zwei Kinder und bin verheiratet. Veränderung gibt es momentan bei mir nicht. Das Leben plätschert so vor sich hin...", rattert Ines ihre Worte herunter und wendet sich danach ihrem Nachbarn zu. Klar gibt es einen Grund, weshalb sie am Seminar teilnimmt. Sie erhofft sich, dass es sie wieder in sich selbst erdet und sie ihr Leben wieder klarer sieht. Genau wie Ragna sagte, sie hofft, dass das Licht der Erkenntnis in ihr entzündet wird.

Anton grinst Ines an und stellt sich vor: „Ich bin Anton. Magda, meine Frau, hat bereits an einem Seminar teilgenommen. Wir haben drei Kinder, unser jüngstes ist gerade vier Monate alt geworden. Magda arbeitet seit zwei Monaten wieder und ich bin in Elternzeit. Das Seminar.....Ich sag mal so, Magda hat mehr oder weniger darauf bestanden. Ehrlich gesagt, bin ich auch froh, dem Abendprogramm zu entfliehen. Aber pssst.....", verschmitzt sieht er die anderen an und legt seinen Zeigefinger an den Mund, „nicht weiter sagen, vor allem nicht Magda. Außerdem habe ich großes Interesse anschließend mit euch noch ein Bier zu trinken." Ein breites Strahlen überzieht sein Gesicht.

„Finde ich toll, dass es auch Väter hier gibt. Ich wünschte, mein Mann hätte früher mal ein Seminar besucht oder mich überhaupt irgendwie in der Erziehung unterstützt. Ich bin übrigens Monika, die Mutter von Beatrix. Ein paar von euch kennen sie ja. Ich habe zwei Enkelkinder. Der jüngste ist sieben Monate. Warum ich an diesem Seminar teilnehme? Meine Tochter erzieht ihre Kinder ganz anders, als wir das früher machten. Das möchte ich verstehen. Außerdem ist es sicher wichtig, dass wir uns einig sind in der Erziehung. Mein größter Wunsch ist, die beiden wieder öfter zu sehen. Gerade sehe ich sie nicht so oft." Sie schluckt und zieht resigniert die Schultern hoch.

„Ach, das wird sicher wieder. Du machst das bestimmt ganz toll", beschwichtigt sie die junge Frau neben ihr und fährt fort, „dann mache ich auch direkt weiter."

Während die junge Frau sich als Sarah vorstellt, Vollzeitmutter, mit sechsjährigen Zwillingen mustert Monika sie unauffällig. Genau wie ihr Tipp ist auch ihre Kleidung praktisch. Kinnlange gerade Haare, ungeschminktes Gesicht, einen grauen Pullover, der in einer Jeans steckt, die modisch den Jahren hinterher hinkt. Langweilig hakt Monika das Erscheinungsbild innerlich ab und so jemand gibt ihr Tipps.

„Zwillinge? Zwillinge hätte ich auch noch gerne. Ich heiße Simone, bin alleinerziehend mit einer Tochter und habe, wie ihr seht durchaus den Wunsch nach einem Stall voll Kinder. Nur fehlt leider der Mann", sagt sie bedauernd und zieht eine Schnute.

„Dabei hast du einen durchaus liebenswerten Hausfreund", erinnert sie Lore.

„Ja, genau wie du sagst. Hausfreund", antwortet Simone und zieht die Augenbrauen hoch.

„Ich mache mal weiter", sagt Lore. „Lore, alleinerziehend, eine Tochter und ganz neu Lehrling in einem Schreinerbetrieb." Mit funkelnden Augen sieht sie sich in der Gruppe um.

„Bist du deinem Traum gefolgt!", stellt Ragna fest. Die Freude darüber strahlt aus ihren Augen. Danach schaut sie die beiden letzten Teilnehmer fragend an. „Wer von euch mag beginnen?"

„Ladys first", antwortet der männliche Teilnehmer und zeigt auf seine Nachbarin.

„Marie. Ich habe drei Kinder. Meine erste Tochter habe ich die ersten Jahre alleine groß gezogen. Na ja, gezogen habe ich nicht an ihr. Besser, ich habe sie allein ins Leben begleitet. Als sie acht war, habe ich meinen Mann kennengelernt. Und wir haben zwei gemeinsame Kinder. Meine älteste Tochter ist mit 16 Jahren zum Vater gezogen. Daran knapse ich heute noch. Ich hoffe das Seminar hilft mir, besser damit fertig zu werden."

„Ist bestimmt nicht deine Schuld. Vielleicht hat der Vater ihr irgendwelche Sachen versprochen, damit sie zu ihm zieht", mischt sich Sarah direkt ein.

„Und wer bist du?", fragt Ragna und wendet sich an den letzten verbleibenden Teilnehmer, ohne näher auf den Einwand von Sarah einzugehen.

„Samuel heiße ich. Ich bin seit drei Jahren Witwer......"

Es ist, als ob das Wort Witwer ein geheimes Signal aussendet. Augenblicklich blicken Lore und Ines auf, mustern ihn und hören aufmerksam zu.

„........ich habe zwei Kinder, 15 und 11 Jahre. Wir wohnen erst kurz hier. Auf das Seminar hat mich Simone aufmerksam gemacht. Unsere Töchter kennen sich. Und ich hoffe, dass ich Ideen bekomme, wie ich mit Teenagern umgehe. Außerdem muss ich jetzt aus meinem Kokon, in den ich mich die letzten drei Jahre verkrochen habe."

„Es ist wichtig, sich wieder zu öffnen", stellt Sarah fest und nickt eifrig.

Während dieser Bemerkung steht Ragna auf und geht zu der Kommode. Sie ergreift den Teller mit den Samen und stellt ihn vorsichtig in die Mitte des Stuhlkreises auf den Boden. Dazu sagt sie: „Als Symbol für unsere Kinder habe ich euch Samen mitgebracht. Kinder sind unser Samen, den wir in die Welt tragen."

Ragna kniet sich neben den Teller und ergreift mit beiden Händen kleine Samenkörner. Langsam lässt sie diese wieder auf den Teller rieseln. „Wie unterschiedlich der Samen ist. Größer, kleiner, unterschiedliche Farben. So unterschiedlich und vielfältig wie wir Menschen."

Langsam streift sich Ragna die letzten Samenkörner von ihren Händen und setzt sich wieder auf ihren Platz.

Sie fährt fort: „All diese Samenkörner sind dazu angelegt zu wachsen und zu reifen. Im Idealfall bieten wir dem Samen das nötige Umfeld, damit es den innewohnenden Kern nach außen bringt. Wir sind die Gärtner, die den Samen und die daraus entstehende Pflanze nähren, damit er wächst. In jedem Samen ist die fertige Pflanze bereits festgelegt. Aus einer Rose wird kein Apfelbaum, aus einer Distel kein Löwenzahn......doch jede Pflanze hat ihre Berechtigung und einzig wir Menschen stecken sie in Schubladen, bewerten sie. Und wir können uns immer wieder fragen, schaffe ich gute Bedingungen, damit sich die Pflanze ihren angelegten Fähigkeiten gemäß entwickeln kann, genauso wie wir uns fragen können, ob wir unseren Kindern eine wachstumsfördernde Atmosphäre bieten, damit sie ihre angelegten Talente nach außen tragen können. Ich hoffe, dass euch das Seminar dabei unterstützt, eure Kinder ihrer Individualität gemäß, sich entfalten zu lassen."

Hier macht Ragna eine Pause, bevor sie in die Gruppe fragt: „Was braucht unser Pflänzchen von uns, neben guter Nahrung, passender Kleidung, Dach über dem Kopf, Bildung, neben dem ganzen Materiellen...?"

Liebe   Vertrauen   Körperkontakt   – rufen alle hinein. „Menschen als Eltern", sagt Marie, als die Rufe langsam verebbt sind.

„Was meinst du damit?", fragt Monika Marie, von der die letzte Äußerung kam.

„Kinder wollen Menschen als Eltern und keine Roboter, die nur funktionieren. Sie wollen Eltern, die ihnen ihre Gefühle und Schwächen zeigen, die Fehler machen und sich dafür entschuldigen können. Meine Eltern versuchten immer perfekt zu sein, sie versorgten uns Kinder, ohne jede Herzlichkeit." Als sie schweigt, sehen die anderen nachdenklich aus.

„Kinder haben ein Recht auf ein eigenes Leben", fällt Anton ein und er hängt direkt eine Erklärung an. „Eltern haben oft eine Wunschvorstellung vom Leben ihrer Kinder oder wie die Kinder sich verhalten sollten. Und dann formen und ziehen sie, bis die Kinder in das Schema passen und von dem Individuum des Kindes vielleicht nur noch eine Ahnung übrig ist. Ich wünsche mir, dass es mir gelingt, die Einzigartigkeit meiner Kinder sein zu lassen. Ist das verständlich?"

Alle nicken.

„Verstanden schon", sagt Simone, „und doch ist es ein ständiges Abwägen zwischen den Normen der Gesellschaft und der Individualität des Einzelnen."

„Zeit. Entwicklung braucht Zeit", ruft Sarah in den Raum. „Deshalb bin ich auch Vollzeit zuhause, damit meine Zwillinge die Zeit haben, die sie brauchen."

„Viel mit der Pflanze sprechen, ist wichtig", ergänzt Ines und bekommt direkt ein schlechtes Gewissen, dass sie das wohl mit ihren kleinen Kinderpflänzchen gerade nicht hinbekommt.

„Es kann aber auch ein zu viel geben. Wenn ich bei der Metapher bleibe, jedes zu viel schadet, wenn es nicht zu der Pflanze passt. Zu viel Sonne, zu viel Wasser. Und so kann es auch in der Erziehung ein zu viel geben. Meine Eltern haben mich mit ihrer roboterhaften Fürsorge überhäuft. Wahrscheinlich habe ich deshalb so früh ein Kind bekommen, um dem zu entkommen", sagt Marie.

„Ein zu viel an Liebe kann es ja wohl nicht geben", sagt Sarah entrüstet.

Erwartungsvoll blicken alle auf Ragna. „Zu viel lieben kann man, denke ich, nicht. Es kommt jedoch darauf an, wie ich diese Liebe zeige und auf das Verständnis von Liebe. Wenn ich das Kind über behüte, ihm meine Fürsorge aufdränge, weil ich seine und meine Grenzen nicht achte. Oder wenn ich es mit Materiellem überhäufe, statt mit Beachtung - dann ist das falsch verstandene Liebe. Wenn ich die Liebe jedoch nutze, um meinem Kind behilflich zu sein, sich selbst zu entfalten, dann nutzt mir diese Liebe, um den anderen zu verstehen. Dann achte ich die Grenzen des anderen genau wie meine eigenen. Von daher ist es wichtig, das richtige Maß zu leben."

„Nur weil ich den ganzen Tag für meine Kinder da bin, heißt das nicht, dass ich sie über behüte", empört sich Sarah.

'Hat doch auch keiner gesagt', liegt es Monika auf der Zunge. Diese Sarah geht ihr jetzt schon auf die Nerven. Dass die aber auch alles auf sich beziehen muss.

Bevor jemand etwas darauf erwidert und eine Diskussion auslöst, lenkt Ragna schnell ein: „Du hast dich für dieses Modell entschieden. Wie du es lebst, wissen wir hier nicht. Jeder von euch wird hier seine individuellen Antworten finden und auf sich und seine Familie anpassen, in dem Maße, wie es zu euch passt."

Mit diesen Worten leitet Ragna die Abschlussmeditation ein.

„Beenden wir den Abend im Bistro?", wendet sich Samuel nach Ablauf der Meditation an die Gruppe.

„Bin dabei", stimmt Anton sofort zu. „Also nur, wenn meine Mitfahrerin auch mitkommt", lenkt er sofort ein und sieht Ines fragend an.

„Klar, bin dabei", stimmt sie Anton zu.

Monika greift nach ihrer Tasche und ruft: „Tschüss."

„Kommst du nicht mit?", fragt Ines sie erstaunt.

„Ach, ich passe doch nicht zu euch jungen Leuten", stellt Monika abwehrend fest.

„Quatsch. Du gehörst doch zu unserer Gruppe. Und genau wie du dir erhoffst deine Tochter durch das Seminar besser zu verstehen, verhilfst du uns, die Großeltern unserer Kinder besser zu verstehen. Du siehst, deine Teilnahme dient der Generationsverständigung. Wir freuen uns, wenn du mitkommst", sagt Ines und sieht sie aufmunternd an.

„Auf jeden Fall." Samuel hat die letzten Worte mitbekommen und lächelt Monika zustimmend an. Dann wendet er sich Ragna zu und meint: „Du bist auch herzlich bei uns willkommen."

„Danke, ich mache jetzt Feierabend. Euch wünsche ich einen schönen Abend", sagt diese und schüttelt den Kopf.

Lore und Simone hängen sich rechts und links von Monika ein und schlendern hinter der Gruppe her. Samuel hält die Eingangstür vom Bistro auf und wartet, bis alle drinnen sind.

Lautes Stimmengewirr und Gelächter schallt ihnen entgegen. Der Kellner tritt auf sie zu. Er schaut auf die Liste in seiner Hand und fragt mit lauter Stimme: „Habt ihr reserviert?"

„Nein, wir kommen spontan", antwortet Samuel.

Bedauernd zuckt der Kellner mit den Schultern und sagt: „Alles voll. Ohne Reservierung läuft hier nichts."

„Dann reserviere ich für nächste Woche, oder?", fragt Samuel und sieht Anton und Ines, die direkt hinter ihm stehen, fragend an. Beide nicken. Alle bis auf Samuel verlassen das Bistro und warten auf der Straße.

„Tisch ist reserviert", bestätigt Samuel kurz darauf dem Rest der Gruppe, „ich muss jetzt auch nach Hause. Meinen Sohn vom ´Babysitten´ ablösen." Mit seinen Fingern zeichnet er Anführungszeichen in die Luft.

„Kira hätte bei uns schlafen können, die beiden Mädels hätte es bestimmt gefreut. Und Jan ist sowieso zuhause. Sag einfach Bescheid, wenn Kira nächste Woche bei uns schlafen möchte", bietet Simone ihm an.

„Kalle wird dankbar sein", erwidert Samuel lachend, „und Kira und ich natürlich auch."

Grinsend hebt Simone ihren Daumen nach oben.

Genau wie Samuel drängt es den Rest der Gruppe nach Hause. Nach einer kurzen Verabschiedung driften sie auseinander. Simone hängt sich bei Lore ein. Als sie ein paar Meter gegangen sind, flüstert sie Lore zu: „Irgendwie mag ich die Monika. Ich finde es toll, dass sie sich angemeldet hat, um die Erziehung ihrer Enkelkinder zu verstehen. Das würde ich mir von meinen Eltern auch wünschen."

„Aber ausgerechnet in der Gruppe in der viele Beatrix kennen. Ob die das weiß? Ich würde das nicht wollen. Wer weiß was Monika alles von Beatrix erzählt. Ob die das will? Monika berichtet ja nur ihre Sicht der Dinge und Beatrix hat keine Chance ihre mitzuteilen“, stellt Lore fest und schüttelt ablehnend den Kopf.

„Stimmt“, bestätigt ihr Simone. „Ich frage Monika nächste Woche mal.“

„Aber sag nicht, dass ich etwas gesagt habe“, beschwört Lore sie.

Monika

„Monika, deine Tochter ist am Telefon", schreit Hans in Richtung Küche.

Schnell dreht Monika die Herdplatte auf kleinste Stufe und eilt ins Wohnzimmer.

„Hallo Beatrix, ich freue mich, dass du dich meldest. Wie geht es euch und den Kindern?", fragt sie aufgeregt in das Telefon.

„Gut, gut. Viel mehr interessiert mich, wie das Seminar war", fragt Beatrix neugierig. „Wer war da, was habt ihr besprochen? Hast du auch nicht zu viel von mir erzählt. Wie gesagt, dass war die Bedingung, dass du dich mit dem Erzählen zurückhälst. Nicht, dass ich meinen Freundinnen nicht mehr unter die Augen treten kann."

In diesem Moment ist Monika dankbar, dass sie kein Videotelefonat mit Beatrix führt und diese nicht die feine Röte sieht, die ihr Gesicht überzieht. Hoffentlich verschweigen die anderen Beatrix, dass sie erzählt hat, dass sie ihre Enkelkinder öfter sehen möchte. Sie muss die anderen beim nächsten Mal dringlichst darauf hinweisen, dass nichts weitergegeben werden darf. Rein gar nichts.

„Wieso triffst du jemanden in den nächsten Tagen?", fragt Monika und hofft auf ein Nein.

„Nein, aber trotzdem. Was habt ihr besprochen?", will Beatrix neugierig wissen.

Monika erzählt von den Samenkörnern und der Meditation. „Ist eine sehr nette Gruppe. Anschließend wollten wir noch ins Bistro. War aber alles voll. Nächste Woche gehen wir anschließend ins Bistro." Sie macht eine Pause und wartet auf eine Reaktion von Beatrix. Hoffentlich ist es ihr Recht, dass sie sogar an der anschließenden Bistrorunde teilnimmt. Ängstlich wartet sie auf die Reaktion von Beatrix. Als diese weiter schweigt, fragt Monika vorsichtig: „Bringst du mir morgen Marie-Lou, wenn du mit Lennart beim Arzt bist?"

„Sie geht mit zum Arzt", entgegnet Beatrix hart. Gerne hätte sie ihre Stimme weich klingen lassen und noch lieber hätte sie Marie-Lou zu ihrer Mutter gebracht. Ein Kinderarztbesuch mit zwei Kindern verspricht anstrengend zu werden.

„Bring sie doch zu uns. Beim Kinderarzt ist es doch langweilig. Ich geb ihr auch nichts Süßes", lenkt Monika ein.

„Es geht nicht nur um Süßes. Es geht darum, dass ihr meine Wünsche überhaupt nicht berücksichtigt. Wahrscheinlich sitzt sie dann wieder im Wohnzimmer und glotzt Fernsehen. Euch ist doch völlig egal, was ich will", sagt Beatrix mit zitternder Stimme und ärgert sich, dass ihre Stimme so weinerlich klingt.

Am anderen Ende der Leitung herrscht betroffenes Schweigen. Beatrix schämt sich, dass sie ihre Gefühle so deutlich gezeigt hat. Eigentlich wollte sie ruhig mit ihrer Mutter sprechen.

Leise äußert Monika eine Idee. „Ich könnte mit ihr auf den Spielplatz gehen. Auch wenn er es nicht zeigt, freut sich dein Vater sehr, wenn er seine Enkel sieht. Vielleicht kommt er mit auf den Spielplatz."

„Bitte", fügt Monika nach einer Weile leise hinzu.

„Jetzt habe ich ihr schon erzählt, dass sie mitgeht. Vielleicht das nächste Mal", lenkt Beatrix ein und blockt jede weitere Diskussion mit einem „Bis bald", ab.

Sekundenlang starrt Monika den Telefonhörer an, bevor sie auflegt. Sie hofft so sehr, dass das Seminar das Gleichgewicht zu ihrer Tochter wieder herstellt.

Ines

Kurz vor dem Abendessen klingelt es an der Haustür. Ines stellt die Teller auf dem Tisch ab und eilt zur Tür.

„Ich wollte die Kinder abholen. Anton hat mir erzählt, dass die beiden wieder den ganzen Nachmittag bei dir verbracht haben. Da macht er es sich sehr einfach", schimpft Magda.

„Komm rein", lädt Ines sie ein und öffnet die Tür weit, „ist doch keine Arbeit, ob jetzt zwei oder vier Kinder hier sind. Die spielen in ihren Zimmern oder im Garten."

„Aber.... es ist so typisch. Die Männer machen es sich immer einfach. Du hast unsere Kinder jetzt auch noch an der Backe", ereifert sich Magda und folgt Ines in die Küche.

„Also erst einmal, es ist wirklich keine Arbeit. Wenn du zuhause geblieben wärst, hätte ich dir genauso angeboten, die Kinder zu nehmen. Die Arbeit mit einem Säugling ist nun mal sehr zeitaufwendig. Vielleicht haben Männer nicht diesen enormen Anspruch wie wir, alles alleine machen zu müssen und sorgen besser für sich", beschwichtigt Ines, „entspann dich, trinke einen Tee mit mir und dann geht ihr gemeinsam nach Hause."

Mit finsterem Gesichtsausdruck setzt sich Magda auf die Kante des Küchenstuhles.

Ines stellt zwei Tassen auf den Tisch und schenkt Tee ein.

„Wie hast du Anton überredet an dem Seminar teilzunehmen?", fragt Ines und schaut Magda abwartend an.

„Waaaas?! Hat er das gesagt!? Dass er wegen mir teilnimmt?", erbost sich Magda.

„Jaaa, schoon", antwortet Ines zögerlich. „Na ja nicht wegen dir..., nur dass es dir wichtig war", windet sich Ines.

„Toll! Wie stehe ich jetzt da? Jetzt denkt doch jeder ich bestimme und er macht. Denkt sowieso jeder, weil er in Elternzeit gegangen ist", sagt Magda aufgebracht.

„Das glaube ich nicht. Ich denke eher, dass ihr dadurch Vorbild seid für andere Familienmuster", beschwichtigt Ines und lächelt Magda um Verzeihung bittend an, „sei ihm bitte nicht böse, weil ich das erzählt habe. Sicher hat er es nicht so gemeint", verlegen lächelnd sieht sie sie an.

Magda stützt sich am Tisch ab und beugt ihren Oberkörper nach vorne. Bevor sie endgültig aufsteht, lenkt Ines ein: „Wie läuft es denn sonst so? Mit euch allen?"

Magda lehnt sich erneut auf ihrem Stuhl zurück. „Ist schon anstrengend mit Säugling. Dadurch, dass ich den ganzen Tag arbeite, will ich natürlich wenigstens abends für Mathilda da sein. Und gefühlt hängen dann alle an mir. Anton denkt, er hat frei, wenn ich nach Hause komme. Als ob meine Arbeit nicht anstrengend wäre." Magda seufzt.

„Bereust du, dass Anton die Elternzeit genommen hat?"

„Nein", sagt Magda und schüttelt kräftig mit dem Kopf. „Ich liebe meine Arbeit viel zu sehr. Wenn ich Elternzeit genommen hätte, wäre Mathilda mit sechs Monaten in der Krippe. Aber Anton wollte das nicht. Er denkt, dass Kinder in den ersten Jahren die alleinige Aufmerksamkeit der Eltern brauchen, da sie sich noch nicht ausdrücken können. Und in der Kita ist das natürlich nicht gegeben. Deshalb haben wir den Kompromiss geschlossen. Und nicht weil ich es befohlen habe."

„Das hat er auch nicht gesagt, dass du das befohlen hast. Ich habe es falsch ausgedrückt", unterbricht Ines Magda, „ist doch eine gute Lösung."

„Na ja", fährt Magda fort, „mehr Zeit für mich, wäre auch nicht schlecht. Die kommt eindeutig zu kurz."

„Wenn ihr mal eine Pause braucht, sagt einfach Bescheid. ich freue mich auch mal wieder, einen Tag einen Säugling im Hause zu haben", bietet Ines an.

„Wenn du mal Hilfe brauchst, musst du auch sagen", sagt Magda und trinkt ihren Tee aus.

„Ich brauche keine Hilfe, bei mir läuft alles", blockt Ines direkt ab.

Simone

„Stein. Meine Tochter Laura hat einen Termin. Sie hat seit Tagen starken Husten."

„Nehmen Sie bitte im Wartezimmer Platz", die Arzthelferin deutet auf das volle Wartezimmer.

Simone schiebt Laura in das Wartezimmer. In einer Ecke steht ein Schaukelpferd, auf dem ein Dreijähriger wild hin und her schaukelt. Zwei Kinder malen an einem Kindertisch. Die anderen Kinder sitzen bei ihren Müttern auf dem Schoß und betrachten Bücher. Alle heben kurz ihren Blick, als die beiden den Raum betreten.

„Hallo Simone", schallt es ihnen aus einer Ecke entgegen.

Simone dreht ihren Kopf in die Richtung und erkennt Beatrix. Schnell hebt diese Marie-Lou, die auf dem Stuhl neben ihr sitzt, auf den Schoß. Erst wehrt sie sich, da Lennart auf dem anderen Bein sitzt. Beatrix flüstert Marie-Lou ins Ohr: „Sei doch lieb. Du kannst dir auch nachher am Kiosk etwas aussuchen." Besänftigt widmet sich Marie-Lou wieder ihrem Bilderbuch.

„Und wo soll ich sitzen", fragt Laura ihre Mutter erzürnt, nachdem diese sich auf den Stuhl gesetzt hat. Simone klopft auf ihr Bein. Murrend setzt sich Laura darauf.

„Schade, dass du das Seminar nicht mitmachst", sagt Simone und sieht Beatrix von der Seite an.

„Mit zwei kleinen Kindern ist mir das gerade zu anstrengend, abends noch mal weg zu gehen. Ich hoffe meine Mutter vertritt mich gut."

„Ich finde es toll, dass deine Mutter dabei ist. Das würde ich mir von meinen Eltern auch wünschen. Aber die machen natürlich alles richtig und früher war sowieso alles richtiger", stellt sie ironisch fest und zieht eine Grimasse, „ich hoffe, dass ich im Alter anders bin. Aber das hofft wahrscheinlich jeder."

Beatrix beugt sich näher an Simone und flüstert kaum hörbar: „Was hat meine Mutter gesagt, wieso sie mitmacht?" Ihre Wangen überzieht leichte Röte.

Verwundert sieht Simone sie an und überlegt kurz. „Dass sie die modernen Erziehungsmethoden besser verstehen möchte und wenn die Enkel bei ihr sind, nicht gegen dich arbeitet."

„Sonst nichts?", fragt Beatrix und beugt sich noch näher an Simone, so dass Marie-Lou beinah von ihrem Bein gerutscht wäre. Um das Gleichgewicht zu halten, krallt sich Marie-Lou in dem Arm von Lennart fest. Dieser beginnt zu weinen. Marie-Lou weint ebenfalls. Beatrix wippt mit ihren Beinen auf und ab, um die beiden zu beruhigen. Ihren Blick fest auf Simone gerichtet.

Simone schüttelt den Kopf. „Sonst wüsste ich nichts. Wieso? Was sollte sie denn sagen?"

Ein zufriedenes angedeutetes Grinsen überzieht Beatrix Gesicht. Sie lehnt sich zurück und wendet sich den Kindern zu. „Alles gut", sagt sie. Dabei klingt es, als sage sie dies mehr zu sich selbst. Beatrix greift nach dem Bilderbuch, das Marie-Lou in den Händen hält, blättert um und erzählt den Kindern, was auf den Bildern zu sehen ist. Langsam beruhigen sich die beiden.

„Macht Marion auch mit?", fragt Beatrix interessiert, während ihr Blick auf das Bilderbuch gerichtet ist.

„Nein, ihr Mann mag doch keine Veränderung. Ihr ist der Frieden mit ihm wohl wichtiger. Habe sie schon länger nicht gesehen", erklärt ihr Simone.

„Dann bin ich wenigstens nicht die Einzige, die nicht dabei ist.....", stellt Beatrix mehr zu sich selbst fest. „Magda macht auch...", beginnt Simone ihren Satz, wird jedoch von der Arzthelferin unterbrochen, die Beatrix mit ihren Kindern aufruft.

Mit der Gegenwart verbunden

Der Augenblick birgt das Leben

In Zeitlupe hebt Ines ihren Fuß und stellt ihn langsam vor sich auf den Boden. Ihre gesamte Aufmerksamkeit richtet sie darauf, nicht das Gleichgewicht zu verlieren. Jetzt den anderen heben und sachte aufstellen, dabei wahrnehmen, wie sich der Boden anfühlt. Die Kälte der Fliesen dringt durch ihre Socken. Sehnsüchtig linst sie zu ihren Turnschuhen, die unter ihrem Stuhl stehen.

Anton stoppt, fast wäre er gegen Ines gerannt. Während die anderen sich im Schneckentempo an ihm vorbei bewegen und das auch noch, ohne zu lachen, verfällt er immer wieder in sein gewohntes Alltagstempo. Seine Gedanken fokussiert er auf etwas Ernstes, damit er bei dieser Übung nicht in schallendes Gelächter ausbricht. Trotzdem greift er immer wieder nach seinem Taschentuch und schnäuzt seine Lacher hinein. Ragna rückt zu ihm auf. „Ist gar nicht so einfach, ernst und langsam zu gehen", flüstert sie ihm zu. „Auch Lachen ist erlaubt....." Sie zwinkert ihm zu und verlangsamt ihr Schritttempo, so dass Anton an ihr vorbei zieht.

„Hilft übrigens gut beim Grübeln", unterbricht Ragna die Stille, „aus dem Kopf in den Körper gehen, die Aufmerksamkeit wieder auf das Jetzt zu lenken und die

Gedanken, ohne zu bewerten, fließen lassen. Und schwuppps..", erhebt sie ihre Stimme in eine hellere Tonlage und tänzelt einen Schritt nach vorne. „... kommen uns Lösungen, Ideen wie von selbst."

Schweigend schleichen die Teilnehmer weiter. Ines nimmt die Worte nur am Rande wahr, die Kälte des Bodens kriecht langsam in ihre Waden. Doch besser die Kälte spüren, als die ständigen Grübeleien über ihre Ehe, die sich sonst wie Läuse in ihren Gedanken festklammern.

„Nehmt wahr, wie ihr euch mit jedem Schritt in euch erdet", leitet Ragna weiter an. „Langsam gehen wir zu unseren Plätzen und setzen uns."

Anton ist der Erste, der seinen Platz erreicht. Als alle sitzen und ihre Schuhe wieder angezogen haben, fährt Ragna fort: „Wie ist es euch ergangen?"

„Mir hat es gut getan. Ich habe es tatsächlich geschafft, die Gedanken loszulassen. Ich fühle mich jetzt voller Energie. Vielleicht weil ich ganz im Jetzt war, oder?", fragt Simone und sieht Ragna fragend an.

Sarah wirft ein: „Sicher, wenn wir ständig grübeln und uns Sorgen um die Zukunft machen, saugt das Energie. Außerdem verpassen wir das Leben, denn das findet nur im Jetzt statt." Ihr Blick ruht dabei auf Ragna. Diese lächelt warmherzig zurück und nickt.

„Auf jeden Fall. Deshalb legt tagsüber immer wieder kurze Pausen ein, in denen ihr euch wieder im Jetzt zentriert."

„Und wie mache ich das?", fragt Simone.

„Wie eine Kurzmeditation. Augen schließen, bewusst atmen und alles in euch einfach nur wahrnehmen, ohne zu bewerten", erklärt Ragna.

„Bei meinen zwei Wirbelwinden wird es schwer sein, sich diese Auszeit zu nehmen", stellt Marie resigniert fest.

„Setzt euch doch gemeinsam hin. Setzt euch auf den Boden, legt euch Wattekugeln auf die Hand und sag ihnen, dass sie diese durch pusten sachte fliegen lassen können", rät ihr Sarah. „Klappt bei meinen Zwillingen prima und gibt mir eine Atempause."

„Gute Idee, werde ich auf jeden Fall ausprobieren", sagt Marie begeistert.

„Und ich werde einen Schleichspaziergang mit meiner Enkelin machen", sagt Monika. Beim Gedanken an die Umsetzung beginnen ihre Augen zu strahlen.

„Die Zeit hätte ich auch gerne", stellt Marie fest. „Gefühlt hängt bei mir ein Termin am nächsten."

„Und die Kinder?", fragt Sarah.

„Die hoppeln mit. Beschweren sich zwar oft, dass sie nicht fertig spielen können..."

„Ich kündige meinen Kindern immer an, wenn wir einen Termin haben, damit sie sich darauf einstellen können. Auch als die beiden noch ganz klein waren", sagt Sarah und wendet ihren Blick jetzt zu Anton, „bevor ich sie zum Wickeln geholt habe, habe ich ihnen das erklärt. Und sie dann erst hochgehoben."

„Gute Idee", sagt Anton und nickt, „damit punkte ich bei Magda, wenn sie das sieht. Nur, pssst...nicht Magda verraten, dass ich das hier erfahren habe." Er grinst.

„Ja, die Zeit", sagt Monika. „Vielleicht haben wir gar nicht zu wenig, sondern investieren falsch. Anstatt uns auf das Wesentliche zu konzentrieren, verlieren wir uns in dem Nebensächlichen."

„Ich frage mich immer, was ist wichtig? Bewusst habe ich mich entschieden, Vollzeitmutter zu sein, denn meine Familie ist mir so wichtig", sagt Sarah und sieht die anderen zufrieden grinsend an, als hätte sie den Spruch des Jahres verkündet.

„Meine Familie ist mir auch wichtig. Auch wenn ich arbeite. Und wieso überhaupt sollen wieder nur die Frauen zurückstecken? Bei den Männern meckert keiner, wenn sie arbeiten", regt sich Marie auf. Ihre Stimme wird mit jedem Wort schriller.

„Ich wollte doch niemand auf den Schlips treten", sagt Sarah pikiert. „Ich habe euch nur meine Meinung mitgeteilt."

Bevor daraus eine Grundsatzdiskussion wird, springt Ragna dazwischen. „Es lohnt sich durchaus, sich die Frage zu stellen, was einem wichtig ist. Es hilft oft dabei, seine Zeit gut einzuteilen. Welche Prioritäten ihr dann setzt, entscheidet jeder für sich. Wichtig ist, dass es euch und eurer Familie damit gut geht. Wir haben hier mit Anton sogar ein Beispiel für ein anderes Familienmodell. Und denkt immer daran, die anderen sind keine Konkurrenz, sondern Mitmenschen. Egal welches Modell ihr wählt, es sollte zu euch und eurer Familie passen."

„Also ich habe mir die Elternzeit vorher leichter vorgestellt. Ich hatte extra eine Liste erstellt auf der jede Menge Hobbys stehen, in die ich in dieser Zeit investieren wollte. Noch stehen sie nur auf der Liste...", stellt Anton bedauernd fest.

„Eine gute Überleitung zu einer Meditation", sagt Ragna und grinst, „meditiert über die Frage: wie schaffe ich mir Raum für mich selbst. Wie viel Raum und wofür, das entscheidet ihr."

Schweigen senkt sich über die Gruppe, bis Ragna zwanzig Minuten später die Meditation beendet.

Nachdenklich öffnet Ines die Augen. Bei ihr stand nicht die Zeit für sich selbst im Vordergrund. Nein, ihre Kinder wollten während der Meditation ihre Aufmerksamkeit. Immer wieder tauchten sie auf und mit ihnen ihr schlechtes Gewissen. Auf einmal hatte sie es klar vor Augen. Sie brauchte keinen Raum für sich, den hatte sie. Sie brauchte Zeit mit ihren Kindern. Innerlich gab sie sich selbst das Versprechen, mit ihren Kindern ein Wochenende zu verreisen. Zeit, die nur ihren Kindern gehören sollte. Direkt morgen wollte sie Peter informieren und mit den Kindern ein Ziel herausfiltern.

Monika erging es ähnlich. Auch sie meditierte nicht über ihren eigenen Raum, sondern für ihre Tochter. In der anschließenden Austauschrunde meldet sie sich als erste.

„Für mich ist die Meditation ja noch neu. Ich finde es wichtiger, dass meine Tochter sich eine Auszeit nimmt. Immerhin hat sie zwei Kinder. Ich würde die beiden nehmen, dann könnte sie und ihr Mann etwas Schönes unternehmen. Aber sie will nicht. Sie traut mir nicht mehr bei den Kindern. Das andere ist, dass Beatrix immer sagt, sie braucht keine Hilfe, sie kann das alleine. Aber es täte ihr sicher gut", sagt Monika und schüttelt missbilligend den Kopf, „ihr erzählt ihr doch nicht, was ich hier sage!", vergewissert sie sich schnell.

„Nein, wir hatten ja gesagt, dass keiner über die Dinge, die hier besprochen werden, mit anderen außerhalb der Gruppe redet", beschwichtigt Ragna sie.

„Gut", sagt Monika und nickt, „wie kann ich Beatrix überzeugen, dass es ihr guttäte?"

Sarah rutscht es heraus: „Das ist total übergriffig von dir. Wieso meinst du zu wissen, was deine Tochter benötigt??"

Monikas Gesicht versteinert.

Schweigend sieht Ragna Sarah und Monika an. „Den eigenen Raum einnehmen heißt auch, die eigenen und die Grenzen der anderen zu achten. Worte der anderen können wir uns anhören, sollten sie jedoch nicht über uns bestimmen lassen. Wir können reflektieren ob und was sie mit uns zu tun haben und beachten, dass sie immer auch Ausdruck des anderen sind."

Kurz wartet Ragna, ob eine der beiden etwas erwidern möchte, bevor sie fortfährt: „Willst du meine Meinung darüber hören, auch wenn sie vollkommen konträr zu deiner ist?"

Monika nickt.

Nach kurzem Zögern fährt Ragna fort: „Du brauchst deine Tochter nicht davon überzeugen. Falls es eine gute Gelegenheit gibt, kannst du ihr anbieten, dass du ihre Kinder gerne nimmst, wenn sie mal Zeit für sich braucht. Doch bei dem was du bisher erzählt hast, gehe ich davon aus, dass sie das weiß. Willst du eine Beziehung zu ihr aufbauen, ist es wichtiger, ihr zuzuhören und sie zu verstehen. Dass sie und die Enkelkinder dir wichtig sind, hast du meiner Ansicht nach mit der Teilnahme bei diesem Seminar gezeigt." Die warmen Augen von Ragna ruhen, während sie diese Worte spricht, auf Monika.

Monikas Gesichtsausdruck wechselt zu nachdenklich, obwohl sie das nicht versteht. Es ist doch nicht schlimm, wenn sie ihrer Tochter Tipps gibt. Als Außenstehende und dazu noch als Mutter kann sie die Lage besser einschätzen. Das behält sie jedoch lieber für sich, sonst kritisiert Ragna sie noch weiter. Schnell nickt Monika und antwortet: „Da hast du sicher Recht."

Ragna hört die Worte, sieht den ernsten Gesichtsausdruck von Monika und fragt sich, ob ihre Worte zu direkt waren. Blitzschnell überlegt sie, ob sie das Gesagte relativieren soll. Innerlich schüttelt sie den Kopf. Das möchte sie nicht, die Worte kamen von Herzen. Letztendlich besucht Monika dieses Seminar, um etwas zu verändern. Im Grunde stimmt sie Sarah und ihren Worten zu, auch wenn sie sie einfühlsamer hätte sagen können.

Ragna lächelt Monika an und sagt an die Gruppe gerichtet: „Entwicklung ist nichts für Schwächlinge. Der Blick auf unsere Wahrheit kann schmerzhaft sein. Wir entdecken Seiten an uns, die wir gar nicht sehen wollen. Seiten, die wir ablehnen. Und doch bedeutet Entwicklung, sich alles anzusehen, ohne es zu verurteilen. Ansehen und verstehen, wieso wir etwas machen. Verstehen, um es zu akzeptieren und liebevoll in den Arm zu nehmen. Bei mir ist es genauso. Manchmal wird es auch mir zu viel. Dann mache ich eine Entwicklungspause. Achtet auf euch und tut euch selbst gut." Ragna schweigt und ihre Worte klingen in den Einzelnen weiter. Monika merkt, dass die Worte sie versöhnen. Ein zartes Lächeln, das mehr zu erahnen, als zu sehen ist, überzieht ihr Gesicht.

Zufrieden schließt Ragna die Tür hinter Simone, die als letzte den anderen folgt. Der Seminarabend hat Ragna mal wieder gezeigt, dass sie sich auf ihre Intuition verlassen kann. Zur richtigen Zeit die richtigen Worte - sie liebt es.

Gemeinsam betreten sie das Bistro. Der Kellner scheint die Gruppe vom letzten Mal wiederzuerkennen und führt sie direkt in den Nebenraum, wo ein Tisch reserviert ist. Leise tönt die Musik aus dem Hauptraum zu ihnen herüber.

Anfangs drehen sich die Gesprächsthemen um Familie und Kinder. Immer mehr kristallisieren sich jedoch die persönlichen Themen heraus. In kleinen Gruppen diskutieren sie über ihre Hobbys und ihre Träume. Bei einem sind sich alle einig, dass sich durch die Kinder ihr Leben komplett verändert hat und sich ihre Wertigkeiten vollständig verschoben haben und wie wichtig es ist, sich auch als Paar nicht aus den Augen zu verlieren.

Resigniert seufzt Ines, das hat sie mit Peter nicht hinbekommen. Irgendwann sind sie auf ihrem Beziehungsweg falsch abgebogen. Was würde sie anderen sagen, wenn diese in der gleichen Situation wären? Sonnenklar ist ihr ihre Antwort. Vielleicht seid ihr gar nicht falsch abgebogen. Vielleicht führt euer Weg genau durch diese Krise und das Ergebnis stand bereits am Anfang fest. Seinem Schicksal kann man nicht entkommen. Ist das so? Die vielen Fragezeichen in ihrem Kopf lassen sie erneut seufzen. Dieses Mal ist das Seufzen zu laut ausgefallen, so dass Simone sie mit dem Ellenbogen anstupst und fragt: „Alles in Ordnung bei dir? Du bist so still."

Ines nickt. „Alles gut. Mir ging nur gerade ein Gedanke durch den Kopf. Nichts, was jetzt hier interessant wäre." Sie verzieht ihren Mund zu einem Lächeln, das jedoch vor ihren Augen stoppt.

Auch Monika ist erstaunlich ruhig, nicht nur äußerlich, sondern auch innerlich hat sie sich lange nicht mehr so stimmig gefühlt. Sie lauscht den unterschiedlichen Gesprächen um sie herum, genießt, dass sie Teil des Ganzen ist, und fühlt sich zurückversetzt in die Jahre, als Beatrix klein war. Trotz der immensen Anforderungen eines kleinen Kindes fühlte sie sich damals lebendiger als heute. Dieses Gefühl der Lebendigkeit möchte sie mit in ihren Alltag nehmen. Auch ihr Mann war damals lebendiger. War er das wirklich oder hat sie ihn mehr in Ruhe gelassen, da sie mit Beatrix genug zu tun hatte? War er schon immer vor dem Fernseher versumpft? Sie gibt sich selbst die Antwort, eigentlich ist es egal, wie er früher war. Wichtig ist, wie sie jetzt sind und was sie in ihrer Ehe leben wollen. Mit diesen Gedanken wendet sie sich wieder den anderen zu.

Monika

Leise schließt Monika die Haustür auf. Das Haus ist dunkel und ruhig. Keine Fernsehstimmen, die ihr entgegenschlagen. In ihr pulsiert noch die Lebendigkeit des Bistrobesuches. So gut ging es ihr lange nicht mehr. Sie schleicht in die Küche, schenkt sich ein Glas Wein ein und greift nach der Chipstüte. Eigentlich war sie für die Kinder gedacht, doch sie möchte dieses schöne Gefühl in sich feiern. Sie schaltet den Fernseher ein und zappt durch die verschiedenen Kanäle. Zwischendrin steht sie auf, holt die ganze Flasche Wein und setzt sich wieder hin. Einen Film fängt sie an, unterbricht ihn jedoch und schaltet weiter. Eine halbe Stunde und zwei Glas Wein später sieht sie erschrocken auf die Chipstüte, in der nur noch ein kläglicher Rest übrig ist. Ihr Magen rebelliert und zeigt ihr, dass es eindeutig zu viel war. Die Müdigkeit verdrängt in ihr das zarte Gefühl der Lebendigkeit. Sie schaltet den Fernseher aus, räumt das Glas und den Chipsrest weg. Müde kuschelt sie sich in ihr Bett, doch anstatt einzuschlafen, fallen die Gedanken über sie her. Das Gefühl der Lebendigkeit klingt in ihr nach, gepaart mit einem Hauch schlechtem Gewissen, dass sie dieses Gefühl mit Wein und Chips verdrängt hat. Woher kommt dieser Essenswunsch, ja fast schon, diese Gier, wenn es ihr gut oder schlecht geht. Liegen die Wurzeln in der Kindheit, wie immer behauptet wird? Essen spielte in ihrer Kindheit eine wichtige

Rolle. Auf ihre Gefühle wurde mit Essen reagiert, ging es ihr gut, feierten sie das mit Süßigkeiten, war sie traurig, waren Süßigkeiten der Trost. Schlechte Esser enttäuschen die Köchin, dieser Satz prägte sich früh in ihr Bewusstsein. Und sie wollte niemanden enttäuschen, also stopfte sie alles in sich hinein. Egal ob sie hungrig war oder nicht. Sie muss sich unbedingt bei Beatrix entschuldigen, dass sie dieses Muster an sie weiter gegeben hat. Genau wie so viele andere Muster. Sie braucht sich gar nicht zu wundern, dass Beatrix ihr ihre Enkelkinder vorenthält. Ob sich Familienmuster wiederholen? Wie in ein dunkles Loch verschwinden ihre Gedanken in der Vergangenheit. Ihre eigene Mutter schlug ihr die Ratschläge der perfekten Kindererziehung um die Ohren. Als sich Monika traute, den Worten Einhalt zu gebieten, zog sich ihre Mutter beleidigt zurück. `Wir haben alles für dich getan. Und du... du bist undankbar´, waren die Worte ihrer Mutter, bevor sie sich beleidigt zurückzog. Monika minimierte daraufhin die Besuche bei ihren Eltern. Schuldgefühle breiten sich in ihrem Körper aus und verdrängen den Schlaf endgültig. Wie schön, wäre es, wenn Hans jetzt neben ihr läge. Wehmütig denkt sie an die Zeit zurück, als sie jung waren und in Löffelchenstellung gemeinsam einschliefen. Lang lang ist es her, die unruhigen Nächte mit einem Kleinkind vertrieben ihn und er bezog ein eigenes Schlafzimmer. Sie wälzt sich hin und her, schaltet das Licht an und greift nach ihrem Buch.

Ines

Die Idee, ein Wochenende mit den Kindern zu verbringen, nistet sich tief in Ines ein und begleitet sie den ganzen Tag. Während der Gedanke mit den Kindern zu verreisen immer drängender wird, verblasst der Vorsatz, erst mit Peter darüber zu sprechen. Und außerdem, rechtfertigt sie vor sich selbst, ist es eine Sache, die nur die Kinder und sie etwas angehen.

„Ihr könnt noch fünf Minuten Lego bauen, dann decken wir den Tisch", verkündet Ines von der Wohnzimmertür aus. Beide Kinder blicken nach oben und nicken. Erfreut, dass die beiden sie wahrgenommen haben, verzieht sich Ines in die Küche und holt die Reste von Mittag aus dem Kühlschrank. Fünf Minuten später geht sie erneut ins Wohnzimmer. Die Kinder bauen an ihren Legohäusern weiter.

„Die fünf Minuten sind vorbei. Kommt ihr bitte", ruft sie ihnen von der Wohnzimmertür zu. Innerlich schmunzelt Ines, ihre beiden Kinder wirken nach außen völlig unbeteiligt. Doch sie nimmt durchaus wahr, dass die beiden ihr von der Seite einen Blick zugeworfen haben. Schnell drehen sie ihren Kopf wieder zu ihrem Legohaus und bauen hektisch weiter. Ines eilt auf die beiden zu und berührt sie sachte an der Schulter. „Fünf Minuten sind vorbei. Wir drei decken jetzt den Tisch."

„Ich will noch bauen. Hier fehlt noch der Schornstein", mault Levi.

„Nein, wir essen jetzt. Eure Häuser könnt ihr stehen lassen und nach dem Essen fertig bauen", beruhigt sie Ines.

Leise vor sich hin maulend steht Levi auf. Seine Schwester beobachtet ihn genau und folgt den beiden, ebenfalls vor sich hin schimpfend. Gemeinsam waschen sich die drei im Bad die Hände, bevor sie den Abendbrottisch decken.

„Kommt Papa nicht", fragt Levi mit weinerlicher Stimme, nachdem Ines ihm drei Teller zum Verteilen gegeben hat.

„Peter kommt später. Er bringt euch heute ins Bett. Ich treffe mich noch mit Freundinnen", erklärt ihm Ines.

Den Mund weinerlich verzogen, deckt Levi schweigsam weiter. Gerade als die drei sich an den Tisch gesetzt haben, hören sie die Haustür. Kurze Zeit später steht Peter in der Küche. Fragend sieht ihn Ines an, damit hat sie nicht gerechnet. Achten sie doch beide peinlichst darauf, sich aus dem Weg zu gehen.

„Ich wollte mit euch zu Abend essen. Ihr habt doch etwas für mich?", fragt er und sieht Ines treuherzig an. Welche Wahl bleibt ihr jetzt vor den Kindern. Sie nickt und zieht eine Grimasse. Levi schiebt seinen Teller hin und sagt: „Du kannst bei mir mitessen."

Sofort schreit Malu: „Nein bei mir."

Liebevoll lächelnd schüttelt Peter den Kopf, geht zum Schrank und holt sich einen Teller. Während er seinen Teller auf seinen Platz abstellt, bittet er mit seinen Blick Ines um Erlaubnis. Ohne eine Miene zu verziehen, erwidert sie den Blick.

Levi plappert sofort los, wird jedoch direkt von Malu übertönt, die ein Erlebnis aus dem Kindergarten erzählt. Immer lauter werden die beiden, bis die Erzählungen in Geschrei übergehen. Ratlos sieht Peter von den Kindern zu Ines. Ihr ist ebenfalls mehr nach Heulen und schreiend davon laufen zumute, als das Geschrei zum Stoppen zu bringen. Doch sie ist nun mal die Erwachsene und da Peter keine Anstalten macht, für Ruhe zu sorgen, bleibt es wohl an ihr hängen.

Warum eigentlich, denkt sie sich, steht auf und verlässt den Raum. Augenblicklich herrscht Stille. Die drei sehen ihr fassungslos nach.

Ines bekommt es nicht mit. Sie geht ins Badezimmer, der einzige Raum, an dem es niemand sonderbar findet, wenn sie abschließt. Nachdem sie den Schlüssel herumgedreht hat, setzt sie sich auf den Badewannenrand und stützt den Kopf in ihre Hände. Sie schließt die Augen, atmet tief ein und aus, spürt die Verzweiflung, die ihren ganzen Körper auszufüllen scheint und atmet einfach weiter.

Bis jemand die Klinke nach unten drückt und versucht, die Tür zu öffnen. Einmal, zweimal. „Mama", tönt eine leise weinerliche Stimme durch die Tür. „Mama, was ist denn?"

Genervt streicht Ines mit ihren Händen über ihr Gesicht, betätigt die Toilettenspülung und öffnet die Tür. Levi umschließt ihren Körper mit beiden Händen. „Was hast du denn?" Seine großen Augen sehen sie fragend an.

Ines streicht ihm über die Haare. Blitzschnell überlegt sie alle möglichen Antworten, mit denen sie ihn beruhigen könnte, da jedoch alle eine einzige Lüge wären, verwirft sie sie direkt. Sie war immer stolz darauf, dass sie ihre Kinder ernst genommen hat und dazu gehört für sie auch, den Kindern kindgerecht die Wahrheit mitzuteilen. Ihr schlechtes Gewissen ist sowieso gewaltig, immerhin verschweigen Peter und sie ihnen ihre Ehekrise. Als ob sie nicht wüssten, dass Kinder feine Antennen haben. Feine Antennen, mit denen sie jede Schwingung der elterlichen Gefühle wahrnehmen.

„Ich brauchte mal eine kurze Pause für mich. Einfach so, hat nichts mit euch zu tun. Jetzt komme ich wieder zu euch in die Küche", erklärt sie ihm mit kurzen Worten und geht, den Arm um seine Schultern gelegt, zurück in die Küche. Malu starrt ihr mit großen fragenden Augen entgegen. Genauso wie Peter, der sie vorsichtig mustert. Ines verzieht den Mund zu einem erzwungenen Lächeln und setzt sich wieder an den Tisch.

„Ich wollte mit euch ein Wochenende verreisen. Habt ihr Lust?", wendet sie sich an die Kinder.

„Oh ja", schreit Levi. „Und Papa fährt das Auto."

War ja klar, dass Levi sich an ihre vergangenen Reisen erinnert, bei denen Peter gefahren ist und sie die Kinder bespaßt hat mit Spielen und Liedern. Da hat sie sich wohl nicht klar genug ausgedrückt.

„Ich wollte **nur mit euch** verreisen. Nur wir drei. Wir überlegen zusammen, wohin wir fahren. Wozu habt Ihr Lust?", fragt Ines und legt ihre ganze Begeisterung in ihre Stimme.

Die Mundwinkel von Levi rutschen nach unten.

Malu motzt: „Papa soll auch mit."

Peter, der schweigend dabei sitzt, vermittelt: „Das nächste Mal fahre ich vielleicht wieder mit. Jetzt könnt ihr mal mit Mama fahren und mir dann erzählen, was ihr gemacht habt."

Levis Mundwinkel rutschen weiter nach unten und er presst mit weinerlicher Stimme ein „Paaapa", hervor.

Innerlich ermahnt sich Ines ruhig zu bleiben. Nicht nur, dass Levi in letzter Zeit ständig aussieht, als heule er gleich, auch seine Stimme klingt meist weinerlich. Obwohl sie weiß, dass es der Situation zwischen Peter und ihr geschuldet ist und sie Verständnis haben sollte, macht es sie wütend. Wütend auf sich selbst. Darauf, dass sie es noch nicht geschafft haben, mit den Kindern zu sprechen. Wütend, dass sie keinen Weg aus der Krise sieht.

Wütend, dass sie ihre eigenen Werte verrät.

Wütend auf die Kinder, dass sie nicht einfach funktionieren.

Sie atmet durch und zieht die Mundwinkel zu einem starren Lächeln nach oben. „Ihr entscheidet, wohin wir fahren. Ob in einen Vergnügungspark oder einen Kletterpark", sagt sie betont freundlich.

Levi sieht sie nur mit großen Augen an. Wie eine Welle schwappt die Traurigkeit in seinem Körper auf und nieder. Seine Mutter sieht selbst so traurig aus, auch wenn sie gerade lächelt und so tut, als wäre alles in Ordnung. Und warum soll Papa nicht mit. Ob die beiden sich jetzt scheiden lassen? Vielleicht will ihnen Mama das auf der Reise sagen. Er weiß genau, wenn er jetzt auch nur ein Wort sagt, beginnt er zu weinen und den genervten Blick seiner Mutter hat er noch genau vor Augen, als er aus dem Badezimmer kam und mit weinerlicher Stimme zu ihr gesprochen hat. Vielleicht ist sie gar nicht mit Papa sauer, sondern mit ihm. Ob man sich von seinen Kindern auch scheiden lassen kann? Schnell beißt Levi in sein Brot, um diese blöden Gedanken weg zu kauen.

Immer schneller wippt Malu mit ihren Beinen hin und her, als würde sie so die schlechte Stimmung vertreiben. Dabei stößt sie mit ihrem Bein fest gegen Levis Bein.

„Au", jammert der. „Malu hat mich getreten."

Ines liegt eine barsche Bemerkung auf der Zunge, immerhin ist Malu jünger als er, wird schon nicht so schlimm gewesen sein. Zum Glück reagiert Peter schneller und freundlicher, wie Ines erleichtert feststellt.

Peter legt seine rechte Hand auf Levis Arm und die linke auf Malus und stellt mit ruhiger Stimme fest: „Ist gerade nicht so einfach alles. Bist du mit Essen fertig, Malu?"

Diese nickt.

„Dann steh doch auf und spiel im Wohnzimmer. Ich komme gleich dazu."

Sofort springt Malu auf und stürmt ins Wohnzimmer. Ermunternd lächelt Peter Levi zu. Dessen Blick folgt seiner Schwester. Levi stopft sein Brot ganz in den Mund. Erstaunt sieht Peter ihn an, damit hat er nicht gerechnet. Immerhin wollte er ihm helfen, in Ruhe fertig zu essen.

„Schling doch nicht so", ermahnt er seinen Sohn.

„Mein Legohaus", jammert Levi mit vollem Mund. Hektisch schlingt er sein Brot runter.

„Soll ich dein Legohaus auf den Schrank stellen, damit keiner daran kommt?", fragt Peter. Stumm nickt Levi.

Peter springt auf und geht ins Wohnzimmer. Als Malu ihn sieht, schiebt sie ihm ihre Legoplatte entgegen und strahlt ihn an. Verlegen schüttelt Peter den Kopf. „Ich stelle nur Levis Legohaus auf den Schrank. Ich bin noch am Essen, danach komme ich sofort zu dir. Versprochen!"

Enttäuscht wendet sich Malu wieder ihrem Gebauten zu.

Ines sieht ihm schweigend entgegen. Auch wenn sie es nie vor Peter zugeben würde, bewundert sie ihn, für die Gabe trotz ihrer Differenzen verständnisvoll und gut gelaunt auf die Kinder einzugehen. Heute Abend müssen sie beide unbedingt darüber reden, wie es mit ihrer Familie weitergehen soll.

Monika

Obwohl sie nur kurz geschlafen hat, wacht Monika am nächsten Morgen voller Energie auf. Die Jogginghose, in die sie üblicherweise morgens schlüpft, lässt sie auf dem Stuhl liegen. Stattdessen nimmt sie ein Kleid aus dem Schrank und zwängt sich hinein. Leise summend dreht sie sich vor dem Spiegel hin und her. Obwohl das Kleid an manchen Stellen zwickt, fühlt sie sich feierlich. Was Kleider doch für eine Wirkung haben. Leise schwebt sie die Treppe hinunter in die Küche, setzt Wasser für den Tee auf und geht mit einer Schere in der Hand in den Garten. Nach dem langen Winter erwacht der Garten zu neuem Leben. Die ersten Schneeglöckchen haben die Erde durchstoßen und recken sich dem Licht entgegen.

„Drinnen bewundern wir euch noch mehr als hier draußen", flüstert Monika den Schneeglöckchen zu, während sie vier am Stiel abschneidet.

Die Vase mit den Schneeglöckchen platziert sie in der Mitte des Tisches. Inzwischen ist Hans aufgestanden und tappt mit seinen Hausschlappen die Treppe hinunter. Erstaunt hält er an der Tür inne und sagt: „Haben wir heute Hochzeitstag oder warum bist du so aufgebrezelt und hast die ersten Schneeglöckchen geköpft?"

Der Satz trifft sie wie ein Kopfschuss. Ihre Hand zittert, als sie Tee einschenkt. Krampfhaft sieht sie währenddessen auf die Teekanne, damit Hans nicht merkt, wie sehr er sie mit seinen Worten getroffen hat. Heute will sie sich nicht von ihm die Laune verderben lassen, lieber will sie die kleine Flamme der Lebendigkeit in sich stärker entfachen. Mit beiden Händen glättet sie ihr Kleid vom Po bis zu den Knien und setzt sich auf den Stuhl. Sie blickt auf Hans. Seine Jogginghose, seine ungekämmten Haare. Abscheu breitet sich in ihr aus.

„Ich dachte, wir können einfach mal etwas anders machen als normal", beginnt Monika.

„Warum?? Normal ist doch gut", stellt Hans genervt fest und schaltet den Fernseher ein. Den Blick auf den Fernseher gerichtet, schüttet er den Tee in sich hinein. Seinen Teller schiebt er achtlos, fast schon wütend zur Seite. Seine Frau weiß genau, dass er zum Frühstück nichts isst.

Obwohl Monika beschließt, die schlechte Laune ihres Mannes an sich abprallen zu lassen, kriecht sie wie Lava in ihrem Inneren hoch und füllt sie aus. Schweigsam frühstückt sie, räumt das Geschirr zurück in die Küche und geht ins Schlafzimmer. Sie zieht das Kleid aus, greift die Jogginghose und zieht sie an. War sowieso eine doofe Idee. Wahrscheinlich hat Hans Recht. Wochentag ist nun mal kein Feiertag. Sie holt den Putzeimer aus der Kammer, füllt ihn mit Wasser und beginnt, die Wohnung zu putzen.

Simone

„Na, gehen wir noch etwas trinken?", fragt Simone und hängt sich bei Lore ein. Im Kopf überschlägt Lore schnell ihre Finanzen für den Rest des Monats. Obwohl sie für den Malkurs die Ermäßigung bekommen hat, reißt er ein Loch in ihr sowieso mehr als schmales Budget.

„Ich weiß nicht. Durst habe ich keinen", lehnt Lore ab.

„Ach komm. Wenn unsere Töchter schon mal woanders schlafen", überredet Simone sie.

Lore nickt, so gesehen, hat sie den Babysitter gespart. Wie ein Geschenk des Himmels kommt es ihr vor, dass Samuel mit seinen beiden Kindern in die Nachbarschaft von Simone gezogen ist und alle drei Mädchen sich auch noch gut verstehen. Sie lässt sich von Simone in die nahe gelegene Kneipe mitziehen. An der Theke finden die beiden noch einen Platz. Der Barkeeper beugt sich zu ihnen und fragt, während er sein Bier weiter zapft, was sie trinken wollen.

„Bitter Lemon", bestellt Simone und sieht Lore erwartungsvoll an. Eigentlich hatte diese gerade überlegt, nichts zu trinken, nur an der Theke nichts zu bestellen, kommt wohl etwas blöd an. „Ein Wasser mit Kohlensäure", sagt sie und denkt bei sich, das kann nicht die Welt kosten.

„Was hat denn Laura vorhin mit Juliane gemeint? Wer ist das?", fragt Lore.

„Die Cousine von Mirko. Jan ist heute mit denen essen gegangen", stellt Simone bekümmert fest.

„Ich habe dir doch gesagt, den musst du dir warmhalten. So ein Mann ist schneller weg, als du denkst."

„Ich habe einfach Angst, wenn wir eine Beziehung eingehen, verliere ich einen treuen Freund. Und wenn die Beziehung in die Brüche geht, ist ein Freund weg. Du weißt doch, dass ich ungewollt jede Beziehung zerstöre. Ich bin einfach für Beziehungen nicht gemacht", jammert Simone.

„Na, die erste Feuerprobe hast du bereits bestanden. Weißt du noch, wie du die gleichen Ängste hattest, bevor ihr gemeinsam in eure WG gezogen seid? Und, hat es eurer Freundschaft geschadet?", fragt Lore und sieht sie herausfordernd an.

Simone schüttelt den Kopf. Stimmt, ihre Bedenken damals hatte sie längst vergessen. Genau das Gegenteil war eingetreten, das gemeinsame Wohnen hat ihre Freundschaft noch gestärkt. Das ändert jedoch nichts daran, dass Jan jetzt mit Juliane unterwegs ist. Bloß keine Energie dahin schicken, lieber beginnt sie ein anderes Thema: „Was macht dein Liebesleben?"

„Was soll ich sagen. Seit ich die Entscheidung getroffen habe, mein Leben in die Hand zu nehmen und meinen Träumen zu folgen, geschieht ein Wunder nach dem anderen. Nicht nur, dass ich mich jeden Tag auf die Arbeit oder Schule freue. Hanna neue Freundinnen gefunden hat mit Laura und Kira und das allerbeste. Ta ta ta....Ich habe Emil kennengelernt. Er ist so süß. Mit seinen roten Haaren sieht er richtig verwegen aus. Wir schicken uns Briefe im Unterricht", schwärmt Lore.

„Seid ihr jetzt zusammen?"

„Noch nicht. Aber er schaut auch immer zu mir im Unterricht und in der Pause. Leider sind meistens seine Freunde dabei. Aber das wird schon. Er ist acht Jahre jünger als ich. Findest du das schlimm?", fragt Lore und schaut Simone zweifelnd an.

„Wenn das für euch in Ordnung ist, dann passt es doch", stellt Simone fest und denkt sich, für mich wäre das nichts. Tief eingebrannt hat sich die Botschaft aus ihrer Kindheit, der Mann müsse älter sein. Doch vielleicht sollte sie diesen Glaubenssatz langsam mal einmotten. Erleichtert nickt Lore. „Ich finde das kein Problem. Ich fühle mich sowieso jünger als dreißig."

Der Kellner stellt die Getränke vor sie hin.

Lore nippt an ihrem Wasserglas. „Nur die Ferien, die sind echt problematisch", seufzt Lore.

„Geht Hanna nicht zu deinen Eltern?", fragt Simone. „Laura ist zum Glück bei Johannes oder meinen Eltern in den Ferien."

„Früher schon. Meine Eltern haben nicht verstanden, warum ich eine Ausbildung machen möchte. Jetzt soll ich sehen wie ich zurecht komme. Ihr Argument ist, ich hätte doch gut verdient als Verkäuferin und als Schreinerin werde ich auch nicht mehr verdienen. Als ob nur das Geld zählt", sagt Lore leise und schüttelt bedauernd den Kopf. „Mir kommt es eher vor, dass sie beleidigt sind, weil ich sie in die Entscheidung nicht mit einbezogen oder sie um Rat gefragt habe. Mir kommt es vor, als hätten meine Eltern eine Vorstellung von meinem Leben und in diese wollen sie mich pressen. Ich bin doch keine Wurst, die sie in die von ihnen zugeteilte Pelle pressen können."

Simone prustet los, der Vergleich ist zu komisch. Das ernste resignierte Gesicht von Lore lässt sie jedoch sofort wieder ernst werden. „Familie ist schon eine Spezie für sich", fügt Simone hinzu. „Wir waren Weihnachten bei meinen Eltern. Sobald ich zur Tür herein komme, werde ich wieder zum Kind. Mein Bruder und ich streiten dann über genau die gleichen Sachen wie früher, als ob wir heute noch um die Aufmerksamkeit unserer Eltern buhlen müssten."

In den Gedanken daran schüttelt Simone genervt den Kopf, bevor sie weiter redet: „Genau deshalb finde ich es so toll, dass Monika das Seminar besucht. Sie will ihre Tochter verstehen. Ich kann Beatrix nicht verstehen. An ihrer Stelle wäre ich so glücklich."

„Das ist Monikas Sicht. Um beide verstehen zu können, müssten wir Beatrix hören", sagt Lore.

„Wahrscheinlich hast du Recht. Was sagen deine Eltern zu deinem neuen Freund?", wendet sich Simone direkt dem weitaus spannenderen Thema wieder zu.

„Er ist nicht mein Freund!! Wir sind nur in einer Klasse", betont deutlich spricht Lore jedes einzelne Wort aus, als wolle sie es Simone in den Kopf hämmern, „den letzten denen ich davon erzählen werde, sind meine Eltern. Sie nörgeln sowieso an allem herum, was ich mache."

Ines

Die Jacke über den Arm rennt Levi durch die Terrassentür ins Wohnzimmer und schmeißt sie über den freien Sessel. Auf seinen Fersen folgt Thomas, ebenfalls mit der Jacke in der Hand.

„So warm ist es noch nicht. Lass besser deine Jacke an", liegt es Magda auf der Zunge. Doch das erhitzte Gesicht ihres Sohnes und der selbstbewusste Blick stoppen sie. Erst als die beiden außer Hörweite sind, sieht sie Ines an und fragt: „Findest du es nicht zu kalt ohne Jacke?"

„Mir wäre es zu kalt. Den beiden scheinbar nicht. Wenn sie frieren, holen sie ihre Jacken sicher wieder", stellt Ines gelassen fest.

„Und wenn Malu und Emma uns auch ihre Jacken bringen", fragt Magda mit sorgenvoller Stimme. Im Geiste sieht sie die Kinder bereits mit einer Lungenentzündung im Bett. Ob Anton dem gewachsen ist?

„Dann liegen hier vier Jacken", sagt Ines und grinst sie an. „Jetzt mal ohne Spaß. Die Kinder bewegen sich viel mehr als wir. Klar, dass es ihnen warm ist. Wenn sie selbst entscheiden können, ob sie eine Jacke brauchen, entwickeln sie ein Gefühl von sich selbst. Du kannst sie ab und zu fragen, ob es ihnen kalt ist. Wenn es dich beruhigt."

Warum wundert es sie nicht, dass Ines wie stets den Kindern Recht gibt und in jedem Verhalten der Kinder ein Entwicklungspotential sieht? Ein Entwicklungspotential für die Kinder genauso wie für die Eltern, zumindest für sie, Magda. Während sie sich mit Ines unterhält, ruhen ihre Augen auf dem Kinderwagen, der im Garten steht und in dem die kleine Mathilda schläft. Besser, bis gerade eben geschlafen hat. Leichte Schaukelbewegungen, die nur ein besorgtes Elternteil erkennt, lassen Magda aufstehen. Leise geht sie auf den Kinderwagen zu, innerlich betend, dass Mathilda weiterschläft, denn noch hat Magda nicht die Frage gestellt, weshalb sie sich ihre drei Kinder geschnappt hat und nun hier im Garten bei Ines sitzt. Ein liebevolles Lächeln überzieht Magdas Gesicht, als sie in den Kinderwagen sieht. Die Augen geschlossen, sucht der kleine Mund nach dem Schnuller, der neben ihr liegt. Vorsichtig greift Magda den Schnuller und steckt ihn in den geöffneten Mund. Sofort saugt Mathilda daran. Langsam beruhigt sie sich wieder, das Nuckeln wird schwächer. Sorgfältig drapiert Magda die Decke um sie herum. Erst nachdem sie sicher ist, dass ihre Tochter fest schläft, kehrt sie zurück ins warme Wohnzimmer.

Fragend sieht Ines sie an. „Schläft sie?"

Magda nickt.

„Wie läuft die Elternzeit?", erkundigt sich Ines bei Magda.

„Für mich anstrengend. Du siehst ja, Anton und Peter nehmen sich ihre Familienauszeiten und verbringen das Wochenende mit ihren Hobbys. Für mich ist es anstrengend. Ich mache viele Überstunden. Der Druck allein für die Familienkosten verantwortlich zu sein", klagt Magda der Freundin ihr Leid.

„Ihr bekommt doch Elterngeld, zumindest im ersten Jahr", beschwichtigt Ines sie.

„Ich weiß. Mein Druck ist völlig irrational. Ich kann ihn nicht abschalten. Erschwerend kommt hinzu, dass Anton drei Jahre zuhause bleiben will. Er möchte es Mathilda nicht zumuten, früher in die Kita zu gehen. Manchmal habe ich das Gefühl, er will jetzt alles besser machen und mir zeigen, was für ein toller Vater er ist", jammert Magda weiter.

„Und ist er das?"

„Na ja, er kümmert sich schon toll um die Kinder, solange ich nicht da bin. Doch sobald ich zuhause bin. Du siehst es ja, er nimmt sich Zeit für sich. Und wo bleibe ich? Wenn ich von der Arbeit nach Hause komme, kleben drei Kletten an mir. Anton ist dann fein raus und zieht sich in sein Arbeitszimmer zurück", murrt Magda weiter.

„Als Außenstehende würde ich mal sagen, Anton sorgt für sich. Wenn du das Gefühl hast, nur noch für die Kinder da zu sein, ist es Zeit, für dich zu sorgen. Wir könnten mal wieder Tanzen gehen?", legt ihr Ines ans Herz.

Magda schüttelt bedauernd den Kopf. „Im Moment ist das schlecht. Sobald ich zu Hause bin, wollen die Kinder mich nicht mehr loslassen. Selbst die beiden Großen sind dermaßen anhänglich. Wie ändere ich das?", fragt Magda verzweifelt.

„Die tanken wohl Mama", stellt Ines fest, „ist viel Veränderung für Kinder, wenn ein Geschwisterchen kommt. Die ganze Familie muss sich im Grunde neu finden. Kein Wunder, dass sie an dir kleben. Vielleicht befürchten sie, dich zu verlieren."

Nachdenklich sieht Magda sie an. „Möglich. Ich sag mir immer, es wird bestimmt irgendwann besser. Aber sag mal. Ist denn mit dir und Peter alles in Ordnung? Thomas hat mich neulich gefragt, ob Anton und ich uns jetzt auch scheiden lassen."

Rasch steckt Ines einen Keks in den Mund. Entschuldigend zeigt sie mit dem Zeigefinger auf ihren Mund, kaut übertrieben kräftig und zuckt bedauernd die Schultern. Selbst als der Mund längst leer ist, kaut sie betont weiter. Erst als sie ihre Gefühle wieder unter Kontrolle hat, antwortet sie abweisend: „Man weiß ja nie, wo die Kinder etwas aufschnappen." Sobald die Worte ausgesprochen sind, wächst das schlechte Gewissen in ihr. Magda offenbart ihr so viel von sich. Und sie ist verschlossener als eine Auster. Schnell beschwichtigt sie sich, weiß sie doch, wie abweisend die Menschen um sie herum werden, wenn sie

Schwäche zeigt. Die Menschen lieben sie nun mal, weil sie immer die Starke ist und auf alles eine Antwort hat.

Erstaunt wirft Magda ihr einen Blick zu, nur um sich direkt dem Kinderwagen zuzuwenden, als sie das verschlossene Gesicht von Ines sieht. Als der Kinderwagen leicht zu wippen beginnt, springt Magda erleichtert auf. „Mathilda wird wach. Bestimmt hat sie Hunger." Während sie mit ausholenden Schritten auf den Kinderwagen zu eilt, ruft sie den Kindern zu: „Thomas, Emma, wir gehen nach Hause."

„Och nööö", kommt es vierstimmig von den Kindern zurück.

„Keine Widerrede. Wir gehen", kürzt Magda jede Diskussion ab. Dass sie wohlweislich ein Fläschchen mitgenommen hat, verschweigt sie lieber.

Das Kind kennen lernen

Kennen lernen, das Tor zum Verständnis

Als die Teilnehmer den Raum betreten, erhebt sich Ragna vom Boden, wo sie die letzten zehn Minuten kniend verbrachte. Schematische Zeichnungen von Kindern liegen verstreut auf dem Boden. Die Gesichtsausdrücke der Kinder zeigen ihre unterschiedlichen Gefühle. Auf manchen Bildern ist der gesamte Körper abgebildet. Sie zeigen Kinder mit hängenden Schultern, steifen Körpern, deren Hände zu Fäusten verkrampft sind, genauso wie spielende Kinder, deren Körper entspannt und offen sind. Auf anderen Fotos sind Säuglinge abgebildet, die völlig entspannt auf dem Rücken liegen und an ihrem großen Zeh lutschen oder ihre geöffneten Hände betrachten. Diese Fotos liegen neben Fotos von Säuglingen, die auf dem Boden sitzen mit steifen Rücken und einem verkrampftem Gesicht, die Hände stützen sich mühsam am Boden ab. Ein Foto zeigt eine Mutter, die ihren Säugling stillt, wie eine Einheit wirkt dieses Bild. Die Mutter, die mit ihrem Blick den Säugling in Liebe einhüllt und das Kleine, das voller Genuss an der Brust saugt, seinen Blick fest in dem seiner Mutter verankert.

Schweigend, ihre Blicke auf die Fotos gerichtet, suchen sich alle einen Platz im Stuhlkreis.

Ragna setzt sich auf den letzten freien Platz, begrüßt alle und kommt direkt zum Thema. „Um angemessen auf das Kind oder die Menschen in unserer Umgebung einzugehen, ist es nötig, dass wir sie kennen lernen, damit wir erkennen, wie sie sich fühlen, ob sie entspannt oder angespannt sind. Genauso wichtig ist es, sich selbst kennenzulernen, die eigenen Gedanken und Gefühle, da diese die Sicht auf den anderen beeinflussen. Ich denke, dass alle Eltern.....“

„Und Großeltern“, wirft Monika ein.

„Und Großeltern, richtig“, ergänzt Ragna. „Das Beste für die Kinder wollen und durch das Band der Liebe mit den Kindern verbunden sind und somit die Menschen sind, die ihre Kinder am besten kennen und verstehen.“

„Ich bezweifle das manchmal. Mit dem Tod meiner Frau ist in mir etwas gestorben. Es fiel mir schwer, meine Kinder zu verstehen. Gerade Kalle habe ich null verstanden. Er war damals zwölf, zog sich völlig zurück. Mit Kira dagegen konnte ich reden. Sie hat sich in dem Arm nehmen lassen und geweint. Ob es daran gelegen hat, dass er ein Junge ist oder das Alter? Ich weiß es nicht. Ich habe ihn dann in Ruhe gelassen.“ Samuel zuckt resigniert mit den Schultern und sieht Ragna ratlos an.

„Vielleicht kommt dir eine Idee während des Seminars, wie du den Kontakt wieder herstellst. Eigene Kindheitserlebnisse, Ängste oder Erwartungen, die wir in Bezug auf unsere Kinder haben, funken oft in unseren Umgang mit dem Kind und blockieren unser inneres Wissen. Genauso wie Ratschläge und Meinungen der Umwelt uns verunsichern, und es schwer machen, die innere Stimme zu hören und ihr zu vertrauen. Je besser wir uns und unsere Kinder kennen und verstehen, desto eher vertrauen wir uns und können Zwänge, Trends und Meinungen der Gesellschaft kritisch hinterfragen, um den Weg zu gehen, der zu uns und unseren Kindern passt. Durch Beobachten und kennen lernen verstehen wir unser Kind besser und es fällt uns leichter, angemessen zu handeln und zu reagieren."

Nach einer kurzen Pause fordert Ragna die Teilnehmer auf, sich ein Foto auszusuchen, dass die aktuelle Stimmung von sich oder den Kindern widerspiegelt. Bevor Simone nach einem Foto greift, erklärt sie: „Ich spiegel lieber meine Stimmung wieder. Bei meiner Tochter lag ich schon so oft falsch."

Fragend schaut sie in die Runde. Die Aufmerksamkeit der anderen ist jedoch völlig auf die Fotos in der Mitte gerichtet. Jeder hat Angst, dass sein gewähltes Foto nicht mehr zu Verfügung steht, falls er nicht gleich danach greift. Nur Samuel sieht kurz hoch und nickt ihr zustimmend zu. „Ich habe das Gefühl meine Kinder, besonders Kalle, kommen von einem anderen Stern. Ich verstehe sie null."

Simone nickt eifrig, er spricht ihr aus der Seele. Sie greift ihr Foto und setzt sich zurück auf ihren Stuhl.

Nachdem alle wieder sitzen, beginnt Sarah: „Ich gehe jetzt mal davon aus, dass wir unser Foto vorstellen." Herausfordernd sieht sie bei den Worten Ragna an. Diese schüttelt leicht den Kopf und meint: „Nur wer möchte."

„Wie auch immer. Ich habe meinen Sohn Ben gewählt. Er ist ein richtiger kleiner Macker. Will über alle bestimmen. Deswegen habe ich dieses Foto gewählt, mit dem kleinen Muskelprotz. Wusstet ihr übrigens, dass unsere Körperhaltung unsere Gefühle und somit unsere Gedanken und Einstellungen beeinflussen? Vielleicht sollte ich Ben öfters mal sagen, dass er gebeugt stehen soll. Um demütiger zu werden", dröhnt Sarahs Stimme, deutlich lauter als sonst. Der Ärger über ihren Sohn ist für die anderen fast fühlbar.

Ines fröstelt es, als sie die Worte hört.

„Klingt nach einem selbstbewussten jungen Mann, der dich oft fordert", fasst Ragna die Worte zusammen und schafft es, die Atmosphäre ins Positive zu lenken.

„Selbstbewusst ist er auf jeden Fall", bestätigt Sarah und nickt zustimmend.

Samuel zeigt sein Foto hoch, darauf ist ein Gesicht, das ratlos nach oben sieht. „Wie ich gerade gesagt habe, so geht es mir mit meinen beiden Kindern. Ich bin ratlos und hoffe, hier im Seminar Antworten zu finden."

Als Nächste hält Ines ihr Foto nach oben. Es zeigt ein Mädchen, dass einen großen Schritt nach vorne macht. „So fühle ich mich gerade. Bei mir stehen Entscheidungen und vielleicht auch Veränderungen an und ein Bein von mir befindet sich schon in der Zukunft", erklärt sie dazu.

Auf Antons Foto ist ein kleines Kind abgebildet, dass auf dem Rücken liegt, seine Hände sind geöffnet und die Beine streckt es in die Luft. „Ich finde, es sieht vollkommen entspannt aus. So fühle ich mich auch. Die Elternzeit ist klasse. Wenn ich auch weniger Zeit zur Verfügung habe, als ich anfangs dachte, so nutze ich doch einen Nachmittag am Wochenende für mich."

„Und Magda ist bei den Kindern", empört sich Lore. „Ganz schön gemein, in der Woche arbeiten und am Wochenende Familienzeit."

Erstaunt sieht Anton sie an. „Sie könnte sich auch Zeit für sich nehmen. Ich halte sie nicht davon ab. Sie sagt immer, dann hätte sie ein schlechtes Gewissen. Kann ich ihr schlechtes Gewissen ändern? Ich denke, dass kann sie nur alleine." Er schweigt. Vorwurfsvolle Blicke der Frauen treffen ihn mitten ins Herz. Da soll einer sagen, es gäbe keine Frauensolidarität, denkt Anton bei sich. Er hätte ihnen noch sagen können, dass er Sonntagsvormittags mit Emma und Thomas schwimmen geht, damit Magda ausschlafen kann. Er pfeift sich selbst zurück. Er ist ihnen doch keine Rechenschaft schuldig, wie er und Magda den Alltag planen.

Lore schüttelt nur den Kopf und sagt: „Wie auch immer. Das ist mein Foto." Nacheinander stellt jeder sein Foto vor.

An Ines rauschen die Beiträge der anderen vorbei. Mit ihren Gedanken ist sie bei ihrer Vorstellung hängengeblieben. Warum nur, hat sie das von sich preisgegeben? Wieso trägt sie das Ehrlichkeitsgen in sich, wie sie es gerne nennt. Lügen scheint ihr unmöglich. Sie kann nur schweigen oder die Wahrheit sagen. Warum hat sie nicht geschwiegen oder eins ihrer Kinder vorgestellt. Obwohl dann hätte sie auch gesagt, dass die Kinder gerade eine schwierige Phase durchlaufen, die der Atmosphäre zuhause geschuldet ist. Hoffentlich hat Anton ihre Worte nicht wahrgenommen oder ihnen zumindest keine Bedeutung beigemessen. Vorsichtig schielt sie zu ihm hinüber.

Aufmerksam lauscht Anton den anderen. Schnell wendet Ines den Blick ab und versucht, sich selbst zu beruhigen. Er wird es Magda nicht erzählen und wenn, sagt sie einfach, dass Veränderung zum Leben gehört, es nichts Konkretes gäbe. Wäre ja auch nicht gelogen, beruhigt sie sich erneut, als das schlechte Gewissen sich wieder in ihrem Bauch ausbreitet. Noch gibt es keine konkreten Veränderungspläne. Sie schüttelt die Gedanken von sich und konzentriert sich erneut auf die Gruppe. Die anderen scheinen mit ihren Ausführungen fertig zu sein. Auf jeden Fall steht Ragna auf und stellt zwei Stühle in die Mitte des Kreises.

„Kennen lernen erfordert Zeit. Zeit in denen wir das Kind in unterschiedlichen Situationen beobachten und unsere Reaktion darauf wahrnehmen. Nur aus unserer Sicht können wir die Situation oft schwer verstehen. Es ist erforderlich, dass wir uns auf die Stufe des Kindes begeben und uns fragen wie es ihm geht, was es fühlt", erzählt ihnen Ragna. Während sie mit ihrer Hand auf die beiden Stühle zeigt, fährt sie fort: „So ein Perspektivwechsel gelingt oft leichter, wenn wir räumlich einen vornehmen."

Sie sieht Sarah an. „Möchtest du Ben dahin setzen, vielleicht bekommst du eine Antwort, was er von dir benötigt."

Sarah nickt. „Kann ich machen."

„Dann setz du dich auf diesen Stuhl und stell dir vor, Ben sitzt auf dem anderen", gibt Ragna genaue Anweisungen. „Jetzt kannst du ihm sagen, was dir aufgefallen ist. Am besten formulierst du es positiv."

„Positiv?", rutscht es Sarah heraus. Die anderen lachen, als sie ihren fassungslosen Blick sehen.

„Ist manchmal nicht einfach, etwas positives zu finden, wenn man selbst es als anstrengend empfindet", bestätigt ihr Ragna. Sarah nickt.

„Vielleicht haben die anderen eine Idee", gibt Ragna das Wort an die Gruppe weiter.

Monika beginnt: „Na, das er selbstbewusst ist, haben wir vorhin doch festgestellt. Und das ist doch positiv." Alle nicken.

„O.k.", sagt Sarah und spricht zu dem leeren Stuhl ihr. „Es ist toll, dass du selbstbewusst bist und dich soviel traust." An dieser Stelle stockt sie und sieht hilfesuchend zu den anderen. „Also, erst mal finde ich das gar nicht toll. Und außerdem habe ich keine Idee, was ich jetzt weiter sagen soll." Sie hebt die Hände und lässt sie resigniert in ihren Schoß fallen. „Habt ihr eine Idee?" Ratsuchend sieht sie die anderen an.

In Ragna breitet sich ein bekanntes Gefühl aus. War es ein Fehler, Sarah zu fragen und nicht auf die Meldung eines Teilnehmers zu warten? Doch der Impuls in ihr war so klar, dass sie Sarah fragen soll. Aus der Vergangenheit weiß sie, wenn sie diesem Impuls folgt, bringt er meistens Wachstum. Außerdem ist es jetzt zu spät. Sie beschließt, das Gefühl wahrzunehmen, ohne ihm zu viel Bedeutung beizumessen.

Monika setzt sich aufrecht hin und sagt: „Und wenn du auf die Situation eingehst. Du kannst sagen, dass du seine Idee gehört hast und jetzt seine Schwester hören möchtest und dann könnt ihr zusammen überlegen, was ihr macht. Wie findest du das?"

Sarah nickt. „Das passt. Entspricht der Wahrheit."

Betont unbeteiligt gibt sich Monika, damit die anderen ihr die Freude über die Zustimmung von Sarah nicht ansehen. Zu groß ist ihre Angst, arrogant zu wirken.

„Dann sag den Satz von Monika", ermuntert Ragna Sarah. Nachdem Sarah die Worte gesprochen hat, sieht sie abwartend zu Ragna.

„Jetzt setzt du dich auf den anderen Stuhl, schließt deine Augen und fühlst dich in deinen Jungen ein. Monika, du setzt dich gegenüber auf den Stuhl und sprichst die Worte von vorhin", leitet Ragna die beiden weiter an.

Sarah wechselt den Stuhl und Monika setzt sich ihr gegenüber und wiederholt ihre Worte. Dann schweigt sie und sieht auf Sarah. Deren Hände liegen in Meditationshaltung in ihrem Schoß, der Rücken ist aufrecht, die Augen weiterhin geschlossen. Völlig entspannt sieht ihr Gesicht aus, eine Träne rinnt über ihre Wange. Doch Sarah scheint sie nicht wahrzunehmen.

Nach einer weiteren Weile öffnet Sarah ihre Augen. „Ich habe tatsächlich eine Antwort erhalten. Vielleicht bilde ich sie mir bloß ein, denn ich bin ja nicht Ben", fügt sie sofort hinzu.

„Wenn wir an jemanden denken oder uns etwas vorstellen, gehen wir in die Energie desjenigen. Von daher hast du durchaus eine Ahnung bekommen, wie es ihm geht."

Nachdenklich hört Sarah zu. „Ja also, ich glaube, Ben spürt, dass ich ihm nicht mehr zuhöre. Durch ignorieren habe ich gehofft, ihm seine bestimmende Art abzutrainieren. Und im Grunde habe ich damit nur das Gegenteil erreicht. Je mehr ich ihn ignoriere, desto bestimmender wird er. Vielleicht sollte ich ihm wieder mehr zuhören." Sie wischt mit ihrer Hand weitere Tränen weg.

Ihre Worte lösen bei den anderen Betroffenheit aus. Stumm sitzen sie und blicken vor sich hin. Sarah und Monika sitzen immer noch in der Mitte des Kreises.

Nach einer Aufforderung von Ragna kehren beide zu ihren Plätzen zurück. „Möchte noch jemand....", beginnt Ragna, wird jedoch von Samuel lachend unterbrochen: „....auf den heißen Stuhl?"

Es ist, als ob er mit diesem Satz den Bann bricht. Alle prusten los. Als auch Ragna sich wieder beruhigt hat, sagt sie: „Ich hoffe nicht, dass ihr das so seht."

Sarah schüttelt den Kopf. „Nein, vielmehr danke dir, dass du mich gefragt hast. Alleine wäre ich nicht auf die Antwort gekommen. Das bringt echt etwas, sich zu trauen." Herausfordernd sieht sie die anderen an.

Ihr wird das nicht helfen, da ist sich Ines sicher. Sie versteht ihre Kinder, sie weiß nur nicht, wie sie und Peter ihren Eheleerlauf angehen sollen.

Auf ihren Lippen liegt noch ein leichtes Lächeln, als Ragna die Einzelnen der Reihe nach ermunternd ansieht. Bei Monika bleibt ihr Blick hängen, als ob sie ihre Zweifel sieht. Liebend gerne würde Monika Beatrix auf den Stuhl setzen. Doch ob diese damit einverstanden wäre? Wahrscheinlich wohl nicht und gegen deren Willen handeln, auch wenn diese es vielleicht nie erfährt? Das versucht sie gerade abzustellen. Kopfschüttelnd erwidert Monika daher den Blick von Ragna und meint: „Ich habe gerade kein Thema."

Da auch die anderen schweigen, wendet sich Ragna dem nächsten Punkt zu. „Kennenlernen heißt, sich auf den anderen einlassen, ihn verstehen wollen, um ihn wahrhaftig zu sehen. Wenn wir uns unsere eigenen Erwartungen, Vorstellungen und Gefühle in Bezug auf die Situation und das Kind bewusst machen, können wir sie als unsere erkennen und das Kind und sein Empfinden losgelöst davon sehen."

„Kannst du uns ein Beispiel nennen?", ruft Sarah in den Raum.

„Ich hätte ein Beispiel. Wenn das denn passt", wirft Marie ein. „Allerdings ein negativ Beispiel", hängt sie direkt dran.

„Sehr gerne. Mir fällt gerade keins ein", gibt Ragna zu.

„Als unser jüngster, Niklas, letzten Sommer in die Kita kam. Er war mein letztes Kind und ich wusste ein Lebensabschnitt geht zu Ende. Ich fühlte mich, als würde mir mein linker Arm abgehackt. Und ich bin Linkshänderin", erklärt Marie kurz, bevor sie fortfährt. „Bis dahin ist er nirgendwo länger als eine halbe Stunde allein geblieben. Ich war fast immer bei ihm. Ist halt mein Jüngster." Um Verständnis heischend blickt sie in die Runde.

„Und dann?", dirigiert Ragna sie auf das Thema zurück.

„Ich dachte, der schafft das nicht. So allein. Ich habe seine Hand fest gehalten und gesagt, du musst nicht bleiben, wenn du zu traurig bist. Er sah mich nur mit seinen großen Augen fragend an. Bis seine Schwester Marlene, die knapp zwei Jahre älter ist und in denselben Kindergarten geht, mich gefragt hat; ´warum lässt du ihn nicht los. Ich wollte mit ihm zusammen in die Gruppe gehen.´ Erst da ist mir aufgefallen, dass sein Gesicht vor Aufregung gestrahlt hat und seine Augen neugierig in die Gruppe geschaut haben. Ich gab ihm einen Kuss, ließ ihn los und weg war er. Wahrscheinlich froh der mütterlichen Glucke entkommen zu sein. Ich war auch so ein anhängliches Kind. Als ich klein war, wurde nicht so ein Hype um den Abschied gemacht. Ich wurde damals weinend der Erzieherin übergeben. Meine Mutter erzählte mir, dass ich mich am nächsten Tag noch mehr an sie klammerte. Aber die Erzieherin hätte gesagt, dass das am Anfang so sei. Und da hätte sie mich abgegeben."

„Das ist ein gutes Beispiel", stellt Ragna fest. „Gerade die eigenen Kindheitserfahrungen, vor allem die, bei denen unsere Bedürfnisse nicht wahrgenommen wurden, trüben oft den Blick auf die tatsächliche Befindlichkeit unserer Kinder. An dem Beispiel erkennt man gut, wie du deine Gefühle und Erwartungen im Grunde auf deinen Sohn übertragen hast. Das kann sogar soweit gehen, dass die Kinder unsere Gefühle wahrnehmen und entsprechend handeln. Sie spüren unsere Ängste, Unsicherheiten und denken, wenn die Mama schon unsicher ist, dann fühle ich mich auch nicht sicher an diesem Ort. Beobachtet eure Kinder, lernt sie in den verschiedenen Situationen kennen, den Gesichtsausdruck, die Körperhaltung, alles sagt etwas darüber aus, wie sie sich fühlen."

Auf ihren inneren Notizzettel vermerkt Monika, dass sie Beatrix und ihren Mann genau beobachten wird. Sie könnte sich Notizen machen, wie sie in unterschiedlichen Situationen fühlen. Natürlich alles heimlich.

„Gut ist auch, wenn wir einen positiven Blick auf das Kind werfen, wenn wir an das Gute im Kind oder im anderen Menschen glauben. Der andere spürt, dass wir an das Gute in ihm glauben. Es ist dann als ob es Wurzeln in ihm bildet, die wachsen und das Gute eher zum Vorschein bringen", fährt Ragna weiter fort.

„Manchmal denke ich, ich müsste erst einmal mich selbst kennenlernen. Dabei bin ich durch dein letztes Seminar ´Erziehung ist Beziehung´ mir schon Meilensteine näher gekommen", stellt Simone fest. Alle nicken.

„Das passt perfekt zu der Meditation, die ich mit euch geplant habe", stellt Ragna grinsend fest. Nach den einleitenden Worten fordert sie sie auf, ihre eigenen Gefühle, Körperspannung und

Gedanken wahrzunehmen. „Anschauen, ohne zu bewerten", hängt Ragna ihren üblichen Satz an.

Still ist es im Raum. Alle spüren in sich hinein.

Ruhig atmet Ines ein und aus. Sie merkt, wie sich die Spannung, die sie den ganzen Tag begleitet hat, verabschiedet. Zurück bleibt nur der dicke Kloß in ihrem Bauch. Ist es ihre Angst, etwas falsch zu machen oder das schlechte Gewissen, ihrer Familie nicht gerecht zu werden? Ruhig atmet sie weiter ein und aus und hofft, eine Antwort zu bekommen. Innerlich fragt sie Levi, was er von ihr braucht. Klarheit über die Situation, sie spürt seine Unsicherheit, er tappt im Dunkeln. Noch heute, so nimmt sie sich vor, wird sie mit Peter bereden, was sie den Kindern sagen wollen. Sie können, nein sie dürfen sie nicht weiter im Dunkeln tappen lassen.

Erleichtert über diesen Beschluss öffnet sie die Augen. Außerdem weiß sie aus der Vergangenheit, dass der Kloß im Bauch nur mit offenen Augen schrumpft. Ihr Blick begegnet dem von Ragna, die ebenfalls die Augen kurz geöffnet hat, um die Stimmung der Teilnehmenden zu erkennen. Schnell schließt Ines ihre Augen wieder. Bloß nicht den Eindruck erwecken, sie beobachte die anderen.

Wie so häufig wandern die Gedanken von Samuel zurück zu der Zeit, als seine Frau gestorben ist. Kalle ist das Ebenbild seiner

Mutter. Er kann ihn nicht anschauen, ohne dass das schlechte Gewissen anklopft. Auch jetzt überfällt es ihn wie ein Tsunami.

Monika atmet ein, atmet aus. Gedanken stürmen auf sie ein. Krampfhaft scheucht sie diese weg, doch wie lästige Mücken kehren sie immer wieder. Drei Wochen hat sie ihre Enkel jetzt nicht gesehen. Als ob sie eine Verbrecherin wäre. Sie will doch auch das Beste für sie. Lennart ist sicher ein ganzes Stück größer geworden und Marie-Lou täte eine Pause von ihrer Mutter sicher mal gut. Der Schmerz überfällt sie wie Einbrecher eine Wohnung, sie vermisst sie so sehr. Das letzte Mal hat sie die Meditation viel besser hinbekommen. Sie erinnert sich an die Ruhe, die sie gespürt hat und schwupps, sind ihre Gedanken bei der Lebendigkeit, die sie am Morgen danach gespürt hat. Sofort schleicht sich Hans in ihre Gedanken, der jede Veränderung ablehnt. Vielleicht sind sie einfach zu alt, um irgendetwas zu verändern. Irgendwann ist man nun mal, wer man im Lauf des Lebens geworden ist. Sie seufzt und hält sofort anschließend den Atem an. Hoffentlich hat das keiner gehört, sie will doch nicht stören.

Erleichtert öffnet sie ihre Augen, als Ragna die Meditation beendet.

„Möchte jemand noch etwas sagen, bevor wir den Abend beenden", fragt Ragna mit einem Blick auf die Uhr.

Alle schütteln den Kopf, bis auf Monika. „Ich habe es heute nicht hinbekommen. Die Gedanken suchten mich heim und ich konnte sie nicht verjagen." Ihre Stimme klingt verzweifelt.

„Du brauchst sie gar nicht verjagen. Schau sie dir einfach an und lass sie weiterziehen. Vergrabe dich nicht in ihnen. Vielleicht machen sie dich auf etwas aufmerksam, dem du mehr Aufmerksamkeit widmen solltest", beruhigt Ragna sie.

„Das alte Thema Beatrix", seufzt Monika.

„Mach doch zuhause eine Meditation für dich, die wir hier heute gemacht haben und setz dich auf Beatrix Stuhl. Vielleicht bekommst du eine Antwort", rät ihr Ragna.

Monika nickt.

„Erzwingt nichts bei der Meditation. Meditation ist Loslassen und Sein. Wenn viele Gedanken kommen, nehmt diese einfach wahr. Stellt euch vor ihr sitzt an einem See, in den ihr einen Stein geworfen habt. Die Oberfläche des Sees ist nun aufgewühlt. Je länger ihr sitzt, und nichts tut, desto ruhiger wird der See. Wenn ihr jedoch einen Stein nach dem anderen hinein werft, was in diesem Fall den Gedanken entspricht, wenn ihr ihnen folgt, dann bleibt die Oberfläche in Aufruhr. Selbst wenn es so ist, auch dann lehnt es nicht ab, sondern denkt euch, dann beobachte ich mich heute eben, wenn ich unruhig bin. Auch das darf sein. Nehmt eure Gedanken wahr und lenkt eure

Aufmerksamkeit immer wieder auf den Atem", erklärt ihnen Ragna mit ruhiger Stimme.

Monika nickt erneut. „Ich hoffe, ich denke das nächste Mal daran." Sie wollte sich gar nicht so in den Vordergrund drängen, doch Ragna scheint sich jetzt an dem Punkt festgebissen zu haben. Deshalb hängt Monika schnell ihren Lieblingssatz dran. „Ich berichte das nächste Mal." Ich berichte, ist ihr Zaubersatz, mit dem sie ihre Zustimmung geben kann, ohne ihre Gefühle zu outen.

Samuels Gedanken sind noch mitten im Tsunami. Erst als Anton ihn anspricht, ob er mit ins Bistro geht, lösen sie sich auf.

Monika

Links und rechts von Lore und Simone eingehakt lässt sich Monika von der Stimmung berieseln. Wie eine aufgeregte Schulklasse kommt ihr die Gruppe vor. Laut schnatternd sind sie auf dem Weg ins Bistro. Jetzt beginnt, der, wie sie findet, beste Teil des Seminars. Eintauchen in die Energie der Jugend, der Lebendigkeit, so nennt sie es bei sich.

Die Stimme von Lore holt sie aus ihren Gedanken. Erwartungsvoll sehen die Simone und Lore sie an.

„Was habt ihr gesagt ? Ich habe gerade nicht zugehört", fragt Monika nach. Mit gespielter Empörung sagt Lore: „Wie, du hörst nicht zu? Wir texten dich hier zu und du ?"

Kopfschüttelnd funkeln die beiden sie an, dabei versuchen sie ein ernstes Gesicht zu machen. Was ihnen jedoch nur mäßig gelingt. Als sie das verdatterte Gesicht von Monika sehen, prusten die beiden los.

„Ich habe gesagt, dass du, wenn du schon nicht auf deine Enkel aufpassen darfst, gerne auf meine Tochter aufpassen kannst", informiert sie Lore.

„Sozusagen als Leihoma", unterbricht Simone.

Vielleicht war es ihr Selbstschutz, dass sie die Worte nicht gehört hat, denkt sich Monika und überlegt, wie sie sich aus der Situation schleicht, ohne es sich mit den beiden zu verderben. Ich werde berichten, passt hier ja leider nicht. Doch Monika hat mehrere Ausfluchtsantworten zur Verfügung. Sie waren und sind auch heute noch hilfreich, um ihr nahes Umfeld mit negativen Antworten zu verschonen. „Ich werde darüber schlafen", sagt sie den beiden und hofft, dass sie vergessen, sie erneut zu fragen. Sie wird sich, auf jeden Fall hüten, die beiden zu erinnern.

„Oh so eine Bla bla Antwort. Eine Antwort, die nichts aussagt", stellt Lore entrüstet fest. „Wir können mit der Wahrheit umgehen."

Monikas Gesicht färbt sich leicht rot. Schnell antwortet sie: „Ich weiß es noch nicht. Deshalb möchte ich darüber schlafen. Außerdem hoffe ich, dass ich meine Enkel bald wieder zu sehen bekomme. Falls ihr Beatrix mal seht, könnt ihr ihr ja berichten, dass ich auf eure Töchter aufpassen dürfte. Vielleicht überzeugt sie das. Dann können wir auch über eine Leihomaschaft sprechen."

Lore grinst: „Das wird ja immer besser. Versuchst du uns jetzt in deine Richtung zu manipulieren?"

Monikas Gesicht nimmt die Farbe einer Tomate an, wie kleine Nadelstiche verletzen die Worte sie.

Simone und Lore sehen sie an, grinsen schräg, als sie die erstarrte Miene von Monika sehen. Schnell verbessert sich Lore. „Das war doch nur Spaß. Klar sagen wir Beatrix, dass du die beste Oma aller Zeiten bist. Und Leihoma oder nicht, wir haben es bisher auch so geschafft."

Die drei zwängen sich an Samuel vorbei, der die Tür zum Bistro aufhält. Wie beim letzten Mal ist der Tisch im Nebenraum für sie reserviert.

Monika sucht sich einen Platz neben Ines und weit weg von Simone und Lore. Für sie war das kein Scherz. Tief in sich spürt sie die kleinen Stiche, die weiterwirken. Ihr gesamtes Leben war sie für andere da und auch heute ist sie diejenige, die macht und tut, wenn Beatrix und Familie kommt. Klar, freut sie sich, wenn sie kommen. Klar, sorgt sie gerne für sie. Doch genauso klar, hätte sie auch mal gerne jemanden, der sie verwöhnt.

„Darf ich mich zu dir setzen?", fragt Samuel und schiebt den Stuhl auf ihrer freien Seite nach hinten.

„Klar", sagt Monika und denkt bei sich, so ganz werde ich nie dazu gehören, die anderen hätte er sicher nicht gefragt. Ines beugt sich weit über den Tisch zu Samuel hin und grinst ihn an. „Ich dachte letzte Woche, ich bin etwas Besonderes für dich, weil du mich gefragt hast. Dabei fragst du immer."

Samuel grinst zurück und erwidert: „Du bist sehr besonders."
Nach diesen Worten dreht er sich zu Monika und sagt: „Du bist
ebenfalls sehr besonders."

„Aha, jeder Mensch ist besonders....", sagt Ines schmunzelnd.

Samuel nickt. Eine lange Weile schweigen die drei. Ines hängt
ihren Gedanken nach, Samuel scrollt auf seinem Handy durch
die Nachrichten und Monika sucht krampfhaft nach einem
unverfänglichen Gesprächsthema. Ein Thema, bei dem sich
keiner manipuliert fühlt und dass sie nicht alt wirken lässt.
Wenn ihre Gedanken doch nur nicht alles bewerten würden.
Innerlich seufzt Monika.

„Habt ihr euch gut eingelebt?", wendet sie sich an Samuel
und hofft, dass sie sich richtig an einen Umzug erinnert.

Er legt sein Handy zur Seite „Ja. Kira hat schnell Freundinnen
gefunden. Sie ist sehr kontaktfreudig. Kalle hängt die meiste
Zeit am Computer und Handy. Leider hat sich das durch den
Umzug verstärkt."

„Zum Glück waren Computer und Handy damals bei Beatrix
kein Thema."

Sarah, die auf der anderen Seite von Samuel sitzt und mit einem
Ohr das Gespräch mit hört, mischt sich ein: „**Du** musst das
regeln. Bei uns gibt es feste Handyzeiten. Und dann wandert

das Handy in eine Schachtel, die ich hoch auf den Schrank stelle."

„Kalle ist fünfzehn. Ich weiß nicht, ob das eine geeignete Methode in dem Alter ist, um auf Dauer eine gute Beziehung mit ihm aufzubauen", sagt Samuel skeptisch.

„Es liegt in unserer Verantwortung als Eltern, Kindern den richtigen Umgang damit beizubringen", empört sich Sarah. Nachdem sie die genervten Gesichter von Samuel und Monika wahrnimmt, lenkt sie schnell ein. „Ich habe wahrscheinlich gut reden. Sind meine Zwillinge doch erst sechs Jahre und haben nicht so einen Verlust wie deine Kinder erfahren. Zum Glück. Mach doch mal so eine Übung, wie ich heute bei Ragna. Hilft echt gut."

„Kannst du ja mal ausprobieren", sagt Monika, mit der Absicht, ihm mit dem Satz einen Rettungsanker anzubieten.

Dankbar lächelt Samuel sie an und nickt. Wie soll er auch gerade seinen Sohn auffangen, der ihn in seiner ganzen Art an seine verstorbene Frau erinnert und das schlechte Gewissen immer wieder empor puscht.

„Dein Mann und du, ihr habt das geschafft wovon meine Frau und ich immer nur geträumt haben. Zusammen alt werden und unsere Enkelkinder aufwachsen sehen", sagt er und blickt wehmütig vor sich hin.

„Ist bei uns auch nicht alles Gold was glänzt", stellt Monika bedauernd fest. „Wir sind inzwischen sehr festgefahren. Es gibt keine Überraschungen und keine Lebendigkeit mehr in unserem Alltag." Der letzte Satz kommt ihr geflüstert über die Lippen, sie möchte nicht, dass alle ihn hören.

„Ich wäre für jede Routine dankbar. Etwas Vorhersehbares. Momentan ist jeder Tag, wie ein Drahtseilakt, nur ohne Netz." Er hält kurz inne, bevor er mit resignierter Stimme ergänzt: „Aber vielleicht ist das so, wenn die Kinder älter werden."

Den letzten Satz hat Sarah aufgeschnappt. Sie beugt sich nach vorne, setzt eine wissende Miene auf und sagt: „Deshalb ist es so wichtig, in jungen Jahren eine tragfähige Beziehung zu ihnen aufzubauen."

„Auch wenn wir eine gute Beziehung aufbauen, kann es Phasen geben, in denen es schwierig ist mit den Kindern. Jeder Mensch verändert sich ständig. Erst recht Kinder, die noch in ihrer Entwicklung stehen und allein von daher verschiedene Phasen durchlaufen. Gerade in der Pubertät schwanken die Kinder zwischen Nähe und Distanz hin und her," sagt Ines mit aufgebrachter Stimme.

„Ist schon gut", sagt Samuel. Beschwichtigend legt er seine Hand auf ihren Arm. Nimmt sie jedoch schnell wieder weg. Nicht, dass es falsch aufgefasst wird. Mit feuerroten Wangen sitzt Sarah an ihrem Platz, ihre Augen starr auf ihr Getränk gerichtet.

Samuel warf Sarah einen verstohlenen Blick zu. Sie meint es nur gut mit ihren Ratschlägen und außerdem steckt durchaus ein Körnchen Wahrheit darin, beginnt er sie vor sich zu rechtfertigen. Mit erhobener Stimme, damit die Worte bis zu Sarah vordringen, sagt er: „Sarah hat durchaus recht. Leider war Melanie bei uns für die Beziehungen zuständig. Ich habe viel gearbeitet. Und dadurch habe ich es leider versäumt, eine gelungene Beziehung zu Kalle aufzubauen. Ich bleib dran, das ist alles was ich tun kann."

„Ich wünsche dir auf jeden Fall viel Glück", sagt Monika und streckt den Daumen nach oben.

„Was ist für euch das Wichtigste in einer Beziehung oder Ehe?", lenkt Samuel das Gespräch um.

Sofort antwortet Monika: „Das Wichtigste, wie ich finde, ist, sich gemeinsam zu entwickeln, sich gegenseitig zu fordern und zu unterstützen. Das ist meinem Mann und mir gar nicht gelungen. Die Routine hält uns klein und hat uns bequem werden lassen."

Samuel dreht sich zu Ines und fragt sie: „Was findest du in einer bzw. eurer Ehe wichtig?"

„Miteinander reden, finde ich das Wichtigste", sagt sie sofort, bevor sie ihre Worte überdenken kann. Hoffentlich fragt er nicht nach, ob sie das hinbekommen. Denn natürlich bekommen sie es nicht hin und vielleicht ist es immer so, dass die Sachen, die einem einfallen, immer die Sachen sind, die man eben nicht hinbekommt. „Ich denke, bei uns gibt es Luft nach oben", gibt sie schnell zu, bevor Samuel nach bohrt.

Dieser scheint ihre Ablehnung zu spüren und schweigt verständnisvoll.

Monika

Die lauten Stimmen des Fernsehers folgen Monika in die Küche. Sie räumt die beiden Teller in die Spülmaschine und ruft Hans zu: „Ich lege mich kurz hin. Zum Kaffee bin ich wieder unten."

Die Antwort, die ihr entgegen gegrunzt wird, deutet Monika als Zustimmung. Sie hofft, dass ihr die Ankündigung eine halbe Stunde Ruhe schenkt.

Aufatmend schließt sie die Tür hinter sich, überlegt kurz, ob sie abschließen soll, doch sie ist sich nicht sicher, ob der Schlüssel nicht bis ins Wohnzimmer zu hören ist. Und sie weiß so sicher, wie das Amen in der Kirche, dass Hans fünf Minuten später vor der Tür stünde. Er würde wissen wollen, welche Geheimnisse sie vor ihm hat. Sie hofft, dass er ihren Wunsch nach Ruhe und Schlaf dagegen akzeptiert, obwohl sicher kann sie sich da auch nicht sein.

Sie geht zu den beiden Stühlen, die am Fenster stehen, hebt den einen hoch und stellt ihn gegenüber von dem anderen. Dann setzt sie sich auf den einen und stellt sich vor, dass Beatrix auf dem anderen sitzt. Sie kramt in ihrer Erinnerung nach dem Ablauf der Meditation. Augen schließen, bei sich ankommen und vorstellen, dass Beatrix mir gegenüber sitzt, gibt sie sich selbst Anweisungen. Jetzt muss ihr nur noch die richtige Frage einfallen. Monika spürt, wie sich Druck in ihr aufbaut. Die richtige Frage, damit sie erfährt, wie sie ihre Enkelkinder wieder sehen darf. Oder sollte sie ihr erst erklären, wieso sie nicht aus ihrer Haut kann, dass sie sich jedoch Mühe gibt? Oder erst die Frage?

Alles in ihr fühlt sich schwer an. Ihr Kopf ist ein schwarzes Loch. Das bringt doch nichts, bei den anderen hört es sich immer so einfach an. Sie ist einfach nicht dafür gemacht. Ihr Kopf, ihr Herz, vollkommen ausgefüllt von dem Druck. Ihr fällt der Satz von Ragna ein: ′nur ansehen, ohne zu bewerten, egal was kommt.′

Sie wird sich auf den Atem konzentrieren. Einatmen, ausatmen, einatmen,....

Langsam verliert sie jedes Zeitgefühl und wird zu ihrem Atem. Der Druck entfernt sich, genau wie ihre Gedanken. Nach und nach wird es in ihr leichter. Wie von selbst scheinen die Worte zu kommen; „Ich vermisse den Kontakt mit dir und meinen Enkelkindern. Ich möchte nur das Beste für euch und es tut mir leid, dass ich das so oft nicht hinbekomme. Was kann ich tun, um dein Vertrauen zurückzugewinnen?" Während sie die Augen öffnet und auf dem anderen Stuhl Platz nimmt, konzentriert sie sich weiter auf den Satz. In ihr der große Wunsch, ihre Tochter zu verstehen.

Doch statt Antworten füllen Schweigen und Schmerz sie aus. Sie wartet und atmet und wartet, doch das Schweigen breitet sich wie Smog in ihr aus. Irgendwann gibt sie auf.

Sie stellt die Stühle zurück und geht nach unten. Hans blickt kurz vom Fernsehen auf und fragt: „Trinken wir jetzt Kaffee?"

Während sie in der Küche alles vorbereitet, ruft er ihr zu: „Bring mal das Telefon mit. Beatrix war schon lange nicht mehr zu Besuch. Ich vermisse meine Enkel. Ruf sie doch mal an."

Monika liegt eine barsche Erwiderung auf der Zunge, die sie schnell hinunterschluckt. Es würde nur Streit geben und das ist die Sache nicht wert. Sie sollte sich freuen, dass er sie ebenfalls vermisst. Sie stellt die gefüllten Tassen auf ein Tablett, legt das Telefon dazu und geht ins Wohnzimmer.

Laut schlägt ihr Herz, als sie Beatrix Nummer wählt. „Hallo Mama", begrüßt Beatrix sie.

Mit zittriger Stimme antwortet Monika: „Hallo Beatrix, ich wollte mal fragen, wie es euch geht."

„Und wann ihr endlich wieder mal kommt. Wir haben unsere Enkelkinder schon so lange nicht gesehen", dröhnt die Stimme von Hans an Monika vorbei ins Telefon zu Beatrix. Klar, die Enkelkinder werden vermisst. Sie natürlich nicht, Beatrix spürt, wie die schlechte Laune einen Weg in ihr Inneres sucht. Da genau in diesem Augenblick jedoch Lennart zu weinen anfängt, ruft sie Marie-Lou.

Ihrer Mutter sagt sie: „Lennart hat Hunger. Marie-Lou vermisst euch auch. Ich gebe sie dir mal." Bevor sie den Hörer an Marie-Lou weiterreicht und sagt sie ihrer Mutter: „Am Wochenende könnten wir alle kurz vorbei kommen."

„Oma, Oma, ich habe dich so vermisst", schreit Marie-Lou mit ihrer hellen Stimme ins Telefon.

„Wir dich auch, mein Schatz. Erzähl mal. Wie geht es dir denn? Und was macht Lennart?", fragt Monika. Ihre Stimme klingt wieder entspannt und liebevoll.

Beatrix sitzt mit Lennart auf dem Sofa, gierig saugt er an ihrer Brust. Sie lauscht dem Telefonat.

Marie-Lou gluckst vor sich hin. „Ommaaaa." Kichernd hält sie sich die Hand vor den Mund. Durch den Telefonhörer hört Beatrix die fröhliche Stimme ihrer Mutter, die ihr den distanzierten Umgang zwischen ihnen beiden, umso schmerzhafter bewusst macht. Vielleicht bekommen sie es der Kinder zuliebe hin, macht sich Beatrix selbst Mut.

Anton

Es ist einer dieser Nachmittage, die mit drei Kindern sehr selten vorkommen. Thomas und Emma haben sich direkt nach der Schule und dem Kindergarten in ihren Zimmern verkrochen. Da es verdächtig still ist, klopft Anton kurz bei Thomas an und wirft einen Blick in das Zimmer. Thomas baut an seiner Legolandschaft weiter, die seit Tagen, die eine Ecke seines Zimmers blockiert.

Aus Emmas Zimmer dringen die Töne eines Hörspieles. Nachdem Anton angeklopft hat, öffnet er langsam die Tür. Angezogen liegt Emma auf ihrem Bett und schläft. Zärtlich deckt er eine leichte Decke über sie und streicht ihr sachte über ihre Haare. Auf Zehenspitzen verlässt er das Zimmer.

Auch Mathilda schläft. Freitags besucht er mit ihr am frühen Mittag eine Spielgruppe. Dadurch verschiebt sich ihr Mittagsschlaf nach hinten. Außerdem strengt das Zusammensein mit den anderen Kindern und ihren Müttern sie beide an. Der Sinn dieser Gruppe erschließt sich ihm auch nicht. Meistens quengelt oder weint eins der Kinder, die Mütter tauschen sich laut aus, um die Kinder zu übertönen. Er sitzt dabei, hört zu und schielt auf die Uhr. Eine Gruppe für Väter hat er leider nicht gefunden. Und so hat Magda ihn vor vollendete Tatsachen gestellt und ihn in einer Gruppe angemeldet. Jetzt versucht er, dass Positive daran zu sehen, dass Mathilda anschließend müde ist und länger als gewöhnlich einen Mittagsschlaf macht.

Leise schließt Magda die Tür auf. Stille umfängt sie. Ist die Familie ohne sie ausgeflogen? Bevor sie laut nach Anton rufen kann, steht dieser an der Küchentür. Den rechten Zeigefinger hält er vor den Mund. Die andere Hand winkt sie näher. Magda streift die Schuhe von den Füßen und geht auf Socken zu ihm. Übertrieben vorsichtig schleicht Anton Magda voraus in die Küche. Wie in Zeitlupe bewegt er seine Hand dazu und bedeutet ihr, ihm zu folgen. Magda folgt ihm wie auf rohen Eiern, voller Sorge, dass die Stille ein jähes Ende findet.

Als Magda den liebevoll gedeckten Küchentisch sieht, strahlt sie. Zwei Tassen stehen auf dem Tisch nebeneinander, davor dampft eine Kanne Tee, Plätzchen liegen auf einem Teller neben der Kanne. Sachte streichelt Magda über Antons Arm. Zärtlich nimmt er sie in seinen Arm und drückt ihr einen Kuss auf den Mund.

„Es ist so ruhig hier", stellt sie fest. Sicher hat er sie wieder ausgelagert und bei Ines abgegeben, bitter steigt der Gedanke in ihr auf. Ihr gerade noch strahlender Gesichtsausdruck wird verkniffen. Anton registriert ihre verkniffene Miene. Er kann sich denken, was in ihr vorgeht. Schnell setzt er sich und zieht sie sanft am Arm neben sich. Langsam schenkt er ihr Tee ein.

Beruhigt nimmt er ihre zunehmend weicheren Gesichtszüge wahr, während er ihr über den Tag berichtet.

„Lass uns die Ruhe genießen. Wer weiß wie lange sie dauert", sagt Magda. Sie ist froh, dass sie ihre Befürchtungen für sich behalten hat. Schnell hätten sie den gemütlichen Nachmittag zum Einsturz gebracht. Anscheinend war die Zeit in die Eheberatung und in das Meditationsseminar gut investierte Zeit. Sie legt ihre Hand auf sein Bein. Liebevoll legt Anton seinen Arm um ihre Schulter und zieht sie zu sich. Eng umschlungen sitzen sie beieinander und erzählen sich gegenseitig vom Tag.

„Schade, dass der Knopf noch nicht erfunden ist, an dem man Kinder ausschalten und sich einfach eine Auszeit nehmen kann", flüstert Magda und seufzt.

„Du kannst dir doch mal Zeit für dich nehmen. Wenn du ein Wochenende..." Er macht eine kurze Pause, bevor er fortfährt: „...oder einen Abend für dich möchtest. Also, wenn du das wirklich willst. Das bekomme ich schon gewuppt." Noch inniger kuschelt sich Magda an ihn und meint: „Nur wir zwei, wäre auch nicht schlecht. Nur was machen wir dann mit den Kindern?"

„Ich lasse mir etwas einfallen." Kann Anton gerade noch sagen, bevor aus Mathildas Zimmer Weinen erklingt.

„Ich schaue nach ihr", sagt Magda, gibt ihm einen Kuss auf den Mund und verschwindet in Mathildas Zimmer. Das Weinen wird leiser, bis es schließlich verstummt. Die vom Schlafen noch ganz zerknitterte Mathilda auf dem Arm, setzt sich Magda wieder an den Tisch. Ihr Gesicht legt sie sachte an ihre Tochter, nimmt einen tiefen Atemzug und schwärmt: „Ich liebe ihren Geruch. Am liebsten würde ich ihn in einer Dose konservieren, damit ich, wenn sie älter ist, daran riechen kann."

Anton nickt und lächelt die beiden mit verliebtem Blick an. Er saugt die friedliche Stimmung in sich auf. Die ganze Welt könnte er umarmen und als sei das nicht genug und als müsse diese Liebe verschenkt werden, fragt er Magda: „Wollen wir am Sonntag mal wieder zu deinem Vater fahren. Waren wir schon länger nicht."

Längst fahren sie nicht mehr jedes Wochenende hin. Anstatt dass ihr Vater sich freut, wenn sie da sind, schimpft er darüber, dass sie so selten kommen. Doch inzwischen grenzt Magda sich ab, denn sie weiß, sie kann es nur sich oder ihm recht machen und sie hat sich entschieden; für sich und ihre Familie. Verwundert sieht Magda ihn an und fragt: „Echt, jetzt?"

Ines

Sie schließt die Haustür auf, horcht in das stille Haus. Zeit für ihr tägliches Ritual. Während sie den Kaffeeautomaten anschaltet, beißt sie von einer trockenen Scheibe Brot ab. Wie immer wartet sie mit dem Essen, bis der Rest der Familie zuhause ist. Sie stopft sich den Rest des Brotes in den Mund, lässt die Tasse mit Kaffee volllaufen und trägt diese ins Wohnzimmer. Nachdem sie sie auf dem Tisch abgestellt hat, legt sie eine rockige CD auf und dreht den Lautstärkeregler gerade so hoch, dass die Bässe in ihr mitschwingen. Die Musik beginnt, Ines trinkt einen Schluck und wippt erst langsam im Takt der Musik mit. Je fetziger die Musik, desto wilder wird ihr Tanz. Ideal, um ihren ganzen Frust abzubauen, der sie in letzter Zeit heimsucht. Laut dröhnt sie den Refrain heraus und überhört fast das Klingeln des Telefons. Schnell hechtet sie zur Anlage und schaltet die Musik aus. Und sprintet weiter zum Telefon. Atemlos reißt sie den Hörer von der Gabel.

„Ines Berger", keucht sie völlig außer Atem in den Hörer.

„Frau Berger, hier ist die Klassenlehrerin von ihrem Sohn. Ich mache mir Sorgen um ihn und möchte sie und ihren Mann zu einem Termin einladen."

„Oh, was hat er gemacht?", fragt Ines betroffen.

„Nichts Schlimmes", beruhigt sie die Lehrerin. „Nur provoziert er in letzter Zeit seine Mitschüler, fängt Streitereien an und stört in der Klasse. So kenne ich ihn gar nicht. Er war immer der Streitschlichter. Es sind alles Verhaltensweisen, die er erst neuerdings zeigt. Können Sie sich das erklären? Ist irgendetwas vorgefallen?" Die Lehrerin legt eine Pause ein.

„Müsste ich jetzt genauer darüber nachdenken", antwortet Ines ausweichend.

„Am liebsten ist mir, wenn Sie, Ihr Mann und Ihr Sohn zu dem Termin kommen. Dann sind alle auf dem aktuellen Stand. Abgesehen davon, rede ich lieber mit den Schülern, als über sie. Passt Ihnen nächste Woche Dienstag 17 Uhr?"

„Die nächsten zwei Wochen sind bei uns leider sehr voll." Die Worte strömen aus Ines heraus, bevor sie ihnen Einhalt gebieten kann. Entsetzt hört sie sich zu, die Krise bringt ihre dunkelsten Seiten zum Klingen.

„Das ist sehr schade", erklärt die Lehrerin und ärgert sich, dass es ihr nicht gelingt, ihren Unmut zu verbergen. Bisher kennt sie die Familie Berger als sehr engagierte Eltern.....

Damit ihre Schuldgefühle nicht überhandnehmen, lenkt Ines schnell ein. „Das tut mir auch sehr leid. Ich werde auf jeden Fall die kommenden Tage mit Levi sprechen. Vielleicht hat das bereits Erfolg. Wir kommen natürlich sehr gerne zu einem

Gespräch. Nur leider.... passt es eben erst in drei Wochen", sagt Ines und hofft, dass die Lehrerin nicht genauer nachfragt.

„Dann können wir auch den regulären Elternsprechtag nehmen. Der findet in drei Wochen Samstags statt. Das genaue Datum und die einzelnen Zeiten bekommt die Klasse diese Woche mitgeteilt. Ich hoffe sehr, dass Sie und Ihr Mann dann kommen", sagt die Lehrerin.

Nachdem sie das Telefonat beendet haben, dreht Ines die fetzige Musik lauter. Fest stampft sie auf, schüttelt ihren Kopf wild hin und her und grölt den Text mit.

Samuel

Samuel nimmt drei Stufen auf einmal. Er ist selbst erstaunt, dass er nach einem langen Arbeitstag noch so viel Schwung hat. An der offenen Tür lacht Simone ihm entgegen. „Komm doch rein."

„Ich habe gar nicht viel Zeit", sagt Samuel und blickt auf die Uhr. „Ich bin euch sehr dankbar, dass Kira so häufig zu euch kommen kann."

Mit einer schnellen Handbewegung schiebt Simone die Bemerkung beiseite. „Ich bin froh, dass Laura eine Freundin gefunden hat, die genauso verspielt ist wie sie. Die beiden waren vorhin nur kurz zum Abendessen hier, dann sind sie wieder verschwunden. Es ist so ruhig, ich traue mich gar nicht nachzusehen", sagt Simone, mit einer Stimme die deutlich erkennen lässt, wie dankbar sie für die Pause ist. „Zu einem Glas Wein kann ich dich überreden, oder?", fragt Simone und marschiert bereits Richtung Küche.

„Nur weil ich zu Fuß gekommen bin...Ein Gläschen...", sagt er und zeigt mit seinem Daumen und Zeigefinger das Maß.

„Wo ist denn dein Mitbewohner?", fragt Samuel und schaut suchend im Wohnzimmer hin und her.

„Jan? Der ist bei seinem ehemaligem Mitbewohner Mirko, der hat es sich in den Kopf gesetzt, Jan mit seiner Cousine zu verkuppeln", erklärt ihm Simone.

„Ach so. ich dachte ihr zwei seid zusammen", wundert er sich.

„Nein. Nur Freunde. Also rein platonisch", stellt Simone klar.

„Verstehe. Und wenn er mit ihr zusammenkommt, wird es dann eine vierer WG oder?" Samuel schaut sie fragend an. Ratlos zuckt Simone mit den Schultern. „Keine Ahnung. Ich weiß nur, dass es für Laura ein Schock wäre, wenn wir ausziehen müssten. Sie ist richtig aufgeblüht, seit wir hier wohnen. Vorher war ich wohl zu konzentriert auf sie. Jetzt entspannt sich das." Dass der Schock für sie selber noch größer wäre, verschweigt sie lieber.

Sehnsüchtig seufzt Samuel. „Das ist fast das Ideal, wenn man schon keine Beziehung hat. Die Kinder haben verschiedene Ansprechpartner und das ganze Beziehungsgewirr entspannt sich."

Dicht gefolgt von Kira betritt Laura mit tänzelnden Schritten das Wohnzimmer. „Darf Kira bei uns schlafen? Bitte, bitte, bitte!", bettelt Laura.

Kira sieht ihren Vater an und fällt in den Chor mit ein: „Bitte, bitte, bitte."

„Ich bin gekommen, um dich abzuholen. Du schläfst doch sowieso hier, wenn wir unser Seminar haben. Das reicht doch. Und außerdem ist morgen Schule." Hängt er schnell hinten dran, als ihm die Argumente ausgehen.

„Also für uns ist das kein Problem. Ich bringe morgen einfach beide in die Schule. Wenn du jetzt alles für die Schule dabei hast", sagt Simone und sieht Samuel an. „Oder ist das für dich ein Problem? Bist du dann zu alleine heute Abend?"

Schnell schüttelt er den Kopf. „Nein, ich dachte nur..." Er kann selbst nicht verstehen, wieso es ihn stört. Eigentlich ist es toll, dass die beiden Mädchen sich gefunden haben. Eigentlich wünscht er ihr alles Glück der Erde. Doch eben nur eigentlich, denn wenn sie bleibt, hat er das Gefühl, wieder einmal als Vater versagt zu haben, wieder keine richtige Familie zu sein. Sie braucht ihn nicht, zieht die Gesellschaft anderer vor. Er ist entsetzt über seine kleinlichen Gedanken. Es sollte ihn freuen, dass sie schnell eine Freundin gefunden hat. Er gibt sich einen innerlichen Ruck und sagt zu ihr: „Wenn du deine Schulsachen dabei hast und das gerne möchtest. Dann will ich nicht der Spaßkiller sein."

Jauchzend fällt ihm Kira um den Hals. Dann löst sie sich von ihm und ergreift die Hände von Laura. Die beiden drehen sich kreischend im Kreis, bis Simone sagt: „Genug! Entweder geht ihr wieder in dein Zimmer, da könnt ihr laut sein oder wenn ihr hierbleiben wollt. Dann, bitte, eine Stufe leiser."

Arm in Arm schlendern die beiden zur Tür. Kurz bevor sie das Zimmer verlassen, wedeln sie mit der Hand den beiden einen Abschiedsgruß zu.

Kurze Zeit später geht Samuel nach Hause. Nach einem kurzen kräftigen Marsch schließt er die Tür seines Hauses auf und ruft laut „Hallo" in den Flur. Doch kein Echo ertönt. Nachdem er seine Schuhe ausgezogen hat, eilt er die Treppe nach oben. Er lauscht an Kalles Zimmertür, klopft und öffnet, nachdem es weiter still bleibt, die Tür. Erschrocken zuckt er zurück. Er kann sich nicht erinnern, wann er das letzte Mal in dem Zimmer war. Die Schränke stehen offen und die Kleider liegen in Haufen auf dem Boden. Dazwischen stehen gebrauchte Teller und leere Gläser, deren Inhalt getrocknet ist. Das schlimmste jedoch ist der Geruch, vielmehr Gestank. Im Zimmer stinkt es, wie in einem Affenstall. Samuel balanciert an den Kleiderhaufen vorbei zum Fenster und öffnet es sperrangelweit.

Dann setzt er sich vor den Fernseher und wartet auf Kalle. Kurz nach 22 Uhr hört er, wie sich die Haustür öffnet und jemand am Wohnzimmer vorbei schleicht. Sofort springt Samuel auf und hechtet in den Flur. „Wo kommst du so spät her?", schreit er ihn an.

„Was geht dich das an?", motzt Kalle zurück.

„Immerhin bin ich dein Vater", schreit Samuel erbost.

„Ach ja! Fällt dir ja früh ein", keift Kalle und will weiter die Treppe hinauf sprinten. Samuel bekommt seinen Arm zu fassen und hält ihn fest. „Wir müssen reden", faucht er ihn an.

„Sagt wer? Ich habe nichts zu sagen", antwortet Kalle schnippisch, reißt sich los und stürmt die Treppe hoch. Er knallt die Tür hinter sich zu. Nur um sie eine Minute später wieder auf zu reißen und zu schreien: „Was hast du in meinem Zimmer zu suchen?"

„Du musst mal wieder aufräumen. Und öfter lüften. Immerhin ist es mein Haus", ruft Samuel erbost nach oben. Er könnte sich dafür auf die Zunge beißen, als er hört, wie sein Sohn die Tür zuknallt und den Schlüssel herumdreht. Sein Haus. Das muss sich für seinen Sohn anhören, als wäre er zu Gast in dem Haus. Müde schlurft Samuel ins Wohnzimmer zurück und lässt sich auf den Sessel fallen.

Nachdem er seine Kopfhörer ins Ohr gesteckt hat, dreht Kalle die Musik bis zur Schmerzgrenze auf. Der Bass pulsiert in seinem Körper und übertönt die Wut, die ihn seit dem Tod seiner Mutter ausfüllt. Sein Vater behandelt ihn, als sei er fünf. Oder warum kontrolliert er sein Zimmer? Glücklicherweise hat er die Zigarettenpackung bei sich gehabt und nicht wie sonst auf dem Schreibtisch gelassen. Jetzt braucht er auch keinen Vater mehr. Den hätten sie gebraucht, als seine Mutter krank war, doch er hat einfach weiter gearbeitet, als wäre alles normal. Nach ihrem Tod kam er auf einmal angekrochen, wollte den verständnisvollen spielen. Doch ihn hat das nur angekotzt. Kalle greift sich eine Zigarette aus der Packung, öffnet das Fenster und zündet sie an. Tief atmet er den Rauch ein und lässt ihn hustend entweichen. Erneut zieht er an der Zigarette, füllt seine Lunge damit und atmet langsam aus. Innerlich klopft er sich auf die Schulter, wird doch, dieses Mal sogar ohne Husten.

Anton

In letzter Minute steckt Anton die Kekspackung ein. Ernst wird zwar meckern, weil sie keinen Kuchen mitbringen, doch sie können es ihm sowieso nicht recht machen. Bei der letzten Familienkonferenz war der Besuch von Magdas Vater das Hauptthema. Thomas nahm sich direkt den Redestab und beschwerte sich: „Ich finde es blöd, dass er immer meine Hausaufgaben sehen möchte. Es ist doch Wochenende."

Sofort unterbrach ihn Emma und sagte: „Mach dir keine Sorgen. Ich nehme meine Hausaufgaben mit."

Eine Woge der Liebe erfüllte Magda, ihre beiden Kinder, wenn es darauf ankam, hielten sie zusammen. Erstaunt und erfreut nahm Anton zur Kenntnis, dass Magda Emma nicht rügte, weil sie den Redestab noch gar nicht in der Hand hielt. Es geschahen doch noch Wunder, selbst bei seiner sonst so perfekten Frau.

Thomas sah sie spöttisch an. „Du bist doch noch gar nicht in der Schule. Dummerchen."

Emmas Mund verzog sich zu einer Schnute. Magda schüttelte missbilligend den Kopf. Bevor Emmas Mund sich weiter verzog, vermittelte Anton. „Das ist doch prima. Dann zeigt Emma ihre Aufgaben und du Thomas sagst, dass am Wochenende schulfreie Zeit ist."

Mit einem siegessicheren Lächeln schielte Emma zu Thomas, um zu sehen, wie er die Antwort aufnahm. Als sie merkte, dass er nur stumm nickte, sprang sie auf und hüpfte fröhlich vor sich hin singend, die Treppe nach oben.

Fassungslos sah Magda ihr nach. „Wir sind doch mitten in der Familienkonferenz", stellte sie fest.

„Tja, da hat Emma wohl einen anderen Plan im Kopf. Wir warten einfach auf sie", nahm Anton sie in Schutz.

Wenige Minuten später galoppierte Emma die Stufen hinunter. In der Hand hielt sie ein DIN-A-5 Heft. Sie setzte sich, hielt Thomas das Heft hin und sagte: „Siehste, hier sind meine Hausaufgaben drinnen."

Beschwichtigend hob Magda ihre Hand und sah Thomas an. „Da wir das mit den Hausaufgaben jetzt geklärt haben, sollten wir noch einmal darüber abstimmen. Wer ist dafür, dass wir am Sonntag Opa besuchen?"

Alle Hände gingen nach oben.

Gönnerhaft meinte Thomas: „Ich bin dafür. Opa ist so alleine. Da freut er sich sicher, wenn er Besuch bekommt."

Und so kommt es, dass sie sich heute auf den Weg zu Ernst machen.

Wie meist erreichen sie sein Haus später als verabredet. Entgegen seiner Vermutung ist dies jedoch keine Absicht, sondern ihrem vollen Sonntag geschuldet. Wie jeden Sonntag fuhr Anton mit beiden Kindern vormittags schwimmen. Normalerweise empfing Magda sie mit einem Mittagessen. Heute jedoch verschlief sie mit Mathilda die Zeit, so dass Anton schnell eine Pizza holte. Und so kommt es, dass sie eine halbe Stunde später als verabredet an Ernst Tür klingeln. Noch während er die Tür öffnet, schaut er demonstrativ auf die Uhr. Dann wirft er ihnen einen tadelnden Blick zu. „Ich warte schon.“

Emma drückt ihn und ruft: „Hallo Opa.“

Thomas streift seine Schuhe an der Fußmatte ab, um seinem Opa keinen Grund zu geben, ihn zu ermahnen. Bevor er aufhört, wirft er ihm einen unsicheren Blick zu. „Hör besser auf, bevor du deine Sohlen durchgescheuert hast“, sagt dieser mit sarkastischem Unterton. Thomas errötet, zieht die Schuhe aus und stellt sie in den Flur, bevor er das Haus betritt. Magda reicht ihrem Vater die Kekse und meint: „Wir haben Kekse mitgebracht, du hast sicher keinen Kuchen gebacken.“

„Ich habe ja wohl genug für dich getan, so dass du jetzt durchaus für mich sorgen kannst“, stellt ihr Vater fest. Zur Bestätigung nickt Magda und antwortet: „Im Moment ist alles etwas eng. Mit einem Säugling kann man nicht so gut planen.“

Ihr Vater schüttelt nur den Kopf und sagt: „Ich kann auch nicht verstehen, dass du wieder Vollzeit arbeitest und Anton bei den Kindern bleibt. Ist doch klar, dass da einiges auf der Strecke bleibt. Bei uns damals gab es das nicht."

Innerlich ermahnt sich Magda ruhig zu bleiben. Sie weiß doch, dass er nicht aus seiner Haut kann. Und in zwei Stunden ist sie mit ihrer kleinen Familie wieder weg. Sie atmet tief ein und wieder aus. Langsam beruhigen sich die Gefühle in ihr. Erst als sie wieder ruhig ist, antwortet sie: „Bei uns gibt es das. Wir machen auch Fehler, doch es sind unsere Fehler."

„Fehler??", wiederholt Ernst das Wort und Magda sieht ihm an, dass er felsenfest davon überzeugt ist, keine Fehler gemacht zu haben. Sie sieht ihn an, schluckt und denkt, Diskussionen bringen nichts, da er bei jeder Kritik eingeschnappt reagiert. Es ist die Zeit nicht wert. Zwei Stunden gehen vorbei und den nächsten Besuch machen sie eben erst in zwei Monaten.

Sie folgen den Kindern, die längst im Wohnzimmer angekommen sind. Emma schaukelt bereits wild auf dem Schaukelstuhl. Ihr Bruder sitzt auf dem Sofa und sieht ihr sehnsüchtig zu. Der Opa schaut ihn ermahnend an. Thomas Wangen röten sich, schnell senkt er seinen Blick auf seine Hände, die in seinem Schoß liegen. Zu genau erinnert er sich an den Besuch, bei dem sein Großvater mit ihm schimpfte, weil er der Erste auf dem Schaukelstuhl war und seine süße kleine Schwester nicht schaukeln ließ. Absolutes Schaukelverbot erteilte er ihm damals. Seit damals ist Thomas nie wieder geschaukelt. Magda entgeht weder der Blick ihres Vaters noch der beschämte Blick von Thomas. Sie legt ihre Hand auf Thomas Arm und dreht sich zu Emma. „Thomas will auch mal schaukeln, Emma. Wechselt ihr euch bitte ab."

„Er ist ja wohl ein Gentleman", stellt ihr Vater fest und durchbohrt Thomas dabei mit seinem Blick. Beruhigend lächelt Magda Thomas an und erklärt: „In unserer Familie leben wir Gleichberechtigung. Wenn Thomas auch schaukeln will, so kann er das natürlich. Emma, wann darf Thomas?" Dabei sieht sie fragend auf Emma. Diese sagt: „Noch dreimal schaukeln." Nach dem dritten Mal stoppt sie und sagt zu Thomas: „Jetzt." Thomas strahlt sie an, bedankt sich und hechtet zum Schaukelstuhl. Anfangs schaukelt er sachte, mit der Zeit immer wilder. Alle Anspannung, die er wegen diesem Schaukelstuhl empfunden hat, löst sich in ihm.

Anton unterdrückt ein Schmunzeln. Oh, wie er diese Ermahnung seinem Schwiegervater gönnt. Viel zu lange hat Magda sich und damit die ganze Familie von ihm terrorisieren lassen. Sie, die sonst nie um eine Antwort verlegen ist. Ernst Augen funkeln voller Wut. Er fühlt sich von seiner Tochter zutiefst gedemütigt, so abgekanzelt zu werden. Als alle, außer Thomas, am Tisch sitzen prophezeit er Magda mit giftiger Stimme: „Na, das wird was werden, wenn die Kleine hier größer ist. Ist jetzt schon ein einziges Durcheinander."

Mit seinem kalten Blick durchbohrt er Thomas, als er ihn auffordert: „Setz dich zu mir und zeig deine Hausaufgaben! Oder hast du sie wieder vergessen?"

Sofort springt Thomas vom Schaukelstuhl ab. Hilfesuchend blickt er seine Eltern an. Leise stottert er: „ÄÄÄh."

Anton wirft Magda einen verstohlenen Blick zu.
Gedankenverloren stiert sie in die Ferne, auf ihrem Arm hält sie Mathilda. Krampfhaft konzentriert sie sich auf ihren Atem und versucht durch die kalten Blicke ihres Vaters nicht in ihre alte Kindrolle zu rutschen. Das Dilemma von Thomas bekommt sie gar nicht mit. Anton erfasst die Situation in Sekundenschnelle und antwortet mit freundlichem Lächeln zu Ernst: „Stell dir vor, wer sich schon den ganzen Tag darauf freut, dir seine Hausaufgaben zu zeigen. Emma, holst du dein Heft?"

Sofort rennt Emma zu ihrem kleinen Rucksack, den sie extra mitgenommen hat und fischt ihr Heft heraus. Eilig klettert sie auf den Stuhl neben ihrem Opa und präsentiert ihm stolz ihr Heft. Besänftigt lächelt dieser sie an und kommentiert jedes einzelne Blatt. „Was du schon kannst. Da könnte sich manch anderer hier eine Scheibe abschneiden. Was willst du überhaupt noch in der Schule lernen?"

Als Emma das Heft wieder zuklappt, kann Ernst sich den Kommentar nicht verkneifen: „Wenn du in die Schule gehst, vergisst du deine Hausaufgaben nicht ständig. So vernünftig und lieb wie du jetzt schon bist."

Während Emma Ernst ihr Heft zeigt, mustert Thomas seinen Vater fragend und zeigt auf den Schaukelstuhl. Nachdem Anton genickt hat, zieht er sich langsam auf den Schaukelstuhl zurück, seinen Blick dabei auf Ernst gerichtet. Vorsichtig schaukelt er hin und her. Seine sonst so lustigen Augen schimmern feucht. Mit geradem Rücken, den Kopf hoch erhoben, verstaut Emma ihr Heft in ihrem Rucksack, dann dreht sie sich um und sagt siegessicher zu Thomas: „Lass mich auch nochmal."

Sofort springt dieser ab und setzt sich zu den anderen an den Tisch. Magda legt ihre Hand auf seine, drückt diese leicht und lächelt ihn an. Zaghaft lächelt Thomas zurück. Genau zwei Stunden nachdem sie gekommen sind, brechen sie auf. Ernst verabschiedet sie an der Tür und sagt: „Wartet nicht wieder solange mit eurem Besuch. Vielleicht habe ich irgendwann keine Zeit mehr für euch."

Magda geht nicht weiter auf seine Aussage ein und sagt: „Wir kommen, sobald wir wieder mal Zeit haben."

Als sie kurze Zeit später im Auto sitzen, fragt Emma ängstlich: „Will der Opa uns nicht mehr?"

„Nein, das sagt er nur so. Genau wie du manchmal deine Freundin fragst, ob sie noch deine Freundin ist. Dann fragst du auch, weil du wissen willst, dass sie dich noch mag, oder?", erklärt Magda und dreht sich bei den letzten Worten fragend zu Emma nach hinten um. Diese nickt und schaut wieder aus dem Fenster.

Magda dreht die Musik etwas lauter und faucht zu Anton: „Ich lasse mich doch nicht emotional erpressen."

Simone

„Fahr bloß los", befiehlt Simone Lore, nachdem sie die Autotür hinter sich zugeschlagen hat, als wäre sie auf der Flucht. Lore mustert sie von der Seite. „Alles in Ordnung bei dir?"

Mit beiden Händen reibt sich Simone über das Gesicht, als wolle sie sich von etwas befreien. „Ich habe heute Juliane kennengelernt", sagt sie tonlos.

„Oh nein, Jans neue Freundin?", fragt Lore.

„Sie... ist... nicht... seine....Freundin!!" Langsam und deutlich betont Simone jedes einzelne Wort. „Sie ist Mirkos Cousine und nur weil Mirko sich in den Kopf gesetzt hat, dass die beiden ein Traumpaar sind......" Mit jedem Wort wird ihre Stimme lauter und schriller. Abrupt stoppt Simone ihre Rede, bevor sie sich weiter in Rage redet. Langsam beginnt sie zu zählen. Einatmen bis zehn zählen, ausatmen bis zehn zählen. Langsam beruhigt sich ihr Atemrhythmus und damit auch sie. Warum regt sie das so auf? Hoffentlich merkt Lore nichts von ihrer Betroffenheit.

Von der Seite sieht Lore sie an. Jetzt bloß nichts Falsches sagen, zu kostbar ist ihr diese Freundschaft geworden. Nach einigem Überlegen fällt ihr ein- wie sie findet - neutraler Satz ein. „Und was findet Jan?"

Mit leicht zitternder Stimme antwortet Simone betont leise: „Du kennst doch Jan. Der versucht es allen recht zu machen. Mirko hat ihn gebeten, sich um seine Cousine zu kümmern. Sie hat hier eine neue Arbeit gefunden und wohnt zur Zeit mit Mirko und seiner Freundin, bis sie eine eigene Wohnung gefunden hat. Wahrscheinlich geht sie ihm schon auf die Nerven. Und mich..... Mich konnte Mirko noch nie leiden."

„Sieht sie gut aus?"

Simone nickt. „Ja, leider. Bildhübsch." Dass sie sich neben ihr wie ein Mauerblümchen vorkommt, verschweigt sie lieber.

„Und was sagt Jan dazu?", fragt Lore neugierig.

„Der sagt natürlich, er liebt nur uns. Ich glaube, er findet sie auch nett. Wie schnell wird aus nett eine Beziehung." Schwer atmet Simone aus.

„Ich habe dir gleich gesagt, halte dir den warm. So ein Mann ist heiß begehrt und schneller weg als du denkst."

„Danke, das baut mich ungemein auf", sagt Simone ironisch und verzieht ihren Mund zu einer Grimasse.

„Noch kannst du deinen weiblichen Charme bei Jan spielen lassen. Zappeln lassen ist es jedoch nicht", stellt Lore fest.

Zum Glück erreichen sie in diesem Augenblick das Seminarhaus. So bleiben Simone weitere Ratschläge erspart. Außerdem hofft sie, dass das Seminar ihr den nötigen Abstand zum Thema Juliane beschert.

Lore parkt drei Autos hinter Monikas und sie steigen aus. „Monika", ruft Lore laut. Diese schaut kurz auf, deutet mit ihrer Hand einen Gruß an, dreht sich um und geht zum Seminarraum.

„Was ist denn mit der los?", fragt Lore. Simone zuckt mit den Schultern. „Vielleicht ein stressiger Tag."

„Hallo." Hinter ihnen ertönt die Stimme von Samuel. Gemeinsam schlendern die drei zu dem Seminarhaus.

„Und dir macht es wirklich nichts aus, dass Kira fast schon bei euch eingezogen ist?", fragt Samuel Simone. Diese schüttelt den Kopf. „Ist viel entspannter, wenn die Beiden zusammen sind. Sonst hätte sich Laura sicher mehr aufgeregt, als sie erfahren hat, dass Juliane heute auch da ist."

„Juliane?", fragend sieht Samuel Simone an.

„Die Cousine von Mirko. Hatte ich doch erzählt", erklärt ihm Simone.

„Und was macht sie bei euch?"

„Jan ′besuchen′.“ Simone verzieht ironisch das Gesicht und zeichnet bei dem Wort besuchen zwei Anführungszeichen in die Luft.

„Oh nein. Und unser anschließender Bistrobesuch? Kommst du trotzdem mit?“, fragt Samuel bang.

„Klar, komme ich mit. Meinen freien Abend koste ich aus so gut es geht.“

Dann dreht sich Simone zu Lore. „Hanna kann ruhig das nächste Mal wieder bei uns schlafen. Die drei verstehen sich sehr gut. Natürlich nur“, fügt sie schnell dazu. „......wenn Jan da ist.“

Lore nickt. „Macht sie gerne. Nur heute hatte sich ihre alte Babysitterin angekündigt. Sie studiert seit zwei Jahren und wohnt jetzt in Hamburg. Sie wollte Hanna mal wieder sehen. Und betreut sogar umsonst.“

Samuel öffnet die Tür zum Seminarhaus und hält sie ihnen auf. Simone setzt sich neben Monika und strahlt sie an. „Alles in Ordnung bei dir?“ Monika nickt, ihre Lippen zu einem schiefen Lächeln verzogen.

Das Kind als Spiegel sehen

Im Kind sich selbst erkennen

Auf dem Boden in der Mitte des Stuhlkreises liegt ein großer Spiegel aus Pappe und Spiegelfolie. Simone wirft einen Blick darauf. Knittrig und verschwommen wirft die Folie ihr Spiegelbild zurück. Da hat Ragna wohl im Material gespart, denkt sie bei sich. Als sie nach oben schaut, fällt ihr Blick auf Ragna, die ihr zulächelt. Simone lächelt zurück.

„Der Blick in den Spiegel ist nicht immer klar", bemerkt Ragna und zwinkert ihr zu.

Eine leichte Röte überzieht das Gesicht von Simone, an ihrem Pokerface wird sie noch arbeiten müssen.

„Vielleicht wollte ich auch einfach nur sparen und selbst basteln und ihr müsst euch jetzt mit einem knittrigen Spiegelbild auseinandersetzen." Wie immer kommen Ragnas Worte ohne Bewertung, einfach nur als Feststellung aus ihr heraus, begleitet von einem freundlichen Lächeln.

Simone wird es heiß, sie krempelt ihre Ärmel nach oben. Langsam wird ihr Ragna unheimlich. Kann sie Gedanken lesen? Nach und nach füllt sich der Raum mit den anderen Teilnehmern, bis alle Stühle besetzt sind.

Ragna lächelt in die Runde „Herzlich willkommen zu dem nächsten Bewusstseinsschritt. Einige von euch, die bereits ein Seminar von mir besucht haben, stellen sicher fest, dass manche Inhalte sich wiederholen. Bestimmte Aspekte sind nun mal wichtig, um wach zu werden, um sich seiner selbst bewusst zu werden. So auch das Thema heute."

Lore, die direkt gegenüber von Simone sitzt, nickt, zwinkert ihr zu und formt mit ihrem Mund: „Die Kugel."

Verständnislos erwidert Simone den Blick, bevor sie sich wieder Ragna zuwendet.

Während Ragna ihren Blick durch die Gruppe wandern lässt, hat sie die tonlosen Worte von Lore wahrgenommen und lächelt sie verstehend an. Dann fährt sie fort: „Nachdem wir nun das Kind kennen gelernt haben, ist der nächste Schritt sein Verhalten in Zusammenhang mit unserem zu verstehen. Jeder Mensch hat seine Sicht der Welt und ihm begegnet das in seiner Umwelt womit er im Inneren gerade beschäftigt ist, bewusst oder unbewusst. Das bedeutet, dass die Welt uns unsere Befindlichkeit widerspiegelt. Alles was wir aussenden, kehrt zu uns zurück, damit wir uns darin erkennen. Ein altes Sprichwort drückt es treffend aus: ´Wie man in den Wald hineinruft, so schallt es heraus´."

Ines nickt. „Meine Umgebung spiegelt mir das, was ich lebe oder leben soll, in Zeichen wieder. Plakate, Werbebotschaften auf Autos. Wenn ich vom Geiste her wach bin, ist es fantastisch, welche Zeichen mir immer auffallen." Sie lächelt vor sich hin, fällt ihr doch Magda ein, der es während ihres ersten Seminars bei Ragna genauso ging. Zeichen, die ihr den Weg gezeigt haben, zu mehr Leichtigkeit und Authentizität. Auch Lore kann nicht weiter an sich halten. „Beim letzten Seminar hast du uns am letzten Tag eine Kugel geschenkt, die uns auf unsere Spiegel aufmerksam machen sollte. Sie hat einen Ehrenplatz in meinem Schrank."

Wissend lächelt Ragna und sagt: „Ja, unsere Welt. In Zeichen und Spiegelbildern hilft sie uns, nicht in die Irre zu gehen und uns weiter zu entwickeln."

„Wenn wir die Zeichen richtig deuten und den Mut haben, den Weg auch zu gehen", rutscht es Ines heraus.

„Das stimmt", bestätigt Ragna. „Und wenn nicht, waren wir vielleicht noch nicht so weit. Denkt daran, dass ihr euch und eure Spiegel immer mit Liebe anseht. Die Menschen, die uns begegnen, spiegeln uns auch unseren Ist-Zustand wieder. Im positiven wie negativen. Schaut euch an, was euch bei den anderen auffällt, was euch triggert und begegnet. Bei den Eigenschaften, die euch nerven, nehmt wahr, weshalb sie euch nerven. Sind es Eigenschaften, die ihr selbst mehr leben möchtet und euch nicht traut. Ich nenne euch mal ein Beispiel, die Schüchterne, die gerne mutiger wäre, nervt an anderen, dass sie gut für sich sorgen und sich nehmen, was sie benötigen.

Oder ihr bekommt den Spiegel vorgehalten und seid jetzt auf der Gegenseite und erfahrt wie es sich anfühlt, wenn einer so mit euch umgeht. Wenn ihr zum Beispiel sarkastisch seid, unbewusst jedoch und euch eine sarkastische Aussage des anderen verletzt, erfahrt ihr jetzt wie sich die andere Seite anfühlt."

Nachdenkliche Gesichter schauen Ragna entgegen, als sie ihren Blick durch die Runde schweifen lässt. „Wir machen jetzt eine Meditation zu diesem Thema. Dann könnt ihr euch eure Spiegel entspannt ansehen." Mit ruhiger Stimme führt sie die Gruppe zu ihrem eigenen inneren Kern. „Schaut euch eure momentanen Spiegel an und worauf sie euch aufmerksam machen", leitet sie die Meditation weiter an.

Konzentriert atmet Monika ein und aus, lässt alle Gedanken vorbei rauschen. Als sie die Frage von Ragna hört, steigen aus ihrer Mitte heraus, Gefühle empor. Wut ist das erste Gefühl, das kommt. Wut auf ihren Mann. Sie atmet weiter, versucht es nicht zu bewerten, sondern sich einfach nur anzuschauen. Nicht einfach, wenn die Wut so groß ist. Sie forscht in sich, woher die Wut auf ihren Mann kommt, der jeden Tag vor dem Fernseher verbringt. Das Naheliegendste ist die fehlende Lebendigkeit, doch dieser Punkt fühlt sich nicht wahrhaftig an. Sie atmet weiter tief ein und wieder aus. Auf einmal steht es klar vor ihren Augen. Auch sie möchte verwöhnt werden. Sie möchte auch Tage mit etwas verbringen, was ihr guttut. Stattdessen ist sie diejenige, die für die anderen sorgt. Tag für Tag seit sie verheiratet ist. Selbst wenn Beatrix zu Besuch kommt, ist sie es, die für die Familie sorgt. Und gedankt wird es ihr nicht. Vielmehr wird es als selbstverständlich angesehen. Genau wie letztes Wochenende als sich endlich mal wieder Beatrix mit ihrer Familie angekündigt hat. Sie hatte extra eine Donauwelle gebacken und alles fürs Abendessen vorbereitet. Bereits bei der Begrüßung teilte Beatrix ihr mit, dass sie nur kurz bleiben, da sie mit den Kindern noch auf den Abenteuerspielplatz in der Nähe wollten. `Aber zum Kuchen bleibt ihr doch, ich habe extra Donauwelle gebacken´, hat sie fast schon gebettelt. ´Du weißt, dass ich nicht möchte, dass die Kinder soviel Süßes essen und außerdem nimmt hier sowieso keiner unsere Wünsche wahr, Marie-Lou klebt schon wieder an eurem Fernseher´, war die Antwort von Beatrix gewesen. Ja, auch das nimmt sie Hans übel, dass er mit seiner Art Beatrix vertreibt. Und wenn sie etwas sagt, heißt es nur, das ist doch albern. Ich werde in meinem Haus ja wohl Fernsehen können. Und so kam es, dass sie Kuchen und Abendessen stillschweigend einfror und jetzt hier mit ihrer Wut sitzt. Ihre Wut, die sich im Lauf der Meditation in ihrem ganzen Körper ausgebreitet hat.

Die Gefühle, die in Simone toben, seit sie das Haus verlassen hat, treten klar in ihr Bewusstsein. Wut, Eifersucht, Neid, auf Juliane und Jan. Welch kleinlichen Gefühle sie hat, einfach unmöglich, kritisiert sie sich innerlich selbst. Halt, denkt sie, nicht bewerten. Nur wahrnehmen, atmen, wahrnehmen, atmen und ziehen lassen. Sie allein ist schuld, wenn sie diese Gefühle jetzt hat. Sie bräuchte nur mit dem Finger schnipsen und sie und Jan wären in einer Beziehung. Doch sie hat Angst. Angst, dass es nicht hält und sie Jan als Freund verliert. Er ist doch der sichere Anker in ihrem und Lauras Leben. Atmen, nicht bewerten, pfeift sie sich selbst zurück. Langsam beruhigt sich das Gefühlschaos in ihr und Simone erkennt, dass das tiefer liegende Gefühl ihre Angst ist. Angst, Jan zu verlieren und dann erst recht allein zu sein. Ganz ruhig lässt sie diese Erkenntnis werden. Ihr fällt ein, dass sie die gleiche Angst verspürte, bevor sie mit Jan zusammenzog. Doch ihr gemeinsames Wohnen hat ihre Freundschaft gefestigt. Wie selbstverständlich teilen sie sich die Aufgaben, selbst Laura hilft seitdem ohne Aufforderung mit.

Mein Spiegel, meditiert Ines vor sich hin. Wie wäre es, wenn sie Peter als Spiegel nimmt. Was stört sie an ihm? Die Antwort liegt auf der Hand. Seine Verschwiegenheit. Er vermeidet Konflikte, spielt sich und anderen Harmonie vor. Das war einfach, denkt sich Ines. Nur, was hat es mit ihr zu tun? Das Gespräch mit Magda erscheint in ihrer Erinnerung, als sie die Frage ob es zwischen ihr und Peter Probleme gibt, entschieden verneint hat. Auch sie vermeidet Konflikte, statt das Gespräch zu suchen, eiert sie herum, zugunsten der Harmonie. Und sie beide, innerlich wird ihr bei der Erkenntnis heiß, vermeiden zugunsten der Harmonie Konflikte. Wenn sie etwas verändern möchte, sollte sie bei sich anfangen, sagt sie sich selbst den

Satz, den sie jeder Freundin gesagt hätte, stünde sie an ihrer Stelle.

Eine ruhige Meditation wird es für Anton. Immer wieder kippt sein Kopf nach vorne, bis er ihn erschrocken wieder hochreißt. Da hat er die vergangene Nacht eindeutig zu wenig Schlaf bekommen.

„Wer will etwas sagen?", fragt Ragna nach der Meditation in die Runde.

Ganz klar ist Monika, dass sie diese Wut nicht mit nach Hause nehmen möchte, deshalb sagt sie: „Ich!" Kurz erzählt sie ihre Meditation, lässt jedoch den Besuch von Beatrix weg. „Was mache ich jetzt mit meiner Wut?", fragt sie Ragna und sicht sic provokativ an.

„Du möchtest auch verwöhnt werden? Und erwartest dies von deinem Mann?", wiederholt Ragna kurz ihre Worte. „Habe ich das richtig verstanden?"

Monika nickt. „Ich will auch in Rente gehen."

„Hast du eine Idee, wie du dir geben kannst, was du vermisst?"

„Na ja, ich kann es ansprechen." Halbherzig kommen die Worte von Monika.

„Das ist eine Möglichkeit. Vielleicht sammeln wir einfach mal Ideen in der Gruppe und du hörst zu", rät Ragna.

„Da habe ich direkt eine Idee, denn jetzt als Hausmann stehe ich vor einem ähnlichen Problem. Jeden Tag kochen und das schlimmste, überlegen, was ich kochen soll. Mittlerweile koche ich vor und friere die Hälfte ein. Wenn es dann mal schnell gehen soll oder ich gar keine Lust habe, taue ich auf", rät ihr Anton.

„Einfach zufrieden sein mit dem was du hast", sagt Sarah. Als sie die fassungslosen Blicke der anderen sieht, ergänzt sie schnell: „Also ich meine ja nur. Ich bin auch Vollzeit Mutter und genieße jetzt die Zeit. Ich kann mir meinen Tag einplanen, kann vormittags eine Jogginghose tragen, wenn alle aus dem Haus sind. Das kann mein Mann nicht. Der muss jeden Tag acht Stunden arbeiten und manchmal macht er noch Überstunden. Dafür ist meine Rentenzeit eben eingeschränkt." Um Verständnis bittend sieht sie die anderen an.

„Meine Idee geht in eine ähnliche Richtung", sagt Ines. „Ich wollte dir raten, dich mit der Situation zu versöhnen und jeden Abend eine Dankbarkeitsmeditation zu machen. Falls du keinen Streit mit deinem Mann möchtest, denn wenn du ihm seine Bequemlichkeit nimmst, sorgt das sicher für Konflikte."

Ragna erklärt: „Denkt ihr daran, nicht zu bewerten. Jeder äußert hier seine Idee. Monika kann später für sich entscheiden, ob für sie etwas passendes dabei ist. Je bunter die Ideenpalette ist, desto mehr wird die Kreativität angekurbelt. Deshalb äußert ruhig Ideen, die verrückt klingen."

Der Reihe nach äußert jede einen Tipp. Als Simone an die Reihe kommt, sagt sie: „Mein Tipp ist, nimm dir mindestens einmal im Monat Zeit für dich und lass dich verwöhnen. Entweder einen Tag oder ein Wochenende, mit Freundin oder allein, Sauna, wandern, nur machen was dir wirklich Freude bereitet. So tankst du deine Batterien wieder auf."

Nachdenklich hört sich Monika die Ideen der anderen an, bevor sie jede einzelne notiert. „Danke für die Ideen. Ich habe sie mir aufgeschrieben und überlege später mal in Ruhe."

Schweigend verbringen sie ein paar Minuten, dann beginnt Anton: „Die Meditation war sehr schläfrig bei mir heute."

„Beruhigt mich, dass du nicht der Super Papa bist. Ich hatte schon den Eindruck", stellt Simone lachend klar.

Anton grinst sie an und fährt fort: „Ich möchte euch trotzdem mitteilen was ich letzte Woche gelesen habe. Kinder, gerade Säuglinge spiegeln sich in ihrem Gegenüber und nehmen dessen Einstellung wahr, indem sie spüren wie wir mit ihnen umgehen, liebevoll und langsam oder schnell und grob. Wenn sie sich geliebt, gesehen fühlen, dann nehmen sie sich selbst als liebenswertes Wesen wahr und beginnen sich zu öffnen. Daran denke ich ganz oft, wenn ich Mathilda wickele oder hochnehme." Er schweigt und schaut in die Gruppe.

„Ich bekomme eine Gänsehaut, so schön gesagt", kommentiert Sarah, während sie ihren Ärmel hochzieht und den anderen ihren Arm hinhält.

Erneut lässt Ragna Zeit, falls noch jemand erzählen möchte, doch alle sehen sie nur erwartungsvoll an.

Langsam steht Ragna unter den Blicken der Gruppe auf. Als sie steht, fordert sie alle mit einer Handbewegung auf, sich ebenfalls zu erheben. Sie wartet bis alle stehen, dann erklärt sie ihnen: „Ich habe das Gefühl, das bei euch viele Gefühle durch die Meditation entstanden sind, die wir jetzt abschütteln oder besser in Bewegung schütteln wollen."

Nach diesen Worten beginnt sie die Arme zu heben und nach unten fallen zu lassen. Erst langsam, doch dann steigert sie es zu einer schwungvollen Bewegung. „Macht mit", fordert sie alle auf. „Ihr werdet sehen, da befreit sich was."

Erst zögerlich, doch dann immer stärker beginnen alle ihre Arme und Hände schwungvoll nach unten fallen zu lassen.

Erstaunt spürt Monika, dass ihre Wut dadurch kleiner wird und sie sich befreit fühlt. Zufrieden nimmt Ragna die entspannten Gesichter der einzelnen wahr. Um die Übung zu beenden, lässt sie ihre Arme langsamer schwingen. Die ganze Gruppe übernimmt den Rhythmus und verlangsamt die Schwingungen. Gemeinsam kommen sie zum Stillstand. Befreit von allen schweren Gefühlen setzen sie sich auf ihre Plätze.

„Sieht sicher albern aus. Aber hat richtig gut getan." Kann sich Anton nicht verkneifen. Ragna grinst ihn an und meint: „Hauptsache es hilft. Und wenn ich mir eure Gesichter ansehe, hat es das getan."

„Sahen wir so verkrampft aus", fragt Simone entsetzt.

„Nur ein bisschen", beruhigt sie Ragna und schmunzelt. „Jetzt haben wir uns die Spiegel generell angesehen. Einen ganz besonderen geliebten Spiegel habt ihr jeden Tag um euch. Eure Kinder. Denn gerade unsere Kinder, mit denen wir besonders eng verbunden sind, spiegeln unser Verhalten wider. Das bedeutet, dass Kinder uns genau da fordern, wo wir wachsen sollen. Sie tun dies nicht absichtlich, um uns zu ärgern oder herauszufordern, sondern weil sie noch ganz offen sind für unsere Energien und weil sie das, was sie im Augenblick wahrnehmen und fühlen, einfach umsetzen. Kinder denken nicht darüber nach, ob ihr Verhalten passt oder was es beim anderen bewirkt. Kinder leben das, was sie spüren, sie sind authentisch."

„Das heißt, das Kind ärgert mich und ich muss bei mir schauen, was ich falsch mache", empört sich Sarah.

„Zuallererst mal. Es geht nicht darum, dass etwas falsch war, sondern, dass du dich weiter entwickeln darfst. Und du musst das auch nicht machen, du darfst. Bekommt mit, was diese kleine Wortänderung bei euch bewirkt. Es gilt immer auf zwei

Ebenen zu reagieren, zum einen direkt im Kontakt mit dem Kind zu sein, und ihm mitzuteilen, was einen stört und man sich wünscht und zum anderen bei sich selbst zu schauen, was uns das Verhalten widerspiegelt und was es mit uns zu tun hat", erklärt ihr Ragna.

Samuel denkt direkt an seinen Sohn Kalle. „Ja, wenn ich einfach so aus meiner Haut könnte, um etwas zu verändern", sagt Samuel mehr zu sich selbst, doch laut genug, dass es alle hören.

Ragna nickt und meint: „Veränderung ist durchaus Arbeit. Gilt es doch, unsere bekannten Gewohnheiten zu ändern. Es bedeutet, sich zu hinterfragen, um zu erkennen, was einem das Verhalten des Kindes spiegelt. Das ist gar nicht so einfach, da es uns Eigenschaften aufzeigt, die wir in uns ablehnen. Aber es reicht, wenn ihr euch gegenüber ehrlich seid. Ihr entscheidet, wem ihr eure dunkelsten Seiten mitteilt."

„Das klingt alles sehr abstrakt. Hast du ein Beispiel?", fragt Maria.

„Klar", sagt Ragna nach einem kurzen Zögern. „Nehmen wir an, dein Kind verhält sich respektlos dir gegenüber. Du schaust dir an, was dieses Verhalten mit dir zu tun hat. Vielleicht hast du als Kind keinen Respekt erfahren und kannst das nun nicht weitergeben und behandelst dein Kind respektlos. In dem Fall geschieht Heilung, indem du dein inneres Kind in den Arm nimmst und dir Respekt entgegenbringst. Hier am besten mit Kleinigkeiten anfangen und das steigern. Eine andere Möglichkeit ist, dass du dir selbst keinen Respekt entgegenbringst, weil du gerade unzufrieden bist mit dir, deinem Leben, dich etwas nicht traust. Auch hier ist es wichtig, Schritt für Schritt etwas zu verändern. Die kleinen Veränderungen sind oft einfacher durchzuführen, als die Großen."

Sarah lacht und sagt: „Als Außenstehende sind die Spiegel bei anderen gut zu erkennen. Ich habe neulich am Bahnhof eine Mutter mit ihrem Kind beobachtet. Die Mutter sprach mit dem Kind in einem Jammerton. Als das Kind ihr antwortet, jammerte es genauso. Und wißt ihr was die Mutter zu ihm sagte? `Jetzt jammere nicht so. Ich kann das nicht ertragen.` Am liebsten wäre ich hingegangen."

„Tja unsere blinden Flecken", sagt Monika und seufzt.

Ragna hört nickend zu. Als die beiden schweigen, leitet sie eine weitere Meditation an. „Jetzt machen wir noch eine Meditation, in der ihr euch eure Kinder als Spiegel ansehen könnt. Denkt dran, ohne zu bewerten."

Samuel nimmt Kalle als Spiegel. Das ganze Verhalten erinnert ihn an seine eigene Jugend. Ständig fühlte er sich von seinem Vater ausgefragt, kontrolliert. Er hatte sogar in Kalles Alter heimlich geraucht. Zum Glück war Kalle vernünftiger. Was hätte er von seinem Vater damals gebraucht. Samuel sieht sich als Jugendlicher. Respekt hätte er sich gewünscht. Er wollte ernst genommen werden. Er erinnert sich, wie erwachsen er sich fühlte mit 15. So alt wie Kalle jetzt, da will man nicht ausgefragt werden, woher man kommt. Interessiere dich für mich, hör einfach mal zu, wenn ich dir etwas erzähle und spare dir deine klugen Kommentare. Das ist es. Alle Zweifel sind weg. Es klingt so einfach. Fest nimmt er sich vor, seinem Sohn zuzuhören, ohne Kommentar und mit dem einzigen Ziel, ihn verstehen zu wollen.

Kurz überlegt Ines, welches ihrer beiden Kinder sie nehmen möchte. Die Wahl fällt ihr leicht. Levi, der zuhause brav und still ist und in der Schule auffällt. Ihr fällt ein Satz der Erzieherin ein, als sie sich damals beschwerte, dass Levi zuhause frech und laut sei. Die Erzieherin beruhigte sie und sagte, das ist ein gutes Zeichen, heißt es doch, dass er sich zuhause sicher und geliebt fühlt und sich traut, alle seine Seiten zu leben. Im Kindergarten sei er das liebste Kind. Damals machte ihr dieser Satz Mut, heute jedoch.... Er spiegelt ihr die Atmosphäre zuhause wieder. Momentan bewegen sich Peter und sie wie auf rohen Eiern. Aus lauter Angst, dass die Kinder etwas merken, weichen sie sich gegenseitig aus, reden betont fröhlich miteinander. Als ob ihre Kinder blöd sind, dabei ist es Ines viel mehr nach Schreien zumute. Am liebsten würde sie ihre Hilflosigkeit und Wut in den Himmel schreien. Stattdessen lebt es Levi und weil er merkt, dass die zarte Eisdecke zuhause daran zerbrechen würde, nimmt er all seine geballten Gefühle mit in die Schule. Die Lösung liegt in einem offenen Gespräch mit beiden Kindern. Sie seufzt in sich hinein, genau das fällt ihr und Peter so schwer. Aber damit die Situation nicht noch mehr Schaden anrichtet, ist es unausweichlich.

Sie hat nur ein Kind oder ob Enkelkinder, auch als Spiegel taugen, fragt sich Monika. Doch wenn sie ehrlich ist, ist Beatrix als Spiegel hervorragend geeignet. Genug Konfliktpotential birgt sie auf jeden Fall. Den kurzen Besuch am letzten Wochenende nimmt sie als Beispiel. Sie Monika hat sich überhaupt nicht wertgeschätzt gefühlt. Wie ein Putzlappen kam sie sich vor, doch halt, pfeift sie sich selbst zurück. Es geht nicht um sie, sondern um Beatrix als ihren Spiegel. Schnippisch und kurz angebunden war Beatrix, als würde sie sich auch nicht respektiert fühlen. Wegen des Kuchens? Das findet Monika jedoch sehr kleinlich von Beatrix und wieder steigt das Gefühl in ihr empor, wie ein Putzlappen behandelt zu werden. Beatrix Seite sehen, ermahnt sie sich selbst. Wie oft hat Beatrix ihr gesagt, dass sie weniger Kuchen und Süßes essen, weil sie alle zu dick seien und wie oft hat sie ihrem Vater gesagt, dass die Kinder kein Fernsehen schauen sollen. Und was hat sie am Wochenende vorgefunden, im Wohnzimmer lief der Fernseher und in der Küche stand der Kuchen. Beatrix hätte doch etwas sagen können, doch nein, Monika korrigiert sich selbst, so oft schon hat sie etwas gesagt und stets wurde es ignoriert. Das nächste Mal, so nimmt sich Monika vor, gibt es etwas deftiges kalorienarmes zu essen.

Simone atmet ein, atmet aus, was spiegelt ihr Laura? Laura wirkt zufrieden. Seit sie bei Jan wohnen, hat sich ihre Beziehung entspannt. Nur Juliane gegenüber ist Laura oft patzig. Genau genommen spiegelt Laura ihre eigenen Gefühle wider. Sobald sie kritisch ist, lehnt Laura Juliane ab, wenn sie sich jedoch für Jan freut, ist auch Laura entspannt zu Juliane. Vielleicht sollte sie Jan mal fragen, wie er Juliane findet. Ruhig und tief atmet Simone weiter.

Nachdenklich wirken die einzelnen, als sie die Meditation beenden. Ragna wartet, bis alle sie ansehen. Erst dann fragt sie: „Möchte jemand von seiner Meditation erzählen?" Alle schütteln den Kopf.

„Dann wünsche ich euch eine gute Woche." Mit diesen Worten entlässt sie die Gruppe.

„Wer kommt mit ins Bistro?", fragt Ines in die Runde.

„Natürlich alle", sagt Samuel und schaut die anderen erwartungsvoll an.

Bisher waren die Abende im Bistro für Monika der strahlende Höhepunkt. Doch seit Simone und Lore sie wegen der Leihoma gefragt haben, liegt ein dunkler Schatten über dem Besuch.

Früher als die anderen geht Monika nach Hause. Die fragenden Blicke ignoriert sie.

Lore und Simone sehen sich an. Irgendwie ist Monika anders als sonst. Ines, die neben den beiden sitzt, schubst sie an. „Ihr seid so in Gedanken. Alles in Ordnung bei euch?"

Simone zögert und meint dann: „Wir machen uns Gedanken über Monika. Sie ist so seltsam uns gegenüber."

„Vielleicht hängt ihr die Meditation noch nach oder sie überlegt, wie sie sich verwöhnen kann, das scheint doch gerade ein Thema bei ihr zu sein. Mach dir keinen Kopf. Wird schon nicht wegen euch sein. Warum auch?", beruhigt Ines sie.

Doch so leicht kann Simone ihren Kopf nicht abschalten. Auch wenn es nicht greifbar ist, spürt sie, dass es mit ihr zu tun hat.

Maria beugt sich zu Anton hin. „Wenn ich das richtig verstanden hatte, bist du Hausmann und deine Frau arbeitet."

Anton nickt. „Ja, für mich war es einfacher zu pausieren als für Magda."

„Finde ich toll. Auch das was du vorhin über Kinder erzählt hast, dass sie sich in uns spiegeln. Liest du Erziehungsbücher?"

Anton nickt. „Von Emmi Pikler. Ich habe doch jetzt Zeit und außerdem will ich es gut machen zuhause."

Anerkennend pfeift Maria. „Besucht ihr eine Spielgruppe?"

„Ja", er überlegt kurz, bevor er fortfährt. „Ist allerdings mega anstrengend. Ich bin der einzige Mann. Anschließend sind wir beide völlig erschlagen. Aber Magda meint, für Mathilda sei es wichtig andere Kinder zu treffen."

„Du scheinst von dem Nutzen nicht überzeugt zu sein", stellt Maria fest.

„Nicht wirklich. Die Kinder sind doch noch viel zu klein, um Kontakt aufzubauen. Aber manchmal besteht Familie aus Kompromissen", ergänzt er noch und verschweigt lieber, dass Magda ihn einfach angemeldet hat.

„Aber die Kleinen schauen sich viel von den anderen ab", sagt Maria.

„Ich denke immer, jedes Kind entwickelt sich in seinem Rhythmus. Wir haben keine Eile. Es hat noch jedes gesunde Kind zu seiner Zeit krabbeln, laufen und sprechen gelernt. Zeit ist eher zweitrangig."

Neidisch sieht ihn Maria an, diese Gelassenheit hätte sie auch gerne. Sie lässt sich viel zu sehr von den anderen beeinflussen. Der Kellner nimmt das leere Glas von Ines, sieht sie an und fragt: „Möchtest du noch etwas trinken?"

Ines schüttelt den Kopf. „Nein danke, ich zahle."

„Du gehst schon?", fragt Simone. „Was ist denn heute los? Erst haut Monika so früh ab und jetzt du!"

„Ich bin müde. Nächste Mal bestimmt wieder länger", sagt Ines, packt ihr Portemonnaie ein und steht auf.

Fassungslos folgt Anton dem Geschehen. Als Ines aufsteht, springt er ebenfalls auf. „Hast du deinen Mitfahrer vergessen?"

Erschrocken stoppt Ines und sieht ihn an. „Tut mir leid. Hat ich echt vergessen. War wohl gerade in Gedanken." Sie nimmt auf der Kante ihres Stuhles Platz. „Du willst doch heute nicht lange bleiben, oder?", fragend sieht Ines Anton an. Die Gespräche der anderen sind verstummt. Alle beobachten die beiden. Anton schüttelt den Kopf. „Ich trinke nur noch aus." Schnell schüttet er das fast volle Bierglas in sich hinein und springt auf. „Wir können fahren. Ich zahle eben noch an der Theke."

Sobald die beiden sich verabschiedet und das Bistro verlassen haben, erhebt sich Samuel, der am anderen Ende des Tisches sitzt. Mit seinem Glas setzt er sich auf den frei gewordenen Platz neben Simone.

„Mal einen neuen Blickwinkel einnehmen", erklärt er ihr und schmunzelt.

Monika

Erleichtert nimmt Monika die Stille im Haus wahr. Hans ist schon im Bett und sie hat das Wohnzimmer für sich. Sie kocht sich eine Tasse Tee und kuschelt sich auf dem Sofa in eine warme Decke. Zeit, um den Abend Revue passieren zu lassen. Sich verwöhnen lassen, hat sie das wirklich gesagt oder ist es reine Interpretation von Ragna gewesen, fragt sie sich. Nie hätte sie diesen Wunsch bewusst geäußert, zeugt er ihrer Ansicht nach doch von reinem Egoismus und damit will sie nichts zu tun haben. Immerhin liebt sie ihre Familie über alles. Egoistisch, wie kann Ragna ihr so etwas unterstellen. Erst die Frage, ob sie Leihoma sein will und jetzt das. Ihr Atem rast und ihr Herzschlag beschleunigt. Was denken die in der Gruppe nur von ihr? Neutral ansehen, nicht bewerten, kommt ihr Ragnas Mantra in den Sinn. Mal verwöhnt werden, wäre schön, Ragna hat das durchaus richtig gedeutet. Ob man für Veränderung irgendwann zu alt ist?. Laut Ragna sicher nicht. Vielleicht täte ihr etwas mehr Egoismus gut.

Sie holt den Zettel mit den Ideen der anderen hervor und überfliegt die Tipps. Vorkochen und einfrieren, das wird sie in Zukunft häufiger machen. Und wer weiß, vielleicht schafft sie es dann endlich mal in die Sauna. Allein oder mit Beatrix. Mit Beatrix, das wäre natürlich ein Traum. Hans schimpft sicher, wenn er auf seine gewohnte Bequemlichkeit verzichten muss, aber was soll es. Den dritten Punkt auf der Liste setzt sie direkt um, die abendliche Dankbarkeitsmeditation. Sie holt eine Kerze aus dem Schrank, zündet sie an. Entspannt setzt sie sich im Schneidersitz auf das Sofa. Ihre Hand zieht die neben ihr liegende Decke näher und sie kuschelt sich ein. Tief atmet sie ein und aus, lässt ihren Atem zur Ruhe kommen. Gedanklich geht sie durch den Tag, das nette Gespräch mit der Nachbarin heute Vormittag am Zaun fällt ihr ein, Hans fällt ihr ein, der sie heute an ihr Seminar erinnert hat, nicht dass sie es vergessen hätte, doch bisher machte er sich lustig darüber, so als gönne er ihr ihr Glück nicht. Doch heute fragte er sie interessiert, ob den ihr Seminar nicht stattfände, es tät ihr doch gut. Dafür ist sie dankbar. Auf einmal schwappt ihre Dankbarkeit über in die Vergangenheit, die Zeit mit Beatrix war sehr schön und auch die Jahre mit Hans will sie nicht missen. Wie witzig und charmant er gewesen ist, als sie sich kennenlernten.

Ines

Anstatt direkt ins Bett zu gehen, holt Ines einen kleinen Zettel aus der Schublade und schreibt:

Hallo Peter, wollen wir uns heute Abend zusammen setzen? Wir sollten die Situation besprechen. Gruß Ines

Soweit sind sie schon gekommen, denkt sich Ines, dass sie Briefe schreiben, anstatt zu reden. Sie faltet den Brief, schreibt für Peter drauf und legt ihn neben die Kaffeemaschine. Dort sieht er ihn bestimmt. Der Brief ist der Situation geschuldet, denn in der Regel verlässt Peter als erster das Haus und sie sehen sich erst nachmittags, rechtfertigt sie ihn vor sich selbst.

Zufrieden und müde schleicht Ines die Treppe empor. Leise wäscht sie sich im Badezimmer, bevor sie in das Schlafzimmer geht. Seit einigen Wochen, wie lange es genau ist, kann sie gar nicht sagen, zog Peter in das Gästezimmer im Keller um. Wie ihr jetzt auffällt, haben die Kinder das einfach akzeptiert. Vielleicht haben sie gespürt, dass Fragen ihre Eltern überfordern.

Wie meist nach den Seminarabenden liegt sie lange wach, der Abend mit seinen Erlebnissen hallt in ihr nach. Genervt knipst sie die Nachttischlampe an, holt ihren Roman „Magdas Nachbarin" hervor und liest. Erst als ihr vor Müdigkeit immer wieder die Augen zufallen, schaltet sie das Licht aus und zieht ihre Decke bis zu den Ohren.

Gerädert schaltet sie um halb sieben Uhr den Wecker aus, streckt sich und blickt auf den Boden vor der Tür. Ein kleiner Zettel liegt dort. Ihr Magen zieht sich zusammen, ihr Herz pocht wild. Sie ermahnt sich selbst zur Ruhe, springt auf, huscht aus dem Bett, holt den Zettel und setzt sich, eingekuschelt in ihre Decke, im Schneidersitz auf ihr Bett. Langsam faltet sie den Zettel auf.

Liebe Ines, das ist eine gute Idee. Damit es nicht so trocken wird, bringe ich vegane Sushi vom Japaner um die Ecke mit. Ich wünsche dir einen schönen Tag. Herzliche Grüße dein Peter

Er nimmt die Situation überhaupt nicht ernst, ärgert sich Ines oder warum schreibt er *Liebe* und *dein.*

Doch davon will sie sich nicht die Laune verderben lassen. Sushi ist ja wahrscheinlich lieb gemeint, sucht sie das positive an dem Brief. Sie faltet den Zettel zusammen, legt ihn in die Schublade und schließt die Augen für eine Kurzmeditation. Tief und ruhig atmet sie ein und wieder aus. Im Rhythmus ihres Atems beruhigen sich ihre Gefühle und in ihr breitet sich eine tiefe Ruhe aus.

Wach und eins mit sich öffnet sie ihre Augen, zieht sich an und schlappt zu Malu. Sie knipst den Lichtschalter an, liebevoll beugt sie sich über sie und gibt ihr einen Kuss auf die Stirn.

„Guten Morgen, Zeit aufzustehen", weckt sie sie sanft. Sie wartet, bis Malu die Augen öffnet und sie ansieht. „Soll ich bei dir bleiben, während du deine Kleider anziehst oder machst du das alleine?" Ines zeigt auf die Kleider, die sie am Vorabend gemeinsam ausgesucht haben.

„Alleine", sagt Malu und drückt ihren Teddy schlaftrunken fester an sich.

„Dann zieh dich an. Ich komme gleich nochmal vorbei", sagt Ines, dreht die Sanduhr um und geht in den Flur. Aus Levis Zimmer hört sie Geräusche. Sicher wühlt er wieder im Schrank und bringt ihre liebevoll zusammengefalteten Kleidungsstücke vollends durcheinander. Das ist der Preis der Selbstständigkeit, denkt sie sich. Ines denkt an die Zeit zurück, als beide noch im Kindergarten waren und sie jeden Morgen bei ihnen blieb, damit sie sich anzogen.

Die Erzieherin gab ihr den Tipp, sobald Levi Vorschulkind war, ihm mehr Verantwortung für sich zu geben. Und so entwickelten sie das gleiche Ritual, dass sie auch mit Malu, seit diese Vorschulkind ist, durchführt. Sie suchen gemeinsam die Kleider am Vorabend aus, so dass morgens alles bereit liegt, dann stellen sie die Sanduhr, damit Malu weiß, wie viel Zeit sie hat. Meistens ist sie fertig angezogen, wenn Ines wieder kommt. Falls nicht, hilft sie ihr, ohne das zu kommentieren. Sobald sie im Sommer in die Schule geht, bekommt sie wie Levi einen Wecker.

Seitdem steht Levi in der Regel selbstständig auf, sucht sich seine Kleider und kommt in die Küche. Sollte er einmal verschlafen haben, gibt sie ihm kurz Bescheid.

Ines trampelt die Treppe hinunter, damit Malu und Levi sie hören und wissen, dass es bald Frühstück gibt. Noch bevor sie den Tisch fertig gedeckt hat, steht Levi in der Tür. Ines lächelt ihn an und streichelt ihm liebevoll über die Haare. Levi dreht seinen Kopf zur Seite und setzt sich an den Tisch.

Die Stimmen wecken in Malu die nötige Neugier, um sich schnell und alleine anzuziehen, und in die Küche zu rasen. Nach einem schnellen Frühstück verlassen sie das Haus. Beinah zeitgleich rennen Thomas und Emma aus dem Nachbarhaus ihnen entgegen. Seit Mathilda auf der Welt ist, fahren die beiden jeden Morgen mit ihnen in Kita und Schule.

Bereitwillig steigt Levi hinten ein, zu den beiden Mädchen. Fragend sieht ihn Thomas an. Auch Ines schaut erstaunt. Bis vor kurzem stritten sich die beiden Jungs um den Beifahrerplatz, bis Ines irgendwann vorgab, dass sie sich abwechseln. An geraden Wochentagen sitzt Thomas vorne und an ungeraden Levi. Heute ist ein ungerader Tag, also ein Levi Tag. Ein Levi Tag, an dem er sich freiwillig nach hinten setzt. Erstaunt sieht Ines ihn an. „Heute darfst du vorne sitzen?"

Levi zuckt mit den Schultern und sagt: „Ist doch egal." Dann stiert er wieder aus dem Fenster.

Simone

Erschöpft lässt Simone die volle Einkaufstasche zwischen ihre Beine plumpsen. Während sie in ihrer Handtasche nach dem Schlüssel kramt, balanciert sie mit ihren Beinen die Einkaufstasche aus, damit das Mehl, das zuoberst in der Einkaufstüte liegt, nicht herausfällt. Mit ihrem Ellenbogen hält sie die aufgeschlossene Tür offen. Mit der Einkaufstasche in der Hand bleibt sie erstaunt an der Küchentür stehen. Ein liebevoll gedeckter Tisch lässt sie die Schwere der Tasche vergessen. In der Mitte steht eine Vase mit Blumen und auf jedem Teller liegt ein Schokoladenherz. Im Hintergrund rauscht der Wasserkocher. Jan lehnt an der Küchenzeile und strahlt sie an. Als er ihre Tasche sieht, geht er ihr entgegen, nimmt sie ihr aus der Hand und räumt die Einkäufe weg. Simone steht an der Tür und beobachtet ihn. Der ideale Zeitpunkt, um Jan unter vier Augen zu fragen, denkt sie sich. Sie sieht auf die Uhr, zehn Minuten bleiben ihr bis Laura von der Schule kommt. Jan scheint ihren Blick zu spüren. Er hält in seiner Bewegung inne und fragt sie: „Alles in Ordnung? Willst du dich nicht setzen?"

Simone schüttelt den Kopf und ärgert sich über sich selbst. Jetzt bekommt ihre Frage viel mehr Bedeutung, als sie ihr zugestehen wollte. Erneut schüttelt sie den Kopf und fragt: „Unternehmen wir auch mal wieder etwas zusammen? Ich glaube, Laura würde sich sehr freuen."

Sie bemüht sich, betont gleichgültig zu klingen, damit er auf keinen Fall den Eindruck erhält, sie sei eifersüchtig.

„Klar", Jan nickt, „Was wollt ihr unternehmen?"

„Das können wir gleich mit Laura beim Tee besprechen", schlägt Simone vor. „Ich glaube...", kommt es ihr zögerlich über die Lippen. „...sie würde lieber etwas alleine mit dir. Also,...ich meine....ohne Juliane."

Er grinst. „Kein Problem."

Simone schlägt ihm gegen den Arm. „Brauchst gar nicht zu grinsen. Wir vermissen einfach nur den alten Jan."

Laut kichernde Mädchenstimmen kommen näher. Laura und Kira stürmen herein. Simone eilt ihnen entgegen, nimmt Laura den Rucksack ab und umschließt sie mit ihren Armen. Dann umarmt sie Kira sachte.

Während sich alle im Bad die Hände waschen, stellt Jan blitzschnell ein zusätzliches Gedeck auf den Tisch und holt ein weiteres Schokoladenherz aus dem Schrank.

Zu viert sitzen sie kurze Zeit später am Tisch, die beiden Mädchen albern miteinander herum. Simone und Jan lassen sich von ihren Albereien berieseln. Dankbar schmunzelt Simone. Laura reißt die Augen auf und starrt sie an. „Waaaas?"

„Ich freue mich, dass ihr zwei euch gefunden habt", sagt Simone.

Laura und Kira strahlen sich an und nicken beide. „Das finden wir auch", tönt es einstimmig.

„Simone und ich hatten überlegt, dass wir mal wieder einen Ausflug machen. Magst du auch mitkommen?", fragt Jan und sieht Kira an.

„Oh ja." Beide Mädchen nicken begeistert.

„Wohin?", fragt Simone. Die beiden Mädchen sind sich sofort einig, dass sie in einen Freizeitpark wollen.

„Dann fragen wir gleich deinen Vater wenn er dich abholt", sagt Simone zu Kira.

Als eine halbe Stunde später Samuel Kira abholt, beantwortet er ihre Frage begeistert: „Tolle Idee. Kalle und ich kommen auch mit."

„Och, man, Papa! Muss das sein?", fragt Kira genervt und verdreht die Augen.

Ines

Die Flasche Weißwein und die Kartons mit den Sushi liegen im Kühlschrank bereit. Levi und Malu durften zum Abendessen bereits probieren. Beide schüttelten sich und sagten: „Die sind ja ganz kalt und nur Reis. Schmeckt nicht". Da waren sich beide einig.

Während Ines noch bei Malu liegt und das Einschlafritual vollzieht, deckt Peter liebevoll den Tisch im Wohnzimmer mit einer Kerze, dem Weißwein und den Sushi. Als er Ines die Treppe herunterkommen hört, zündet er die Kerze an und löscht das Licht.

Verärgert sieht Ines das Kerzenlicht, als sie das Wohnzimmer betritt. Er ignoriert völlig ihre Situation. Wann beginnt er endlich, sie ernst zu nehmen? Ihr ist nicht nach Kerzenschein. Die leisen Stimmen in ihr, die ihr zuflüstern, er meint es nur gut, möchte den Konflikt auf seine Art lösen, katapultieren sie in die Kindheit zurück. Ihre Mutter, die ihren Streit mit ihrer besten Freundin mit den Worten abtat: `sie meint es sicher nicht so. Sei nicht so empfindlich´. Wie es ihr ging, fragte niemand. Sie haut auf den Lichtschalter und sagt: „Das hier ist doch kein Candle light dinner. Wir wollen etwas besprechen."

„Ja, aber ich dachte... Bei gemütlicher Atmosphäre lässt es sich leichter reden." Unsicher blickt Peter sie an.

„Wie auch immer." Ines setzt sich auf die Stuhlkante. „Die Lehrerin von Levi hat angerufen und will ein Gespräch mit uns, weil Levi in letzter Zeit nur stört und Streit mit seinen Klassenkameraden provoziert."

„Levi???", fragt Peter erstaunt. „Der ist doch so brav."

„Die Kinder merken natürlich unsere Spannungen. Wir müssen mit ihnen reden. Was sollen wir ihnen sagen?", fragt Ines und versucht, ihre Stimme ruhig klingen zu lassen.

„Ich möchte euch nicht verlieren. Bedeutet dir unsere Familie denn gar nichts? Gib uns eine Chance", bettelt Peter und sieht sie mit traurigen Augen an.

Natürlich ist ihr ihre Familie auch wichtig, doch das wird sie ihm nicht sagen, das weckt nur Hoffnung. Sie fühlt sich wie gefangen, gefangen in sich und der Gefängniswärter ist Peter. Doch auch das kann sie nicht sagen, er wird es nicht verstehen. Sie allein muss den Ausweg finden, das Gefängnis aufbrechen.

„Lass mir Zeit. Vielleicht fahre ich mal ein Wochenende alleine weg", erklärt ihm Ines.

„Solange du willst", sagt Peter und seine Stimme klingt, wie er sich fühlt, verzweifelt.

Wie eine Riesenwelle überfällt sie der Schmerz ihres Mannes. Und sie ist schuld, schuld daran, dass er unglücklich ist. Wann fing ihre Ehe an, ein Gefängnis zu werden? Sie weiß es nicht.

„Lass uns bitte erst einmal überlegen, was wir den Kindern sagen?", lenkt sie das Thema in eine andere Richtung. In Gedanken war sie den ganzen Tag bei diesem Gespräch und weiß genau, was sie sagen möchte. Während sie Peter einen Vorschlag nach dem anderen unterbreitet, sieht er sie ergeben an und nickt zu jedem ihrer Vorschläge. Er macht sie rasend. „Hast du noch Ideen?", faucht sie ihn an.

„Nein, du hast alles gesagt, was ich auch gedacht habe."

„Du machst es dir wie immer einfach", sagt Ines mit immer lauter werdender Stimme.

Mit zittriger Stimme murmelt er: „Ich möchte dich nicht verlieren. Ihr seid mir wichtig."

„Mir war, mir ist die Zeit mit dir doch auch wichtig gewesen. Nur stimmt es doch schon lange nicht mehr zwischen uns. Ich möchte nicht den Rest meines Lebens in Unzufriedenheit verbringen. Lass uns erst einmal mit den Kindern reden."

Mit diesen Worten steht sie auf und lässt einen ratlosen Peter zurück. Seine Vorstellungen von dem Abend waren andere. Insgeheim träumte er sich eine Versöhnung aus und in seinen mutigsten Vorstellungen sogar im Bett. Er stopft sich ein Sushi in den Mund und spült es mit Weißwein hinunter.

Monika

Ihre Stimme klingt belegt, als Beatrix ans Telefon kommt. Doch Monika hat sich vorgenommen, einmal die Woche Beatrix anzurufen, um zu hören, wie es den Enkeln geht. Vielleicht schafft sie es darüber, wieder eine Beziehung zu Beatrix herzustellen. Es liegt an ihr, eine Beziehung zu ihr aufzubauen.

„Hallo Beatrix, wie geht es euch?", fragt Monika, den Mund zu einem steifen Lächeln verzogen. Sie hat mal gelesen, dass die Stimme freundlicher klingt, wenn man lächelt. Und freundlich möchte sie klingen. „Passt es gerade?" Hängt sie schnell noch hinten dran.

„Hallo, ja. Sebastian ist mit den Kindern unterwegs. Wie gefällt dir das Seminar? Du erzählst doch nichts von uns?", fragt Beatrix argwöhnisch.

„Das Schönste ist hinterher der Ausklang im Bistro. Seid ihr auch anschließend ins Bistro?", lenkt Monika vom Seminar ab.

„Nein, ich war damals mit Lennard schwanger und viel zu müde, um hinterher mit ins Bistro zu gehen", sagt Beatrix.

„Kommt ihr uns mal wieder besuchen? Wir können auf den Spielplatz gehen, dann stört auch der Fernseher nicht", bettelt Monika.

„Mal sehen. Ich muss jetzt Schluss machen", kürzt Beatrix das Telefonat ab und legt auf.

Mit schwerem Herzen legt Monika auf. Wie versteinert steht sie neben dem Telefon und fragt sich, was Beatrix ihr gerade gespiegelt hat. Kurz angebunden war sie. Hat sie ihr ihre Angst gespiegelt? Die Angst, abgewimmelt zu werden?

Das laute Rufen ihres Mannes aus dem Wohnzimmer unterbricht ihre Gedanken. „Und? Was sagt Beatrix? Wann geben sie uns wieder mal die Ehre?"

Die Frage kurbelt ihre Wut an.

Wut, darüber, dass Hans sich völlig aus dem Thema Beatrix raus hält. Dabei ist er derjenige, der den Fernseher ständig laufen lässt. Wegen ihm bringt Beatrix die Kinder nicht mehr.

Wut, darüber, dass sie es wieder nicht geschafft hat, Beatrix mit Liebe und Klarheit zu begegnen, stattdessen hat sie um ihre Gunst gebettelt. Die nun entfachte Wut über sich, lässt sie zu einer Löwin werden, die für ihre Jungen kämpft. Sie stürmt ins Wohnzimmer.

Die Grenzen achten

Liebe zeigt sich in der Achtung vor dem anderen

Simone knallt die Autotür hinter sich zu.

Verwundert sieht Lore sie an. „Hat Jan dich geärgert?"

„Quatsch", bestreitet Simone heftig. „Ist nichts."

„Aha", sagt Lore und sieht sie zweifelnd an.

„Er ist einfach viel zu gutmütig. Wenn Juliane ihn fragt, ob er sie ins Museum begleitet, stimmt er immer sofort zu. Sie sei doch neu in der Stadt und kenne noch nicht viele Leute, hat er mir als Grund angegeben. Soll Mirko doch etwas mit ihr unternehmen." Immer lauter wird Simones Stimme, ihre Gesichtsfarbe hat inzwischen die Färbung einer Tomate angenommen.

„Bist du eifersüchtig?", fragt Lore vorsichtig.

„Quatsch, Jan kann sich treffen mit wem er will. Nur, er...lässt...sich...ausnutzen." Jedes Wort spuckt sie voller Wut aus.

„Wie Ragna sagen würde, vielleicht ist das sein Lernthema", stellt Lore fest und startet das Auto. Langsam manövriert sie es aus der Parklücke.

Sein Lernthema. So ein Quatsch! Dann wäre Juliane ihm wichtiger, als ich es bin, denn sonst hätte er sich auch von mir ausnutzen lassen, denkt Simone, die Wut senkt sich wie eine dichte Nebelwolke über sie. Sie weiß nicht, ob sie wütender auf Jan oder auf Lore sein soll.

Sie stiert aus dem Fenster und erinnert sich an die Worte von Ragna, **die Situation, ohne zu bewerten ansehen.**

Wie ein Mantra denkt sie diesen Satz monoton vor sich hin. Langsam verziehen sich die dichten Nebelschwaden und sie sieht wieder klarer. Was, wenn Lores Satz einen klitzekleinen Kern Wahrheit enthält? Ist sie eifersüchtig? Doch bevor sie weiter grübeln kann, erreichen sie das Seminarhaus.

Lore fährt an Monika vorbei, die gemeinsam mit Samuel auf das Seminarhaus zugeht.

„Ich wüsste zu gerne, wieso sie neulich uns gegenüber kurz angebunden war", sagt Lore.

„Vielleicht hat sie etwas in den falschen Hals bekommen."

„Von uns?"

„Quatsch, wir haben doch nichts gemacht."

„Steigst du aus und lotst mich in die Parklücke?!", bittet Lore und setzt den Blinker. Simone steigt aus, winkt Lore ein und wartet, bis diese ausgestiegen ist.

Vor dem Seminarhaus stehen Monika und Samuel in ein Gespräch vertieft. Als Samuel Simone und Lore sieht, winkt er ihnen, die Arme über dem Kopf schwenkend, zu. Strahlend tritt er ihnen entgegen. Herzlich nimmt er Simone zur Begrüßung in die Arme. Lore speist er mit zwei schnellen Küsschen links und rechts auf die Backe ab. Mit ausgestreckten Armen und weit vorgebeugtem Kopf haucht Monika den beiden einen symbolischen Kuss auf die Wangen. Nacheinander betreten sie kurze Zeit später den Seminarraum.

Die anderen Stühle sind bereits besetzt. Wie gebannt starren alle in die Mitte des Stuhlkreises. Schnell setzen sich die Vier auf die noch freien Stühle und blicken ebenfalls auf die Europakarte, die ausgebreitet auf dem Boden liegt.

Ragna zeigt auf die Karte und sagt: „Wir werden uns heute mit dem Thema Grenzen auseinandersetzen."

„Das haben wir doch schon im letzten Seminar gemacht", flüstert Simone Lore zu. Ragna hebt ihren Blick, sieht Simone an und sagt: „Du hast Recht, zu dem Thema Grenzen haben wir bereits im letzten Seminar eine Übung gemacht. Dieses Mal werden wir das Thema Grenzen vertiefen. Unsere und die persönlichen Grenzen der anderen sind die wichtigsten Grenzen, die wir achten sollten. Symbolisch für die unterschiedlichen Grenzen liegt diese Landkarte in unserer Mitte. Die Grenzen zum Nachbarland vergleiche ich mit unseren körperlichen Grenzen. Hier ist ganz wichtig, wen möchte ich wann wie nahe an mich heranlassen. Dieses Recht gebührt auch dem Kind."

Anton unterbricht sie: „Ab welchem Alter?"

Empört wirft Sarah ein: „Ab dem ersten Lebenstag. Das weiß heutzutage doch jeder."

Abwehrend hebt Anton seine Hände. „Nun, mir war das nicht klar. Danke für die Aufklärung."

Bewundernd sieht Simone ihn an. Sie wäre Sarah an die Gurgel gesprungen, hätte sie dies zu ihr gesagt. Doch Anton wirkt, als hätte er es völlig unpersönlich genommen.

Monika ist mit der Aussage von Sarah gar nicht einverstanden. Herausfordernd sieht sie Sarah an und sagt: „Kleine Kinder muss man auch zu seinem Glück zwingen. Sonst würden sie nie gewickelt oder später Zähne geputzt bekommen. Du kannst mir nicht erzählen, dass das bei dir ohne Probleme abgelaufen ist."

„Ich versuche sie mit einzubeziehen. Meistens hilft es und wenn nicht, dann erkläre ich es ihnen." Ein selbstsicheres Lächeln umspielt Sarahs Mund.

Ragna fährt fort: „Da die Kleinsten noch nicht sprechen, ist es die Aufgabe von uns Erwachsenen, ihre zarten Signale wahrzunehmen, um ihre körperlichen Grenzen zu schützen. Wie du schon sagtest, Sarah, oft hilft es, wenn wir die Kinder mitentscheiden lassen, sie fragen, wo möchtest du gewickelt werden oder von wem. Auch bei älteren Kindern sollten wir die Grenzen achten, da diese sich jedoch äußern können, fällt es hier oft leichter. Respektiert die Grenzen. Hört auf eure Kinder, auch innerhalb der Familie."

Eifrig nickt Anton. „Dazu habe ich wieder etwas gelesen. Bei Emmi Pikler, glaube ich. Wenn wir das Kind auf den Arm nehmen, weil wir ihm die Windel wechseln wollen oder aus einem anderen Grund, sollen wir dies dem Kind ankündigen und kurz auf seine Reaktion warten. Vielleicht entspricht das dem, was du gerade erklärt hast."

Ragna nickt.

Sarah sieht ihn an und fragt: „Und machst du das?"

Leicht wiegt Anton seinen Kopf hin und her. „Ich habe es versucht. Ehrlicherweise weiß ich gar nicht, worauf ich achten soll, wenn ich es ihr angekündigt habe." Er lacht verlegen. Alle Blicke wenden sich Ragna zu.

„Achte darauf, dass ihre Körperspannung und ihr Gesichtsausdruck entspannt sind. Wenn sie etwas älter ist, wird sie dir ihre Arme entgegen strecken. Achtet die Grenzen eurer Kinder auch anderen Familienangehörigen gegenüber", erklärt ihnen Ragna.

Eifrig nickt Lore. Sobald Ragna eine Pause einlegt, wirft sie ein: „Seit dem letzten Seminar, bei dem es um Beziehungen ging, achte ich sehr darauf. Meine Eltern haben meiner Tochter früher immer einen Kuss auf den Mund zur Begrüßung gegeben. Zum Glück habe ich das angesprochen, nachdem wir im letzten Seminar über Grenzen gesprochen haben. Seitdem machen sie das nicht mehr. Und auch sonst achten sie mehr die Grenze von Lore. Neulich habe ich gehört, wie sie zu ihrer Oma gesagt hat, über meinen Körper bestimme nur ich. Nach kurzem Zögern hat ihre Oma ihr zugestimmt."

„Ein Kuss auf den Mund!" Sarah schüttelt sich. „Das ist sehr intim und geht gar nicht."

Unsicher sieht Lore die anderen an. Leichte Röte steigt in ihre Wangen. Besser sie hätte geschwiegen. Jetzt denkt bestimmt jeder schlecht über sie. Aufmunternd sieht Ragna Lore an und sagt an die Gruppe gerichtet: „Denkt daran, wichtig ist, dass eure Muster euch bewusst werden, denn nur dann könnt ihr sie verändern. Von daher seid stolz auf alles was ihr erkennt und verändert. Lasst die Vergangenheit los. Die könnt ihr nicht ändern."

Ragna legt eine kurze Pause ein, als sie die nachdenklichen Gesichter der Gruppe sieht. Zögerlich beginnt Monika: „Was macht man denn, wenn das Kind jedes Mal beim Haarewaschen schreit. Beatrix ..", abrupt hält sie inne und beißt sich auf die Lippen. Sie will Beatrix doch nicht erwähnen.

„Bloß keine Gewalt. Das zerstört die Beziehung", stellt Sarah fest und lässt ihren Blick durch die Runde schweifen.

Der Blick von Ragna fällt auf das zerknirschte Gesicht von Monika. Sie lächelt ihr versöhnlich zu und sagt: „Auch hier gilt, unser Vorhaben vorher ankündigen, dem Kind Zeit lassen, sich darauf einzustellen."

„Meine Kinder durften sich die Haare mit einem Becher selbst nass machen", ergänzt Ines. „Das war immer sehr hilfreich."

Anton winkt mit seiner Hand, um die Aufmerksamkeit der anderen zu erlangen. „Also, ich habe gelesen, dass wir liebevoll und achtsam mit dem Kind umgehen sollen, da es über unsere Berührungen lernt, sich selbst zu lieben oder eben nicht." Bei den Worten legt sich seine Stirn in Falten, als bezweifele er die Wahrheit der Aussage. Er fährt fort: „Soweit die Theorie, falls ich sie mir richtig gemerkt habe. Die Praxis sieht in einem Alltag mit drei Kindern oft anders aus."

Alle bis auf Ines nicken. Nachdenklich stellt Ines fest: „Die Kindheit ist eine prägende Zeit. Wir haben die Chance einen guten Grundstock bei unseren Kindern zu legen. Bei der Ernährung ist dies, glaube ich, vielen bewusst. Wie viel wichtiger ist die psychische Gesundheit. Und die stärken wir, indem wir liebevoll, respektvoll und langsam mit unseren Kindern umgehen. Davon profitieren wir später auch."

Nachdenklich nicken alle. Marie sieht sie zustimmend an und sagt: „Die Zeit, in der wir großen Einfluss auf unsere Kinder haben, ist im Grunde so kurz. Eine Beziehung ist schnell zerstört, das reparieren dauert viel länger. Ist mir bei meiner Ältesten bewusst geworden, als sie mit 16 Jahren zu ihrem Vater gezogen ist."

Anton nickt. „Ja, aber, wenn ich die Zeit einfach nicht habe??"

„Oder du hast andere Prioritäten gesetzt", antwortet Ines. Monika stärkt Anton den Rücken. „Ich kann dich so gut verstehen. Eine liebevolle Begegnung mit dem Kind sieht der Partner nicht, wenn er nach Hause kommt. Eine geputzte Wohnung dagegen schon."

„Man kann mit dem Partner sprechen", sagt Ines und spürt direkt, wie eine Hitzewelle in ihr aufsteigt. Sie ist die Richtige, anderen Tipps zu geben.

Anton nickt. „Ja, zum Reden fehlt auch oft die Zeit. Und dann gibt es Befehle statt Lösungen. Was haltet ihr davon, wenn die Säuglinge bereits einen verplanten Alltag haben?"

„Gar nichts. Kinder brauchen Zeit, um sich zu entwickeln und Beziehungen aufzubauen. Das hast du uns doch erzählt. Und jetzt? Glaubst du selbst nicht daran?", fragt Sarah provokant.

„Ich schon", sagt Anton.

„Daher weht der Wind", stellt Sarah süffisant fest. „Fehlende Kommunikation, sage ich da nur."

„Ich denke drüber nach", sagt Anton, um die Diskussion abzukürzen.

Aufmerksam verfolgt Ragna die Diskussion der Teilnehmer. Als nun eine längere Pause eintritt, leitet sie zum nächsten Thema über: „Kinder sind sehr feinfühlig. Sie fühlen unsere uns oft unbewussten Gedanken, genauso wie sie unausgesprochenes wahrnehmen. Daher sollten wir darauf achten, authentisch zu sein und uns unsere Gedanken bewusst machen. Das heißt, wenn ich als Eltern mal eine Pause brauche, teile ich das dem Kind mit. Je nach Alter des Kindes natürlich."

„Ich habe euch vorhin erzählt, dass in meiner Familien Grenzen nicht wirklich geachtet wurden. Das hatte ich so verinnerlicht, dass ich mich immer hinten anstellte, wenn meine Tochter etwas wollte. Wohlgemerkt meine Tochter war da schon neun. Entsprechend genervt war ich dann oft. Als wir uns beim letzten Seminar mit Grenzen auseinandersetzten habe ich gemerkt, dass sie oft zu mir kommt, wenn ich Ruhe und Abstand möchte. Als wolle sie mir unbewusst beibringen, dass ich für meine Grenzen einstehe. Nun, das mache ich jetzt. Ich sage ihr dann ruhig, aber klar, dass ich gerade Ruhe brauche und sie später zu mir kommen kann. Seit ich das mache, achtet sie mehr ihre Grenzen und ich bin besser gelaunt." Nach diesen Worten lehnt sich Lore zufrieden zurück.

„Wie du schon mal sagtest...", sagt Simone und sieht Ragna an. „....Kinder fordern uns an den Stellen, an denen wir wachsen können."

„Also bei mir dann an allen", sagt Samuel trocken. „Seit meine Frau gestorben ist, fühle ich mich in der Erziehung, als wäre ich auf einen anderen Stern gezogen."

Mitleidig sieht Sarah ihn an. „Das wird schon werden. Du machst das sicher toll."

Samuel verzieht seinen Mund zu einem erzwungenen Lächeln. „Wenn du meinst."

Ragna beugt sich zu der Landkarte und deutet auf die Wasserflächen auf der Karte. „Flüsse, Seen und Meere nehme ich mal als Sinnbild für unsere emotionalen Grenze, die sich auf unsere Gefühle bezieht. Das Ufer begrenzt sie, bei zu viel Wasser steigen sie über die Ufer. Im Grunde ist es bei uns genauso, wenn unsere Gefühle überhand nehmen, brechen sie aus uns heraus. Es sei denn, wir haben sie bereits vorher angemessen ausgedrückt. Wenn es dagegen über längere Zeit zu trocken ist, trocknen die Wasserläufe aus. Wenn wir unsere Gefühle verdrängen, wenn wir uns nicht mit ihnen auseinandersetzen, dann trocknen wir aus. Doch egal, wie sehr wir uns von den Gefühlen distanzieren, wenn wir uns nicht mit ihnen versöhnt haben, wirken sie im Unbewussten weiter. Die emotionalen Grenzen des anderen überschreiten wir, wenn wir ihn mit unseren Gefühlen manipulieren oder erpressen."

Fragende Gesichter sehen sie an. Samuel sitzt zusammen gesunken auf seinem Stuhl, winkt verzweifelt mit seiner Hand ab und meint: „Habe ich auch schon gemacht. Wie schnell sage ich zu den Kindern, wenn eure Mutter das sehen würde, würde sie sich im Grab umdrehen. Meinst du das?"

Sarah winkt ab. „Das sagt doch jeder mal. So Sprüche nehmen Kinder doch nicht wahr."

Entschlossen schüttelt Samuel den Kopf. „Da solltest du ihre Blicke sehen, wenn ich das sage. Als hätte ich ihnen einen Dolch ins Herz gestossen. Kommentarlos machen sie dann was ich will. Das heißt Kira macht was ich will. Kalle haut meistens ab. Ich bleibe dann mit Schuldgefühlen zurück, doch ich weiß einfach nicht, wie ich das verändere." Immer weiter fallen seine Schultern nach vorne.

„Du triffst die Sache auf den Punkt. Schön, dass du für dich erkannt hast, dass es nicht der optimale Weg ist", sagt Ragna.

„Nicht der optimale Weg. Gut gesagt." Mit einem breiten und wohlwollendem Lächeln hebt Simone ihren Daumen nach oben. Samuel, der neben ihr sitzt, muss ebenfalls grinsen. Fühlte er sich gerade noch völlig inkompetent im Umgang mit seinen Kindern, schenkt dieses Lächeln ihm das Gefühl, dass er nicht alleine ist und vor allem, dass es einen Weg geben wird. Er streckt seinen Körper und setzt sich wieder aufrecht hin.

„Rede mit ihnen. Sag was du dir von deinen Kindern in diesem Moment wünschst", erklärt ihm Ragna. „Kinder fühlen sich für unsere Gefühle verantwortlich. Sie wollen mit uns kooperieren, auch wenn es nicht immer den Eindruck macht. Wenn wir sie mit unseren Gefühlen erpressen, hören sie auf, ihre innere Stimme ernst zu nehmen, sondern versuchen, unsere Erwartungen zu erfüllen. Denn sie wollen, dass es uns gutgeht. Um in einen ehrlichen und authentischen Kontakt mit dem Kind zu gehen ist es gut, wenn wir auf unser Bedürfnis hinter dem Gefühl schauen. Oft sind wir vom Verhalten des anderen enttäuscht, weil wir bestimmte Erwartungen oder Vorstellungen von der Situation haben. Wir trainieren dem Kind dann unsere Vorstellungen an. Sinnvoller ist es, die eigenen Erwartungen loszulassen und dem Kind die Möglichkeit zu lassen, zu reagieren, wie es will."

„Ach du Schreck.... Jetzt können Kinder auch noch Gedanken lesen und Erwartungen wahrnehmen....", völlig fassungslos spuckt Samuel diese Worte aus.

Marie sieht seinen perplexen Gesichtsausdruck und prustet los. Die anderen fallen in ihr ansteckendes Lachen mit ein. Und es ist, als ob das Lachen eine Tür öffnet, eine Tür, die Verzweiflung in Erleichterung wandelt. Selbst Ragna stimmt in das Lachen mit ein. Langsam ebbt das Lachen ab. Entspannte und erleichterte Gesichter blicken Ragna an. „Jetzt verstehe ich warum Lachjoga so gesund ist", stellt Simone fest, „vorher war mir nicht klar, wieso auf Kommando lachen etwas bewirken soll. Aber jetzt....es ist, als ob die Schwere sich gelöst hat."

Um Verzeihung bittend sieht Marie Samuel an. „Ich hatte schon Angst, dass du mein Lachen falsch verstehst. Ich wollte damit nicht deine Gefühle ad absurdum führen, dein fassungsloser Gesichtsausdruck hat, glaube ich, in mir die ganze Anspannung gelöst."

Samuel winkt ab. „Kein Problem, wenn ich damit zur allgemeinen Erheiterung beigetragen habe." Dabei grinst er breit.

„Das war ein deutliches Beispiel dafür, wie befreiend lachen ist. Was lernen wir daraus? Lacht viel mit euren Kindern. Habt Spaß mit ihnen", ermuntert sie Ragna.

„Das schreibe ich mir fett auf meine To do Liste", bestätigt Samuel, „unser Thema vor dem Lachjoga war, dass die Kinder unsere Gedanken wahrnehmen....."

„Ja", Ragna nickt, „das stimmt. Danke fürs Erinnern. Unsere Einstellung, unsere Gedanken umgeben uns wie eine Hülle. Auch Erwachsene nehmen das oft, meist unbewusst, wahr. Meist ist es nur ein vages undefinierbares Gefühl, schnell legen wir unseren Verstand darüber und tun alles als Unsinn ab. Kinder dagegen sind noch mehr in der Wahrnehmung. Mit ihren feinen Antennen spüren sie soviel von uns. Sie spüren was wir ausstrahlen." Ragna schweigt, ihre Stirn legt sich in Denkerfalten. „Habt ihr schon mal erkannt, wenn euer Gegenüber wütend war, auch wenn er nichts sagte?"

„Na ja, Wut ist natürlich etwas anderes. Das ist ein starkes Gefühl", merkt Sarah an. Marie rutscht unruhig auf ihrem Stuhl hin und her. Als Sarah schweigt, wirft sie ein: „Ich glaube je vertrauter uns jemand ist, desto eher spüren wir seine Schwingungen. Bei meinem Mann und meinen Kindern merke ich jede Stimmungsschwankung, auch wenn sie sie vertuschen wollen."

Zustimmend nicken die anderen. Sarah lenkt ein: „Stimmt. Geht mir auch so und unsere Kinder sind sehr nah mit uns verbunden. Hast du ein Beispiel, wie wir mit unseren Kindern reden können. - Also, ohne sie zu manipulieren?"

Kurz überlegt Ragna, dann startet sie: „Das Kind soll im Haushalt helfen. Die Mutter sagt: 'Wenn du nicht den Mülleimer hinaus bringst, bin ich traurig.' Oder die Mutter sagt mit jammernder Stimme: 'Ich tue alles für dich und du kannst mir noch nicht mal einen kleinen Gefallen tun.' Statt dessen kann sie sich bei sich selbst anschauen, welches Bedürfnis hinter ihrem Wunsch steckt. Dann stellt sie vielleicht fest, dass sie das Gefühl hat, sie mache alles allein. Sie hat das Bedürfnis nach Unterstützung oder Hilfe, dies kann sie ihrem Kind mitteilen. Somit wird das Kind nicht erpresst, die Mutter übernimmt Verantwortung für ihr eigenes Wohlbefinden und macht eine klare Ansage. Falls die Mutter Trauer darüber empfindet und sie das Gefühl hat, immer zu kurz zu kommen, dann trägt sie dafür die Verantwortung und es ist ihre Aufgabe, daran etwas zu ändern. Nicht durch Manipulation des anderen, sondern durch klare Botschaften. Wenn wir dem Kind jetzt noch die Wahlmöglichkeit lassen, welche Arbeiten es übernehmen möchte, hilft es sicher gerne. Die Mutter könnte ihm sagen, dass sie Hilfe braucht und es fragen, möchtest du die Spülmaschine ausräumen oder den Müll hinunterbringen?"

Zufrieden nickt Sarah. „Bei dem Beispiel stimme ich dir zu. Dass die Kinder dagegen mit uns kooperieren..... ? Also Ben nicht." Herausfordernd sieht sie nach diesem Satz Ragna an.

„Das machen sie vielleicht anders, als wir uns wünschen. Kooperieren heißt eben nicht, dass sie nach unserem Plan funktionieren, sondern dass sie auf uns reagieren. Wenn wir als Eltern durchs Leben galoppieren, ziehen Kinder die Bremse. Damit zeigen sie uns, dass das Leben keine Autobahn ist und wir nicht hier sind, um möglichst schnell ein Ziel zu erreichen. Wir sind hier, um durchs Leben zu wandeln, den Blick nach links und rechts schweifen zu lassen, um uns verwandeln zu lassen. Einfach das Leben genießen", kommt Ragna ins Schwärmen.

„Das heißt im Grunde zeigen sie uns, wenn wir etwas verändern sollen?", fragt Sarah nach.

„Zum einen ja, zum anderen spiegeln wir uns in ihnen", antwortet Ragna nach einigem Nachdenken.

„Und für welche Grenzen stehen die Berge?", fragt Anton, die Augen starr auf die Landkarte gerichtet.

„Die Berge sehe ich als Metapher für unseren Geist. Von hier oben überblicken wir unser Leben, können aus der Meta Ebene darauf schauen. Deshalb nehme ich die Berge als die geistigen Grenzen. Darunter verstehe ich unsere verstandesmäßige und gedankliche Ebene. Bei den Erwartungen haben wir uns damit auseinandergesetzt, dass Kinder feine Antennen haben. Genauso haben auch unsere Gedanken eine Wirkung. Daher sollten wir uns ihrer bewusst sein. Wenn ich dem Kind nichts zutraue, spürt es das und es wird ihm schwerer fallen, sich selbst zu trauen. Kinder spüren unsere Angst, es fällt ihnen dann schwerer, an sich zu glauben. Da Ängste uns jedoch auch auf Gefahren hinweisen, sollten wir vor dem Handeln überprüfen, ob es eine realistische Angst ist und wir unser Kind schützen sollten oder es eine Situation ist, aus der das Kind ohne Schaden lernen kann und somit seine Grenzen erweitern kann oder ob die Angst nur etwas mit uns zu tun hat. Damit wir die Angst bei uns lassen, reden wir von uns. Ich nenne euch mal ein Beispiel, dann wird es klarer", sagt Ragna und sieht Sarah dabei an. „Ich habe Sorge, dass du dir weh tust, statt: Du tust dir weh. Häufig trauen wir unseren Kindern nur das zu, was wir uns trauen. Ein übervorsichtiger Vater hält das Kind eher von gewagten Unternehmungen ab, als eine das Abenteuer liebende Mutter. Das ist dann auch wieder ein Beispiel dafür, dass Kinder mit uns kooperieren. Wenn sie unsere Angst spüren, halten sie sich schneller zurück. Wir begrenzen das Kind dann durch unsere Grenzen. Auch hier gilt es, die tatsächliche Gefahr einzuschätzen. Wenn die Einschätzung einem selbst schwer fällt, ist es hilfreich, sich mit anderen Eltern auszutauschen, damit einem die Einschätzung gelingt."

„Meinst du das Beispiel nicht umgekehrt? Dass die Mutter vorsichtig ist und der Mann Risiken erlaubt?", fragt Sarah.

„Bei uns war es genauso. Meine Frau kannte keine Angst. Ich bin der Vorsichtige. Zum Glück sind sie jetzt schon so groß, dass sie nicht mehr so empfindlich sind", stellt Samuel fest.

„Manchmal habe ich das Gefühl, meine Mutter hält mich klein. Sie möchte nicht, dass es mir besser geht als ihr", erzählt Lore. „Oder sehe ich alles wieder zu negativ?", wendet sie direkt verlegen ein.

Ragna beruhigt sie: „Das kann sein. Je nachdem wie reflektiert, wie zufrieden wir mit unserem Leben sind, gestehen wir auch anderen ihren Entwicklungsweg zu. Häufig haben wir Erwachsenen unsere gedanklich geschaffenen Grenzen fest installiert. Anstatt diese in Frage zu stellen oder vom Kind auflockern zu lassen, versuchen wir das Kind in unser Schema zu pressen. Wir wollen dann, dass unsere Kinder nach unserer

Vorstellung leben. Bei manchen Eltern erstreckt sich das auch auf das Erwachsenenleben der Kinder. Sie haben eine genaue Vorstellung, wie diese ihr Leben leben sollten. Immer mit dem Ziel natürlich die Töchter oder Söhne glücklich zu sehen. Auch hier gilt wieder, es sich bewusst zu machen. Doch zurück zu den Ängsten. Es gibt Ängste, die uns auf Gefahr aufmerksam machen und solche, die uns unsere selbstgeschaffenen Grenzen aufzeigen, die unseren Entwicklungsweg eingrenzen. Wenn wir diese zweiten Ängste überwinden, entwickeln wir uns weiter. Auch bei Kindern gibt es diese Angst, die ihnen zeigt, dass sie sich auf Neuland wagen. Wir können die Angst des Kindes genau wie die eigene akzeptieren und uns und das Kind ermuntern, Neues auszuprobieren. Denn Entwicklung und Wachstum geschieht, wenn wir über unsere Grenzen hinauswachsen, unsere eingetretenen Pfade verlassen und bereit sind, uns auf das Risiko Leben einzulassen. Kinder zeigen uns in ihrer Unbekümmertheit, ihrer Neugierde und ihrem inneren Trieb nach Entwicklung, wie das möglich ist."

Ein schweres Seufzen hallt durch den Raum. Lore kichert und sieht Simone an: „Alles in Ordnung bei dir?"

Breit grinst Simone und sagt: „Das ist mir jetzt etwas laut herausgerutscht. Das klingt wieder sehr anstrengend. Gibt es da nicht etwas Entspannteres?"

Ragna lächelt sie an und sagt: „Klar, beginne mit kleinen Gewohnheiten, die du veränderst. Damit lernst du die kleinen

Ängste zu überwinden und bist irgendwann bereit für die größeren Veränderungen und damit die größeren Ängste. Je öfter wir uns unserer Angst stellen, desto kleiner wird sie."

„Und was machen wir, wenn die Familie die Veränderung nicht möchte?", fragt Monika. Kaum hat sie die Worte ausgesprochen, hält sie sich die Hand vor den Mund. Hinter vorgehaltener Hand flüstert sie: „Ich meine nur. Also, ich meine niemand Bestimmtes." Ihre Wangen färben sich rosa.

Alle sehen Ragna an. Freundlich lächelt diese Monika an und sagt: „Auch dann ist es am einfachsten mit kleinen Veränderungen anzufangen. Oder mit der Familie gemeinsam zu überlegen, welche Veränderungen getroffen werden sollen."

Nicht nur Monika sieht sehr nachdenklich aus, auch Ines ist in Gedanken zuhause und im Gespräch mit ihrem Mann.

„Wir machen jetzt eine Abschlussübung." Mit diesen Worten steht Ragna auf und bedeutet allen, sich ebenfalls hinzustellen. „Wenn wir unseren Raum einnehmen, unsere Grenzen achten, gestehen wir das auch anderen zu. Dazu ist es wichtig, dass wir uns erst einmal in uns erden. Steht fest mit beiden Füßen auf den Boden, legt eure rechte Hand auf euren Nabel, atmet tief in den Bauch und spürt, dass ihr fest geerdet seid in euch, in eurer Mitte."

Sie wartet, bis alle die Haltung eingenommen haben. Einige schließen die Augen. Die Atmosphäre des Raumes strahlt geballte Konzentration aus. Mit klarer Stimme flüstert Ragna: „Breitet eure Arme soweit aus, wie der Raum ist, in dem ihr euch wohlfühlt."

Sarah breitet ihre Arme weit aus. „Mein Raum ist unendlich groß", stellt sie zufrieden fest.

Marie presst ihre Oberarme gegen den Körper. Einzig ihre Unterarme öffnen sich leicht.

Ines dreht sich im Kreis, die Arme schlenkern um sie herum. In sich spürt sie Enge. Sie schließt die Augen und fühlt in diese Enge. Sie traut sich nicht, ihren Platz einzunehmen, zu groß ist die Angst einen Schritt in die falsche Richtung zu gehen. Die Angst zeigt den Weg, die Worte suchen einen Weg in ihr Bewusstsein. Sie hat Angst, ihre Familie zu verlieren, Peter zu verlieren. Vielleicht zeigt die Angst ihr ihre Grenze auf, die sie nicht verlassen sollte. Weit breitet sie ihre Arme aus und dreht sich schnell im Kreis, als wolle sie die Weite herbeizwingen.

„Wenn wir unseren Raum einnehmen, können die Menschen um uns herum ihren Platz einnehmen. Wenn wir unseren Raum dagegen nicht einnehmen, verwischen auch die Grenzen zum anderen. Damit wir die Grenzen des anderen akzeptieren können, ist es wichtig, ihn kennen zu lernen, mit seinen Gefühlen und Bedürfnissen. Dies geht leichter, wenn wir unsere Gefühle, Bedürfnisse und Grenzen kennen."

Langsam dreht sich Ragna um und setzt sich auf ihren Stuhl, dabei leitet sie die Gruppe an: „Wenn ihr eine Ahnung von eurem Raum bekommen habt, öffnet eure Augen und setzt euch auf eure Stühle."

Nach und nach öffnen alle ihre Augen und setzen sich.

„Schließt eure Augen und nehmt wahr, wie ihr euch fühlt, wie sich eure Grenzen anfühlen", ermuntert sie Ragna.

Stille senkt sich auf den Raum.

Monika sieht Hans vor ihren Augen. Ihre beiden Körper verschmelzen miteinander. Ihr Verstand bewertet die Situation sofort und wirft ein, das ist eben Ehe. Aus zwei Menschen werden einer. Monika nimmt den Gedanken wahr und sieht sich das Bild weiter an. Ihre Konturen sind weich und verschwommen, die Grenze von ihrem Mann dagegen ist zwar klar, doch ihr eigener Raum übertritt diese wie wallende Nebelschwaden. Genauer schaut sie sich diesen Nebel an. Der Nebel ist gefüllt von ihrem Anspruch, niemanden enttäuschen zu wollen. Daher erahnt sie die möglichen Erwartungen ihres Gegenübers, bevor diese sie äußern können. Wie sie bei Beatrix jeden Kummer mit Essen ersticken wollte, möchte sie bei ihrem Mann jeden Unmut vermeiden. Auf einmal sieht sie die kleine Monika. Früh lernte sie, ihren Willen hinten anzustellen, um ihre Eltern nicht zu enttäuschen. Ob es die Hose war, die sie nicht anziehen wollte oder die Hand, die sie der Nachbarin nicht reichen wollte, stets bekam sie zu hören. ´Du machst mich traurig, wenn du das nicht machst.´ Und so verlernte sie, die eigenen Bedürfnisse wahrzunehmen und zu achten und stattdessen, die der anderen zu erahnen, um ihre Eltern glücklich zu machen. Und im Laufe ihres Lebens hat ihre eigene Familie die Stelle der Eltern eingenommen.

Ragnas Worte unterbrechen die Meditation: „Stellt euch nun vor, ihr nehmt euren Raum ein und achtet eure Grenze. Wie fühlt ihr euch, verändert sich euer Bild?"

Monika rückt ihren Rücken gerade, richtet ihren Kopf auf. Sie atmet ruhig und tief ein und verbindet sich mit ihrem innersten Kern. Sie spürt eine Stärke in sich, die ihr hilft, ihre Grenze wahrzunehmen. Die Nebelschwaden verziehen sich und stattdessen entsteht eine klare Linie zwischen ihrem Mann und ihr. Auch ihr Mann richtet sich auf, als hätte er von ihr die Erlaubnis bekommen. Seine Linie wird klarer und stark. Die Nebelschwaden haben nicht nur ihre eigene Entwicklung erschwert, sondern auch die ihres Partners, erkennt Monika. Nebelschwaden gefüllt mit schlechtem Gewissen durchziehen die gerade noch vorhandene Stärke.

Schnell öffnet sie ihre Augen, um den Nebelschwaden Einhalt zu gebieten. Sie lässt ihren Blick durch die Runde schweifen. Neidisch nimmt sie die strahlenden Augen und die aufrechten Körper der anderen wahr. Als Einzige hat sie es mal wieder nicht hinbekommen.

Behutsam leitet Ragna das Ende der Meditation ein und mustert die Einzelnen. Bei Monika bleibt ihr Blick stehen. „Hat jemand Fragen oder möchte erzählen?", fragt sie, lächelt ihr bestärkend zu. Erst dann wandern ihre Augen weiter. Monika nickt, verwundert über sich selbst. Normalerweise gibt sie nichts von sich preis und schon gar nicht vor Fremden. Doch in dieser Gruppe fühlt sie sich inzwischen wohl und sicher. Sie nickt, wartet bis alle sie aufmerksam ansehen und berichtet von ihrer Meditation. „Und jetzt wäre ich diese Nebelschwaden, die sich auf meine Leichtigkeit und Stärke gelegt haben, gerne wieder los."

Erwartungsvoll liegt ihr Blick auf Ragna.

„Das Leben ist ein Entwicklungsprozess bei dem es nicht darum geht, perfekt zu sein, sondern in die Erfahrungen einzutauchen und sie in ihrer ganzen Tiefe wahrzunehmen. Ich denke, durch die Meditation hat sich etwas verändert, bei dir, deinem Mann. Achte in Zukunft darauf, dass du seine Grenzen genauso wie deine achtest."

„Verändert? Nur durch eine Meditation?", ungläubig sieht Monika Ragna an.

„Ja, Bilder in der Meditation und dadurch stattgefundene Erkenntnisse können etwas in uns lösen", bestätigt Ragna. Noch während Ragna die Worte ausspricht, wandelt sich etwas in Monika. Ihr Körper richtet sich auf und ihre Augen strahlen genauso hell, wie die Augen der anderen. Erleichtert nimmt Ragna die Veränderung bei Monika wahr. „Achtet darauf, dass ihr euch auch im Alltag immer wieder mit euch verbindet und euren Raum einnehmt. Dafür genügt ein kurzer Moment der Aufmerksamkeit." Mit diesen Worten beendet Ragna den Seminarabend.

Fröhlich plaudernd begeben sich alle in das Bistro. Samuel erhöht sein Schritttempo, drängt sich an Lore vorbei, um den Stuhl neben Simone zu ergattern. Enttäuscht sieht Lore ihm nach, es fühlt sich an, als hätte ein Auto ihr den heißbegehrten Parkplatz weggenommen. Nachdem sie ihre Getränke bestellt haben, beugt sich Simone zu Samuel. „Kommen Kalle und du jetzt mit auf den Ausflug? Oder achtest du die Grenze deiner Tochter und lässt sie alleine mitfahren? Für uns wäre das in Ordnung. Also für Jan und mich", fügt sie hinzu.

„Ich habe Kalle in der Meditation gesehen und seine Grenzen, die ich vor lauter Sorge, ihn zu verlieren, wie eine Dampfwalze platttrete. Eigentlich wollte ich bestimmen, dass er mitfahren muss. Doch jetzt? Aber es ist doch sinnvoll für ihn, wenn er bei Familienausflügen dabei ist? Oder? Er gehört doch auch zur Familie", verteidigt Samuel seinen Entschluss vor sich selbst und vor Simone. Dabei sieht er sie ratlos an.

Anton, der ihnen gegenüber sitzt, wirft ein: „Wir machen einmal im Monat ein Familientreffen. Da darf jeder seine Meinung sagen und Wünsche äußern. Wir suchen eine Lösung mit der alle einverstanden sind. Na ja, wir versuchen zumindest eine Lösung zu finden."

„Gibt das nicht ein heilloses Durcheinander?", fragt Samuel.

„Wir benutzen einen Redestab. Wer ihn hat, darf sprechen. Außerdem übernimmt jeder mal die Leitung und schreibt auf, was wir abgestimmt haben. Selbst Emma, die noch nicht in die Schule geht, macht mit. Sie malt oder bittet einen von uns um Hilfe. Ehrlich gesagt, hätte ich am Anfang auch nicht gedacht, dass es so gut klappt."

Sarah, die an der Seite von Anton sitzt, hört zu und ergänzt: „Tolle Idee. Fördert auch die Selbstwirksamkeit der Kinder und ihr demokratisches Denken."

Samuel nickt und denkt laut: „Dann müsste ich nur Kira vorher auf meine Seite ziehen, dann überstimmen wir Kalle. Und er kann nichts gegen den Ausflug sagen."

Schräg von der Seite schaut Simone ihn an. „Das ist nicht dein Ernst!", sagt sie entsetzt.

„Na ja, Demokratie ist Demokratie. Und wenn wir ihn überstimmen." Samuel zuckt die Schultern und verzieht seine Mundwinkel leicht schräg, so dass Simone nicht einordnen kann, ob er es ernst meint.

„Bei uns ist es so, dass wir bei Angelegenheiten der Kinder Argumente sammeln. Letztendlich dürfen sie entscheiden, wenn es ihre Belange sind und keine Lebensgefahr besteht", erklärt ihm Anton.

„Außerdem habe ich keine Lust auf einen schlecht gelaunten Kalle. Und das wäre wahrscheinlich das Endergebnis, wenn du dich durchsetzt", sagt Simone und schüttelt heftig den Kopf.

„Aber es ist doch wichtig, dass wir als Familie etwas unternehmen. Manchmal müssen Kinder zu ihrem Glück gezwungen werden. In meiner Kindheit gab es diese ganze Fragerei nicht. Einmal die Woche war Familientag, da hat die ganze Familie etwas unternommen." Nach diesen Worten sieht Samuel alle der Reihe nach an. Als er jedoch ihre entgeisterten Gesichter sieht, lenkt er ein: „Vielleicht war das nicht die beste Lösung. Ich denke über eure Worte nochmal nach."

„Fandest du es gut als Kind?", fragt Simone und sieht ihn neugierig an.

„Na ja, ehrlich gesagt, hatte ich damals keine Wahl. Es war ein ungeschriebenes Gesetz in unserer Familie. Deshalb habe ich es nie in Frage gestellt."

Sarah nutzt seine Redepause für einen Kommentar. „Ragna hat uns doch erzählt, wie stark unsere Kindheitserinnerungen, vor allem die, in denen unsere Bedürfnisse nicht wahrgenommen wurden, auch die Sicht auf unsere Kinder verbergen. Ich an deiner Stelle würde die Familienbesprechung von Anton in meine Familie integrieren. Und danach **musst du** Kalle entscheiden lassen." Im Gesicht einen Ausdruck vollkommener Zufriedenheit sieht sie ihn an.

Mit hochgezogenen Augenbrauen sieht Simone Sarah an. Da weiß jemand Bescheid, denkt sie spöttisch bei sich. Demonstrativ wendet sie sich Samuel zu und fragt ihn: „Hast du eine gute Beziehung zu deinen Eltern?"

„Die sind vor längerer Zeit gestorben. Kurz hintereinander", antwortet er emotionslos.

„Das tut mir leid", sagt Simone und legt ihre Hand auf seinen Arm.

Teilnahmslos sieht Samuel sie an und antwortet: „Für die Kinder war es schwer. Gerade nachdem ihre Mutter gestorben war, hätten Großeltern viel auffangen können." Dass er ihren Tod als Befreiung sah, behält er lieber für sich. Sicher verstehen das die anderen nicht und er hat heute genug von sich offenbart.

„Und die anderen Großeltern?", mischt sich Sarah von der Seite ein. „Eine weibliche Bezugsperson ist für die Kinder enorm wichtig. Also ich an deiner Stelle würde mehr Kontakt zu einer weiblichen Person aufnehmen und wenn es in der Familie niemand gibt, vielleicht im Freundeskreis."

„Sind beide an jungen Jahren an Krebs gestorben. Wir waren mit den Kindern weitestgehend auf uns gestellt. Und was die weibliche Bezugsperson betrifft. Da vertraue ich darauf, dass sie sich positive Vorbilder in ihrem Umfeld suchen und außerdem ist es sicherlich wichtiger, dass sie sich angenommen fühlen. Und das gelingt mir gerade nicht gut." Bei den letzten Worten überzieht ein Schleier sein Gesicht.

Erschrocken nimmt Simone seine entgleiste Miene zur Kenntnis. Schnell lenkt sie ein: „Du machst das sicher toll. Allein mit zwei Kindern ist eine große Aufgabe."

Bekümmert nickt Samuel.

Simone legt ihre Hand auf seinen Arm. „So viele Gedanken wie du dir machst, das zeigt doch wie wichtig dir deine Kinder sind. Sicher spüren sie das, das sagt Ragna doch immer."

Eine Stunde später verlassen Simone und Lore als Letzte das Bistro. Aufgebracht sagt Simone im Auto zu Lore: „Also diese Sarah. Wenn die nicht mit ins Bistro gehen würde, wäre ich dankbar. Die spielt sich auf. Für alles hat sie eine Antwort. Sicher war sie in ihrem ersten Leben Erzieherin oder Lehrerin. Die denken doch, sie müssen allen ihre Meinung aufdrücken."

Lore lacht. „Ist doch egal. Ich finde es bereichernd, dass wir alle anders sind. Sie zwingt ja niemanden, ihre Worte zu befolgen. Und außerdem; Marie war früher Erzieherin und die ist eher zurückhaltend." Sie macht eine kurze Pause, bevor sie fortfährt: „Also Schublade auf, Sarah raus und Schublade wieder zu." Vorsichtig beäugt sie Simone.

Simone lacht und sagt: „Du hast ja Recht. Sie ist mir einfach unsympathisch mit ihrer Art. Wie Ragna immer sagt, eigentlich müsste ich schauen, warum es mich stört. Schließlich kann Sarah sagen, was sie will. Aber heute bin ich zu müde, um mir Gedanken zu machen."

„Samuel hat einen Narren an dir gefressen. Er hat mich fast überrannt, nur um neben dir zu sitzen", sagt Lore. „Läuft da was bei euch?"

„Echt?? Ist mir gar nicht aufgefallen." Simone sieht sie von der Seite an. „Nein! Seine Tochter ist häufig bei Laura zu Besuch, deshalb sehen wir uns öfter." Simone setzt einen möglichst unbeteiligten Gesichtsausdruck auf, damit Lore nicht merkt, dass sie sich geschmeichelt fühlt. Da scheint sie beim anderen Geschlecht doch nicht völlig unbeliebt zu sein. Es ist, als ob sich die Zweifel, die sich bis zu diesem Zeitpunkt tief in ihrem Unbewussten eingenistet hatten, heraus trauen. Zweifel, die Jan mit seinen Treffen mit Juliane genährt hat. Ihr Jan, bei dem sie sich immer sicher war, dass sie die Einzige und Wahre für ihn ist.

Anton

Leise schließt Anton die Haustür auf. Unter der Wohnzimmertür leuchtet ein heller Strahl hervor. Vorsichtig öffnet er die Tür. Den Laptop vor sich auf dem Schoß, sitzt Magda im Schneidersitz auf dem Sofa und tippt. Müde rote Augen schauen ihn an, als er das Zimmer betritt. Liebevoll beugt sich Anton zu ihr hinunter und drückt ihr einen Kuss auf die Wange.

„Geh doch ins Bett. Du siehst müde aus", rät er ihr.

Sie schüttelt den Kopf und antwortet: „Ich muss noch zwei Mails beantworten. Wie war das Seminar?"

„Grenzen war heute unser Thema und wie wichtig es ist, sie zu achten. Die anderen finden übrigens auch, dass Kinder, Zeit für sich brauchen, um sich zu entwickeln. Und dass viele Kurse sie überfordern. Meine Rede", fasst er seine Erkenntnisse des Abends zusammen.

„Na prima, da bist du wieder der große Oberguru und ich? Wie stehe ich vor den anderen da? Als Tyrann! Zwei Kurse sind ja wohl nicht zu viel. Du hängst den ganzen Tag mit ihr zuhause herum. Mathilda braucht Impulse." Magdas Stimme wird immer lauter und aufgeregter. „Und überhaupt, ich dachte, du entlastet mich. Wenn ich nach Hause komme, kleben die Kinder an mir und du gehst an den Computer."

„Wann bin ich denn am Computer? Nur wenn ich nichts zu tun habe. Ich kann doch nichts dafür, wenn die Kinder an dir kleben, wenn du nach Hause kommst." Die Wut über sich selbst, lässt seine Stimme lauter als beabsichtigt klingen. Wieso konnte er nicht ein unverfänglicheres Thema des Abends aufgreifen?

„Unser Wochenende? Hast du dir Gedanken gemacht, wohin wir fahren könnten zum Beispiel. Wir müssen noch mit den Kindern reden, Ines fragen. Das bleibt wieder alles an mir hängen." Die Worte poltern nur so aus ihr heraus. Auf einmal wird ihre Stimme leise. Fast flüsternd sagt sie: „Mir ist alles zu viel. Die Kinder abends, der Haushalt und vor allem, dass ich für die Familieneinkünfte komplett verantwortlich bin."

Betroffen hört Anton ihr zu. Zögernd geht er auf sie zu und legt vorsichtig seinen Arm um sie. „Wir bekommen doch noch Elterngeld", versucht er ihre Worte zu entkräften.

„Ja, jetzt noch. Doch wenn das wegfällt. Die drei Jahre, bis Mathilda in die Kita kommt, liegen wie ein steiniger Weg vor mir. Dabei wollte ich sie doch genießen."

„Warum sagst du nichts? Ich kann dir doch mehr helfen. Du musst es mir nur sagen." Fassungslos sieht er sie an.

„Siehst du. Ich soll es dir wieder sagen. Ich will, dass du selbst siehst was zu tun ist."

„Ich erledige die Dinge, die mir in den Sinn kommen. Deine Gedanken kann ich nicht lesen. Wohin sollen wir denn Mathilda geben, wenn ich wirklich nach der Elternzeit stundenweise anfangen würde?" Ratlos sieht er sie an. „Für die Kita ist sie mir noch zu jung. Ich habe neulich erst wieder einen Bericht gelesen, dass die ganz Kleinen oft in der Kita überfordert sind."

„Wie wäre es mit einer Tagesmutter?", äußert Magda. Anton nickt und beginnt: „Wir können...."

Sofort unterbricht er sich. „Nein, ich kann ja mal in der Klinik nachfragen, ob ich mit einer halben Stelle nach der Elternzeit zurückkommen kann und parallel nach einer Tagesmutter Ausschau halten."

„Aber wirklich!", ermahnt ihn Magda.

Monika

Langsam biegt Monika mit ihrem Auto um die Ecke. Erleichtert stellt sie fest, dass die Fenster dunkel sind. Das Gespräch im Bistro lässt ihr keine Ruhe. Hoffentlich hat Marie nicht gemerkt, dass sie ihr nur mit halbem Ohr zugehört hat. Das andere Ohr klebte an der Unterhaltung von Samuel und seiner Gruppe. Nun lässt ein Gedanke ihr keine Ruhe. Als sie um die Ecke biegt, stellt sie erleichtert fest, dass das Haus dunkel ist. Die letzten Meter lässt sie das Auto mit abgestelltem Motor auf den Garagenvorplatz rollen. Vorsichtig schließt sie die Autotür und schleicht ins Haus. Drinnen ist alles still. Sie öffnet die Wohnzimmertür, schaltet das Licht ein und........ schreit auf. Langsam geht sie auf Hans zu. Bewegungslos liegt er im Sessel, der Kopf ist zur Seite gefallen, der Mund geöffnet. Als sie näher kommt, hört sie den gleichmäßigen Atem. Erleichtert atmet sie auf. Auch wenn sie oft über ihn schimpft oder genervt ist, ist er ihr sicherer Hafen. Ihre größte Angst ist, dass er vor ihr stirbt. Ihre Gedanken wandern in die Vergangenheit. Viele Abende verbrachten sie einträchtig vor dem Fernseher, hinterher diskutierten sie stundenlang über die Filme. Sein großer Traum war es, Filmregisseur zu werden. Direkt nach dem Wehrdienst kellnerte er und legte jeden Cent zur Seite. Damals wusste er jedoch nicht, dass er jeden Cent brauchen würde, doch nicht für sein Studium, sondern für sein Kind. Ungeplant wurde Monika schwanger. Für Hans war klar, dass er für seine Familie seinen Wunsch an den Nagel hängt und einen soliden Beruf erlernt. Seinen Traum machte er zum Hobby und war Regisseur in seinen Videoaufnahmen mit Beatrix. Als sie älter wurde, drehten die beiden kleine Filme. Sie hat die Kostüme dafür geschneidert. Das Hobby verband ihre Familie. Als Beatrix in die Pubertät kam, verlor sie das Interesse daran und seitdem hat Hans die Kamera nicht mehr in die Hand genommen. Seit er in Rente ist, trifft man ihn vor dem Fernseher. Vielleicht wäre alles anders gekommen, wenn er seinen Traum hätte leben dürfen. Vielleicht stehlen einem die nicht-gelebten Träume die Lebendigkeit, sinniert Monika vor sich hin. Tief in ihrem Innern spürt sie die tiefe Liebe und Faszination ihrer Anfangszeit. Ob es irgendwann zu spät ist, seine Träume zu leben?

Ihr Mann öffnet die Augen und fährt schreiend auf. „Du bist da? Ich muss wohl eingeschlafen sein, als ich gewartet habe."

„Wieso wartest du hier im Dunkeln auf mich und liegst nicht im Bett?", fragt Monika.

„Ich habe mir Sorgen gemacht, weil du noch nicht da warst. Der Kurs geht doch nur 90 Minuten. Wenn ich im Bett liege, höre ich dich nicht. Im Sessel dachte ich, schlafe ich nicht ein."

Monika schwankt zwischen völlig genervt sein, denn natürlich hat sie es ihm, gefühlt tausendmal, gesagt, dass sie anschließend noch mit ins Bistro geht und gerührt sein, dass er sich nach all den Jahren noch Sorgen um sie macht. Hans teilt sie diese Gefühle jedoch nicht mit, sondern antwortet ruhig: „Wir gehen anschließend immer noch ins Bistro. Die Gespräche mit den anderen tun gut."

Hans murmelt leise vor sich hin, erhebt sich und sagt: „Komm, wir gehen ins Bett! Es ist spät."

Monika nickt. Gemeinsam gehen die beiden die Treppe nach oben in ihre getrennten Schlafzimmer. Sie wälzt sich im Bett hin und her. Der Schlaf stellt sich nicht ein. Stattdessen fallen Gedanken über sie her. Und die Kerngedanken gelten wie immer Beatrix und ihrer Familie. Ihre eigene Mutter hat erwartet, dass sie als gehorsame Tochter immer wieder einen Schritt auf sie zugeht. Doch, was, wenn Ragna Recht hat, und die Eltern für die Beziehung verantwortlich sind? Ob das auch gilt, wenn die Kinder erwachsen sind? Doch im Grunde ist es egal, wer verantwortlich ist oder anfangen sollte. Sie will das, was ihr wichtig ist, nicht verlieren. Sie weiß, sie würde es bereuen, wenn sie es nicht wenigstens versucht hätte. Für ihre Familie wird sie einen Weg finden, selbst wenn Hans auf seine Fernsehstunden besteht. Dann wird es eine andere Lösung geben. Vielleicht besteht die Lösung genau darin, das Fernsehen zu nutzen. Morgen wird sie mit Hans sprechen und sie werden eine Lösung finden. Sie kuschelt sich in ihre Bettdecke.

Ines

Müde öffnet Ines die Haustür. In letzter Zeit könnte sie nur noch schlafen. Sie kennt das schon. Immer wenn in ihrem Leben Entscheidungen gefragt sind oder Veränderungen eintreten, fällt ihr Körper in den Dauerschlafmodus. Eigentlich ist es völlig kontraproduktiv, dass sie nach dem Seminar noch mit ins Bistro geht. Sie weiß doch, dass ihr der fehlende Schlaf die restliche Woche nachhängt. Doch alle gehen mit. Sie mag nicht die einzige Spielverderberin sein. Dabei weiß sie genau, wie sie die Müdigkeit überlisten könnte. Sie müsste nur eins. Eine Entscheidung treffen und dazu müsste sie Stellung beziehen, gegenüber ihrem Mann.

Genervt seufzt sie auf. Wieso, bitteschön, brennt in der Küche noch Licht?! Und nicht nur ein kleines Licht, sondern die ganze Küche erstrahlt in Festbeleuchtung. Erbost betritt Ines die Küche und haut auf den Schalter. Einzig das Licht der Dunstabzugshaube erhellt nun den Raum und hüllt ihn romantisch ein. Eine Stimmung, die Jahrhunderte her zu sein scheint und die Ines schmerzlich vermisst. „Ein Licht reicht ja wohl", schnauzt Ines ihn an. Der Schmerz bewirkt, dass ihre Stimme pampiger klingt, als beabsichtigt.

Peter sitzt, über den Tisch gebeugt, da. Als sie das Licht ausschaltet, schaut er nach oben. Statt Begrüßung schiebt er ihr ein Heft entgegen. Sie nimmt es und liest: *Liebe Familie Berger. Leider kam es heute erneut zu einem Zwischenfall, bei dem ihr Sohn Levi der Urheber war. Daher bitte ich Sie, mir den Termin am Samstag (Elternsprechtag) um 16 Uhr schnellstmöglich zu bestätigen, da wir, ansonsten einen neuen Termin finden müssen. Ein Gespräch kann nicht weiter hinausgezögert werden, auch im Interesse Ihres Sohnes. Bringen Sie bitte Ihren Sohn mit. Gruß Frau Glasmann*

„Aber worum es genau geht, schreibt sie nicht", stellt Ines fest. „Hast du Levi nicht gefragt, was vorgefallen ist?? Ich unterschreibe und bestätige den Termin. Außerdem müssen wir jetzt mit den Kindern reden."

„Ich wollte Levi nicht fragen, da Malu die ganze Zeit dabei stand. Ich finde es wichtig, dass wir ihn unter vier Augen fragen. Er ist ja kein Strafgefangener. Und als Malu endlich schlief und ich zu Levi gehen wollte, da schlief er auch schon. Übrigens hat er sich in dein Bett gelegt", erklärt Peter und hängt direkt entschuldigend dran. „Ich wusste das nicht. Ich war bei Malu. Er hat mich nicht gefragt. Ich hoffe, ihr schlaft dadurch nicht zu unruhig."

Ines winkt ab, das ist im Moment wirklich das kleinste Problem. Viel wichtiger ist doch, ob Peter den genauen Termin wusste. „Wusstest du das genaue Datum des Elternsprechtags?"

Dieser schüttelt nur den Kopf und blättert im Heft eine Seite zurück und meint: „Hier steht der Termin und die Uhrzeit. Allerdings war keine Unterschrift von uns gefordert. Hat er bestimmt vergessen."

Ines schaut ihn nur stumm an. Doch tief in ihrem Herzen berühren seine Worte, die am Verglühen scheinende Flamme ihrer Liebe zu ihm. Dies ist der Grund, wieso die Flamme einst hell brannte, wegen seines Verständnisses für die Versäumnisse anderer. Doch sofort korrigiert sie sich, denn nicht sein Verständnis, sondern viel mehr sein Glaube an das Gute im anderen, hat ihre Liebe genährt. Wehmütig lächelt sie ihm kurz zu, bevor sie sich umdreht und nach oben schleicht. Auf halber Treppe bleibt sie stehen. Hitze überfällt sie, als ihr einfällt, dass sie den Termin sehr wohl kannte und ihn nur gut verdrängt hat. Genau wie Levi. Als sie ihr Schlafzimmer betritt, liegt Levi auf ihrer Seite des Ehebettes. Ihr Kopfkissen umklammert er fest mit beiden Armen. Ihre Bettdecke, in die er sich eingehüllt hat, hebt und senkt sich gleichmäßig. Auf Zehenspitzen schleicht Ines in sein Zimmer, greift sich sein Kopfkissen und seine Bettdecke und trägt beides in ihr Schlafzimmer. Sie legt sich auf das Bett, auf die Seite, auf der, vor gefühlt hundert Jahren, Peter geschlafen hat. Über Levi hinweg greift sie nach dem Wecker. Nachdem sie die Weckzeit eine halbe Stunde vorgestellt hat, stellt sie ihn auf den Nachttisch an ihrer Seite. Sie sinkt auf das Kissen und dreht sich auf die Seite. Wie viel näher die Tür auf einmal ist. Diese Sicht auf das Zimmer hat

Peter jeden Abend gesehen. Vielleicht verändert die neue Lage auch ihre Sicht auf Peter.

Viel zu früh klingelt der Wecker am nächsten Morgen. Kurz überlegt Ines, sich auf die andere Seite zu drehen, da fällt ihr der Eintrag im Heft ein. Sie setzt sich auf. Schuldbewusst sieht Levi sie an.

„Bist du schon lange wach?", fragt sie ihn.

Stumm nickt er. In seinen Augen sieht Ines reinste Verzweiflung. Ihr Herz quillt über vor Liebe und Verständnis. Sie hält die Arme auf und sieht ihn an. Er kuschelt sich an sie. Was auch immer passiert ist, scheinbar findet er für seine Verzweiflung kein Ventil. Sie streicht über seine Haare. „Magst du reden oder einfach kuscheln?", fragt sie ihn leise.

„Ich wollte Naima nur verteidigen. Paul macht sie immer nach. Nur weil sie nicht richtig reden kann. Sie kommt doch nicht aus Deutschland. Da habe ich ihn geschubst und dann ist er hingefallen, auf den Stuhl und hat laut geschrien. In dem Moment kam Frau Glasmann in die Klasse. Und sie hat auch geschrien. Hat mich gesehen und gesagt, ich würde ständig streiten. Und dann musste ich mich ganz hinten in die Klasse setzen. Dann ist sie mit Paul nach draußen gegangen und kam ohne ihn wieder. Was ist denn, wenn er jetzt tot ist, muss ich dann ins Gefängnis?" Die Worte sprudeln nur so aus ihm heraus. Bei den letzten Worten hebt er seine Augen und sieht

Ines an. Wo sie gerade noch reine Verzweiflung gesehen hat, erblickt sie jetzt Panik.

Beruhigend streichelt sie über seine Haare. „Nein, Kinder kommen noch nicht ins Gefängnis, selbst wenn sie etwas Schlimmes machen. Außerdem hätte Frau Glasmann uns direkt angerufen, wenn wirklich etwas Schlimmes passiert wäre. Du kannst sie in der Schule fragen, was mit Paul passiert ist und dich entschuldigen. Und außerdem finde ich es toll, dass du zu Naima gehalten hast."

Leise fragt Levi: „Ehrlich?"

Ines nickt, während sie weiter seine Haare streichelt.

Levi schüttelt den Kopf. „Ich gehe nicht mehr in die Schule. Die mögen mich dort nicht. Frau Glasmann schimpft immer nur mit mir. Auch wenn die anderen anfangen."

„Am Samstag sprechen wir alle mit Frau Glasmann", beruhigt ihn Ines.

Energisch schüttelt er weiter seinen Kopf. Unter Tränen stößt er hervor: „Ich kann nicht mehr in die Schule. Was, wenn Frau Glasmann immer noch so böse auf mich ist wie gestern und mich nur anschreit!" Immer wieder schluchzt er auf.

Ruhig streichelt Ines ihm weiter über die Haare. Langsam verstummen die Schluchzer. Ines wartet, bis er sich beruhigt hat. Das gibt ihr Zeit, über die nächsten Schritte nachzudenken.

„Und wenn ich mitgehe und mit Frau Glasmann rede? Heute schon?", fragt sie ihn mit leiser und ruhiger Stimme.

Levi nickt.

„Wann hast du bei Frau Glasmann Unterricht? Erst habt ihr Sport, oder?"

Levi nickt wieder. „Nach der Pause kommt sie", haucht er.

„Gut, lass uns aufstehen. Ich fahre dich in die Schule, spreche mit deiner Lehrerin und in der großen Pause treffen wir uns auf dem Schulhof und ich erzähle dir, was wir gesprochen haben."

„Ich gehe nicht in Sport. Was, wenn doch etwas Schlimmes mit Paul passiert ist?", fragt Levi.

Ines überlegt: „Und wenn wir jetzt Frau Glasmann anrufen und danach entscheiden, was wir machen?"

Zögerlich nickt Levi.

Sich fest an ihre Hand klammernd schleicht Levi neben ihr die Treppe nach unten. Während Ines eine Nachricht an ihre Kollegin schreibt und ihr grob die Geschichte erzählt, hört sie Peter und Malu im oberen Stockwerk miteinander sprechen. Warm wird ihr ums Herz, auf Peter kann sie sich verlassen, er erkennt ohne Worte, wo er helfen kann. Dass das keine Selbstverständlichkeit ist, weiß sie von ihren Freundinnen.

Fröhlich plaudernd kommen beide in die Küche. Peter lächelt Levi aufmunternd zu und streicht ihm liebevoll über die Haare. Dann wendet er sich an Ines und fragt: „Soll ich Malu in den Kindergarten bringen. Und Levi mitnehmen?"

„Kümmere du dich um Malu. Levi und ich haben schon einen Plan entwickelt", sagt Ines und zwinkert Levi freundlich zu. Schweigend sieht er sie mit großem angsterfülltem Blick an.

Fragend schaut Peter sie an. Er nickt Richtung Flur und flüstert leise: „Sollen wir mal rausgehen, während die beiden frühstücken?"

„Kurz", antwortet Ines und an die Kinder gewendet, „wir sind kurz im Flur."

Mit großen traurigen Augen sieht Levi seiner Mutter nach, fragend, ängstlich.

Als Peter mit Malu das Haus verlassen hat, greift Ines nach dem Handy. Bevor sie die Nummer eingibt, stellt sie sich aufrecht hin. Sie schließt die Augen und stellt sich vor, dass ihre Füße, Wurzeln gleich mit dem Boden verbunden sind. Sie spürt die Energie, die in ihr aufsteigt. Tief einatmend breitet sie ihre Arme aus und nimmt den Raum wahr, den sie einnehmen möchte. Selbstbewusst und überzeugend will Ines bei dem Telefonat auftreten, weiß sie doch, wie sehr die Einstellung auch durch das Telefon erkennbar wird.

Levi sitzt zusammengekauert auf dem Sofa. Seine Hände sind fest zu Fäusten geballt.

Ängstliche Augen sehen sie an, als sie den Hörer wieder auflegt. „Paul hatte nur eine Beule. Er bleibt bis morgen im Krankenhaus. Nur zur Beobachtung. So wie Thomas schon mal. Weißt du noch, als er vom Baum gefallen war? Das machen die im Krankenhaus immer aus Sicherheit. Außerdem hat sie gesagt, sie ist nicht mehr böse auf dich. Sie hatte auch einen großen Schreck bekommen und deshalb lauter geredet. Das hat ihr jetzt leid getan. Du sollst heute ruhig kommen. Und am Samstag kommst du mit zu dem Elternsprechtag. Und dann sehen wir weiter. Beruhigt?"

Levi nickt und flüstert: „Warum muss er im Krankenhaus bleiben? Vielleicht muss er doch sterben! Ich wollte das nicht. Ich wollte ihn nur sachte schubsen, damit er aufhört, sich lustig zu machen." Mit jedem Wort sackt er weiter in sich zusammen.

„Sollen wir ihn heute Nachmittag im Krankenhaus besuchen?"

Levi nickt. „Aber du gehst mit?! Können wir ihm auch ein kleines Auto kaufen für seine Rennbahn?"

„Na klar. Das mit dem Geschenk finde ich eine tolle Idee. Wir gehen natürlich zusammen. Ich frage Anton, ob Malu heute Nachmittag mit zu ihnen kommen kann."

Erleichtert nimmt Ines zur Kenntnis, dass sein Gesicht wieder entspannter aussieht, selbst seine Hände haben sich geöffnet und liegen gelöst in seinem Schoß. Zaghaft lächelt Levi sie an.

„Soll ich dich jetzt in die Schule mitnehmen?", fragt Ines. Sie hofft, dass er zustimmt. Je weiter er es hinausschieben wird, desto schwerer wird es für ihn werden. Und trotzdem ist sie offen für seine Entscheidung. Auf die Aussage von Frau Glasmann, sie solle ihn auf jeden Fall in die Schule schicken und keine Ausrede gelten lassen, antwortete sie ruhig, er wird für sich die richtige Entscheidung treffen.

Und so sitzt sie mit ihm, blickt nach vorne und lässt ihm die Zeit, die er braucht. Nach einer gefühlten Ewigkeit nickt er und sagt: „Gut, ich gehe. Sonst traue ich mich morgen auch nicht."

Sie lächelt ihn mit stolzem Mamablick an und sagt: „Eine gute Idee. Du schaffst das."

Er nickt, seinen Mund zu einem zarten Lächeln verzogen.

Samuel

Im letzten Augenblick bremst Samuel ab. Abrupt kommt das Auto zum Stehen. Jetzt hätte er vor lauter Nachdenken fast die rote Ampel übersehen. Während er darauf wartet, dass die Ampel auf Grün springt, wandert sein Blick zu einer Gruppe Jugendlicher, die eine Bank am Rand des anliegenden Parks belagern. Bestimmt rauchen sie einen Joint, da ist sich Samuel sicher. Auf einmal stutzt er, das ist doch Kalle, mit einer Zigarette in der Hand. Samuel hätte nie gedacht, dass er nochmal hoffen würde, dass sein Sohn nur eine Zigarette in der Hand hält. Hinter ihm hupt es. Wie lange die Ampel bereits grün zeigt, kann Samuel nicht sagen. Langsam fährt er an. Den Blick weiter auf die Bank gerichtet. Kalle oder der Junge, der aussieht wie er, steht auf und geht mit zwei weiteren Jungen in den Park.

Direkt nachdem er sein Haus betreten hat, hastet Samuel die Treppe nach oben und drückt vorsichtig die Türklinke an Kalles Tür hinunter. Erfolglos, die Tür ist, wie meist in letzter Zeit, verschlossen. Samuel beugt sich nach unten und schielt durch das Schlüsselloch. Alles schwarz. Na warte, Bürschchen, wenn wir uns morgen sehen, denkt sich Samuel und zieht sich ins Bad zurück.

Schwer steigt Samuel am nächsten Morgen aus dem Bett. Auf dem Weg zum Bad trommelt er gegen Kalles Tür. Kira schläft glücklicherweise bei Laura wie meist an den Seminartagen. Bevor Samuel sich auf den Weg in die Küche macht, schlägt er erneut fest mit seiner Faust gegen Kalles Tür.

Genervt dreht Kalle sich im Bett um. Er zieht seine Bettdecke über den Kopf. Sein Vater übertreibt es immer. Bis die Schule anfängt, hat er noch genug Zeit. Seine Zeitplanung ist genauestens abgestimmt. Aufstehen, anziehen, waschen, schafft er alles in zwanzig Minuten. Dann noch die zehn Minuten für den Fahrradweg und zehn Minuten, um fehlende Hausaufgaben abzuschreiben. Sind genau vierzig Minuten. Unter seiner Decke schielt er auf die Handyuhr. Bleiben ihm zwanzig Minuten zum Schlafen. Er dreht sich auf die andere Seite. Vorsichtshalber steckt er die Oropax in seine Ohren.

Erbost trampelt Samuel die Treppe nach oben. Zehn Minuten wartet er bereits auf Kalle. Das Frühstück steht bereit. Seine Fäuste schlagen gegen die Tür. Wütend ruft er: „Aufstehen. Und schließ, verdammt nochmal nicht immer deine Tür ab. Wir sind eine Familie, wir haben keine Geheimnisse voreinander."

Hinter der Tür bleibt es still. Dumpf dringt der Zorn seines Vaters an seine Ohren. Besser er lässt Englisch sausen, so entgeht er der lästigen Fragerei seines Vaters. Er stellt den Handywecker auf eine halbe Stunde später, drückt die Oropax fester ins Ohr und verschwindet tief unter seiner Decke.

Samuel hämmert weiter gegen die Tür. Jeder Schlag nährt seine Wut. Das hier ist zutiefst respektlos von seinem Sohn, ihn so gegen die Wand laufen zu lassen. Er hämmert und verachtet sich selbst für seine Hilflosigkeit, seine Verzweiflung. Warum, warum nur bist du so früh gegangen, Melanie. Du weißt doch, dass ich im Beziehungsaufbau ein Anfänger bin. Warum?? Er weiß nicht, was stärker in ihm tobt, die Verzweiflung oder die Wut. Er spürt die Tränen, die seine Augen fluten wollen. Das fehlt ihm gerade noch vor der Arbeit. Ein letztes Mal hämmert er mit Wucht gegen die Tür, dann dreht er sich um und eilt die Treppe hinunter. Er schlingt das Brot und den Kaffee hinunter und schlägt die Haustür mit einem lauten Knall hinter sich zu. Kann ihm doch egal sein, ob Kalle zu spät kommt. Es ist sein Leben und wenn er es gerade gegen die Wand fährt, bitte, dann ist das seine Entscheidung. Aber hinterher soll er nicht kommen und sich beklagen. Wutentbrannt steigt Samuel in sein Auto. Er dreht die Musik laut auf und startet. Zum Glück steht an dem Morgen kein Blitzer auf der Straße, die Wut schaltet jede Vernunft aus und weckt ihn erst wieder auf, als die Ampel auf rot springt und der Wagen vor ihm anhält. Hätte die vor ihm Gas gegeben, wären sie beide noch drüber gekommen, doch so. Er legt in letzter Minute eine Vollbremsung hin und merkt noch während er bremst, dass das vordere Auto einfach zu nahe steht. So kommt es, dass die Vollbremsung endgültig von dem Auto vor ihm gestoppt wird. Wütend haut er auf das Lenkrad, das kommt davon, wenn man bei leicht gelb bremst. Tief atmet er ein. Wut ist kein guter Konfliktlöser. Langsam öffnet er die Tür und geht auf das Auto zu. Seine ersten Gedanken, als die Frau aus dem vorderen Wagen steigt: 'Oh nein, wahrscheinlich dauert das jetzt Stunden, da sie sicher ihren Mann ruft.'

Die Frau sieht seinen Blick, zupft ihr Kopftuch zurecht, geht zum Kofferraum und sieht sich die Delle an, die sein Auto hinein gefahren hat.

Samuel begutachtet ebenfalls den Schaden und sagt: „Meine Schuld." Er klopft sich mit der Hand auf die Brust. Dann winkt er mit der Hand ab und sagt: „Keine Polizei."

Die Frau nickt und sagt: „Sind Sie in Ordnung? Die Polizei kommt in der Regel nicht, da es nur ein Blechschaden ist."

Erstaunt nickt Samuel. Da scheint jemand Ahnung zu haben. Da es der Dame ebenfalls an einer schnellen Abwicklung gelegen ist, fotografieren sie den Schaden, tauschen Telefonnummern aus und Samuel gibt ihr seine Versicherungsnummer.

Ines

Als es an der Haustür klingelt, hat Ines gerade den letzten gebügelten Pullover von Levi zusammengefaltet. Keine zwei Minuten später steht Magda an der Zimmertür und sagt: „Drehst du mit mir eine Runde? Ich brauche eine Auszeit von Familie und Arbeit. Mir fehlen unsere Treffen und Gespräche."

Ines strahlt. Die Worte streicheln ihre Seele und die hat es nötig. „Ich muss Peter fragen, ob er bei den Kindern bleibt", wendet sie ein.

„Schon geschehen."

Zehn Minuten später gehen die beiden mit strammen Schritt auf den Park am Ende ihrer Straße zu. Insgeheim hofft Ines darauf, dem Café am Ende des Parks einen Besuch abzustatten.

„Drei Kinder und der Mann in Elternzeit. Ich sage dir, dass ist eine Herausforderung. Sag mal, könnten die beiden Großen ein Wochenende bei euch übernachten? Anton und ich wollen Paarzeit verbringen", keucht Magda. Dieses stramme Tempo ist sie nicht mehr gewohnt.

„Klar", antwortet Ines, ohne nachzudenken.

„Obwohl..." Gerade noch rechtzeitig ist es Magda eingefallen. „Zwischen Thomas und Levi ist irgendetwas vorgefallen. Weißt du Näheres? Bestimmt hat Thomas Levi geärgert. Obwohl er behauptet hat, es wäre umgekehrt."

„Da hat Thomas sicher Recht. Levi macht gerade eine Krise durch. Die Lehrerin meint, er ärgert die anderen. Levi dagegen sagt, sie hat ihn auf dem Kicker und verdächtigt ihn, auch wenn die anderen angefangen haben. Letzte Woche hatte er einen Eintrag im Heft, weil er ein Kind geschubst hat und das ist blöd gegen den Stuhl gefallen. Dabei wollte er nur ein Mädchen verteidigen. Die Lehrerin hat uns angerufen und. Jetzt haben wir einen Termin beim Elternsprechtag", sagt Ines und spürt die Erleichterung, die ihr diese Offenbarung gibt.

„Levi??? Der ist doch der Friedensstifter schlechthin. Der hat doch sogar eine Streitschlichterausbildung." Erstaunt stoppt Magda ihre Schritte und schaut Ines entgeistert an.

„Na ja, eigentlich hat auch nicht Levi die Krise. Er ist nur der Symptomträger. Eigentlich haben Peter und ich eine Krise. Ich bin unzufrieden und weiß nicht, wie wir es ändern können."

„Ihr? Ihr wart immer unser Vorbild." Völlig perplex schüttelt Magda den Kopf. „Warum hast du denn nichts gesagt?"

Ines zuckt mit der Schulter. Kleinlaut gibt sie zu: „Ich habe gehofft, ich finde eine Lösung."

„Lasst ihr euch scheiden? Jetzt verstehe ich auch die Frage von Thomas, ob wir uns auch scheiden lassen", sagt Magda.

Ines schüttelt den Kopf. „Wir haben die Kinder zu lange im Dunkeln gelassen, da haben sie sich im Kopf alles mögliche ausgemalt. Gestern nun haben wir endlich mit ihnen gesprochen. Trennung ist die allerletzte Option. Ich hoffe, dass die Situation jetzt an Schrecken verliert, da wir darüber gesprochen haben."

Magda dreht sich zu Ines und nimmt sie in die Arme. Eng aneinandergeschmiegt halten sie sich fest. „Hätte ich nicht gedacht. Ihr wart immer das Traumpaar." Sofort unterbricht sie sich und ergänzt: „Tut mir leid, war ein blöder Ausspruch von mir. Ich finde es einfach nur schade. Falls du oder ihr Hilfe braucht, bei was auch immer, meldet euch."

Dankbar drückt Ines Magda, bevor die beiden sich wieder loslassen. „Erzähl mal wie läuft es bei euch?", fragt Ines, froh, von den eigenen Problemen abzulenken.

„Wir überlegen auch, wie es weitergeht", erzählt Magda. „Mir wird das alles zu viel. Die Familie, die Arbeit und der Druck für alles Finanzielle zuständig zu sein."

„Anton ist doch zuhause. Kümmert er sich nicht um die Kinder und den Haushalt?", fragt Ines erstaunt.

„Doch und zwar, genau solange, bis ich zuhause bin. Dann lässt er alles fallen und zieht sich zurück. Na ja, ganz so stimmt es nicht", stellt sie direkt klar, „es ist nur so, dass die Kinder an mir kleben, sobald ich zuhause bin. Und der Haushalt. Er sieht so viele Dinge nicht, die ich längst erledigt hätte. Fenster putzen, Beete anlegen. Er sagt immer, dass kann liegen bleiben, die Kinder gehen vor. Das Fazit ist, dass wir jetzt eine Tagesmutter suchen, zu der wir Mathilda stundenweise geben wollen, sobald sie 18 Monate ist, damit Anton wieder arbeiten kann."

Betroffen hört Ines zu. Sie hatte nichts von den Schwierigkeiten der beiden gemerkt. Außerdem bringen die Worte eine Seite in ihr ins Klingen. Tagesmutter, nochmal ein kleines Kind um sich haben. Das würde ihr Spaß machen.

„Habt ihr an Vormittags oder Nachmittags gedacht", fragt sie und versucht dabei einen möglichst unbeteiligten Eindruck zu machen. Denn erst einmal ist es nur eine Idee in ihr.

„Mal sehen, wahrscheinlich eher Vormittags", sagt Magda. „Also, falls du jemand kennst..."

Ines nickt und ob sie jemand kennt.

Samuel

Simone öffnet die Tür. Laura und Kira drängen nach einer kurzen, jedoch herzlichen Umarmung an ihr vorbei in Lauras Zimmer. Nachdem sie ihre Schultaschen in Lauras Zimmer geschmissen haben, verschwinden sie direkt wieder nach draußen.

Keine zehn Minuten später, Simone hat es sich gerade mit Jan bei einem Tee gemütlich gemacht, klingelt es erneut. Dieses Mal öffnet Jan und bringt Samuel mit in die Küche.

„Kira und Laura sind draußen. Ich kann sie dir später vorbei bringen", bietet Simone an.

Samuel schüttelt den Kopf. „Das kommt mir ganz gelegen. Ich brauche mal neutrale Ratgeber. Irgendwie befinde ich mich zur Zeit im Tunnel was Kalle anbelangt."

„Erzähl", fordert Simone ihn auf.

Samuel verzieht den Mund zu einem schiefen Lächeln, bevor er anfängt: „Gestern auf dem Heimweg habe ich Kalle gesehen mit einer Zigarette in der Hand. Also, ich glaube es war Kalle. Er war zu weit weg." Er unterbricht kurz, räuspert sich und fährt mit belegter Stimme fort: „Also ich hoffe, es war **nur** eine Zigarette und kein Joint."

„Hast du ihn gefragt?", erkundigt sich Jan.

Samuel schüttelt den Kopf. „Ging nicht. Er schließt seit kurzem sein Zimmer immer ab, als wolle er mir beweisen, dass er kein Vertrauen in mich hat. Und heute Morgen kam er nicht zum Frühstück, sondern blieb hinter seiner verschlossenen Tür. Dabei hat er mir erst neulich gesagt, dass er nicht raucht. Ich werde ihn zur Rede stellen, Leibesvisite machen. Außerdem hatte ich wegen ihm heute morgen einen Auffahrunfall. Kannst du jetzt verstehen, dass ich ihn zu einem Familienausflug zwingen muss?", fragend sieht er Simone an.

„Wegen ihm? Einen Unfall? Ich dachte du hast ihn heute noch gar nicht gesehen?!", fragt Simone verwundert.

„Na ja, indirekt. Weil ich so sauer auf ihn war, habe ich nicht aufgepasst", sagt Samuel.

„Da kann er nun wirklich nichts dafür. Dafür kannst du ihn nicht verantwortlich machen. Und mit dem zur Rede stellen......" Simone überlegt kurz, bevor sie antwortet: „Wenn du die Beziehung endgültig zerstören willst, würde ich das genauso machen und vielleicht noch Hausarrest. Und ach ja, den Schlüssel abnehmen."

Schweigend hört Jan zu. Mit seiner ruhigen Stimme wendet er ein: „Ich hatte verstanden, dass du dir gar nicht sicher bist, ob er es überhaupt war."

„Was soll ich denn jetzt machen?" Verzweifelt sieht Samuel die beiden an. „Ich habe Angst. Angst, dass ich ihn verliere und er auf die schiefe Bahn kommt."

„Erinnerst du dich noch an Luzie, die bei dem letzten Erziehungsseminar dabei war?", wendet sich Simone fragend an Jan. „Ihre Tochter hat gehascht und Luzie hat sich die schlimmste Zukunft für sie ausgemalt. Ragna hat sie daran erinnert, in der Gegenwart zu bleiben, zu sehen, was wirklich ist und das eigene Verhalten in der Gegenwart zu verändern. Und dann..."

Eifrig sieht Simone Jan an, stolz, dass ihr all diese Erlebnisse eingefallen sind. „...erinnerst du dich als Laura mich mit ihrer Fantasiefreundin in der Schule angelogen hat. Ich habe damals gar nichts gemacht und alles hat sich aufgelöst."

Jan unterbricht sie und sagt: „Du hast sehr wohl etwas gemacht. Du hast in eurem Alltag etwas verändert. Hast das Teeritual eingeführt und ihr mehr zugehört. Und somit ihr wahrscheinlich gezeigt, dass du ihr vertraust."

„Stimmt. Das hatte ich vergessen. Manchmal hilft nichts sagen. Sonst glaubt der andere schnell, sich verteidigen zu müssen", sagt Simone und wendet ihren Blick wieder Samuel zu. Nachdenklich hört Samuel den beiden zu. „Nichts-tun ist natürlich das Einfachste. Aber vermeide ich damit nicht nur die Situation?"

„Du sollst nicht Nichts-tun, sondern ihm dein Vertrauen zeigen, indem du zuhörst, ihn ernst nimmst, bei dem was er will. So einfach finde ich das nicht", stellt Simone ihre Antwort richtig.

„Sozusagen im Hintergrund die Weichen stellen", ergänzt Jan und grinst.

Die Türklingel unterbricht ihr Gespräch. Kurze Zeit später füllen die Erlebnisse der beiden Mädchen den Raum. Erleichtert über die Ablenkung lauscht Samuel ihren Erzählungen.

Voller guter Vorsätze geht Samuel mit Kira nach Hause. Ihr Mund steht auf dem Weg keine Minute still, wofür Samuel dankbar ist. Gibt ihm das doch die Möglichkeit über Kalle nachzudenken. Er wird ihn nicht auf das Rauchen oder den Park ansprechen, stattdessen darauf bestehen, dass sie gemeinsam Abendessen.

Eine halbe Stunde später sitzt er mit Kira und seiner mühsam unterdrückten Wut beim Abendessen. Dreimal hat er Kalle zum Abendessen gerufen, bevor nach oben gestürmt ist und an seiner Tür gerüttelt hat. Natürlich war sie wieder abgeschlossen, wie eine Riesenwelle breitete sich die Wut in ihm aus.

Vorsichtig betrachtet Kira ihn und flüstert: „Bist du wütend?"

Verkrampft lächelt Samuel sie an und schüttelt den Kopf. Seine Wut ist kein guter Ratgeber, um ihr jetzt zu antworten, das spürt

Samuel. Doch er merkt auch, wie der Zorn auf sich selbst wächst, denn mit seinem Schweigen knallt er wahrscheinlich die Tür zu seiner Tochter, die sowieso nur angelehnt war, zu. Und das alles nur, weil Kalle überhaupt nicht mit ihm kooperiert. Das restliche Abendessen verläuft schweigsam, Kira sieht aus, als würde sie jeden Moment in Tränen ausbrechen. Samuel streicht über ihre Hand und sagt betont freundlich: „Es ist alles gut. Mach dir keine Sorgen, wir bekommen das hin." Obwohl er **sie** dabei ansieht, ist es wohl eher ein Versuch, sich selbst zu beruhigen.

Kira schluckt, sieht ihn an und die Tränen brechen aus ihr heraus. Sie schluchzt und wimmert: „Ich vermisse Mama."

„Ich auch", flüstert Samuel und breitet seine Arme aus.

Schwerfällig steht Kira auf und kuschelt sich an ihn. Den Kopf an seine Schulter gelehnt, streichelt Samuel sachte über ihren Rücken. Als er spürt, dass ihr Kopf schwerer wird, schiebt er sie langsam von seinem Schoß und sagt: „Ich bringe dich jetzt ins Bett."

Eng aneinandergeschmiegt gehen sie nach oben. Während Kira ins Bad geht, setzt sich Samuel auf ihr Bett. Normalerweise wäre dies der Zeitpunkt, indem Samuel wieder nach unten geht. Kira ist schließlich alt genug, um alleine einzuschlafen, doch heute fühlt es sich anders an.

„Bleibst du noch bei mir, wie Mama immer?", fragt Kira ihn leise, als sie nach dem Waschen ins Bett kriecht.

„Ist sie bei dir geblieben, bis du eingeschlafen bist?", fragt er erstaunt.

Kira schüttelt den Kopf. „Nein, nur, bis wir uns drei schöne Dinge von dem Tag erzählt haben. Dann hat sie mir einen Kuss gegeben und ist gegangen."

„Wem hast du jetzt deine Geschichten erzählt?", fragt Samuel behutsam.

Mit einer Hand fasst Kira neben ihr Kopfkissen und hebt ihr Stofftier hoch, dessen Arm nur noch an einem Faden hängt. „Meinem Teddy", erklärt sie und drückt den Teddy fest an sich.

„Der Arm ist verletzt. Soll ich ihn ins Stofftierkrankenhaus bringen?", fragt Samuel.

Skeptisch sieht ihn Kira an. „Das geht nicht. Ich brauche ihn doch, um drei schöne Dinge zu erzählen."

„Das verstehe ich. Und wenn er nur tagsüber ins Krankenhaus geht? Und wenn du ab heute mir die drei schönen Dinge erzählst?" Vorsichtig sieht er sie an.

Zögerlich nickt Kira. „Versprochen, er geht nur tagsüber ins Krankenhaus. Weil, ich brauche ihn doch zum Einschlafen."

Samuel nickt und setzt sich zu ihr ans Bett. „Erzählst du mir, was heute schön war?"

„Das Schönste ist, dass du bei mir am Bett sitzt. Genauso wie Mama immer." Kommt ihre Antwort, ohne nachzudenken. Gerührt nickt Samuel. Ihm war gar nicht bewusst, dass sich Melanie abends zu Kira gelegt hat und insgeheim fragt er sich, welche weiteren Rituale ihm mit seinen Kindern noch entgangen sind.

Er antwortet ihr: „Das ich hier bei dir sitze ist auch mein schönstes Erlebnis." Als er die Worte ausgesprochen hat, ist ihm klar, dass er es genauso meint, wie er es gesagt hat. Er schmunzelt, als er feststellt, dass ihm seine magische Tochter nicht nur das schönste Erlebnis des Tages geschenkt hat, sondern dass sie auch seine Wut weggezaubert hat. Sachte streicht er ihr über die Haare, sein Blick und seine Gedanken in die Ferne gerichtet. Er spürt, wie alles an Bedeutung verliert, einzig dieser Moment zählt. Liebevoll sieht er sie an, längst ist sie eingeschlafen. Wie friedlich sie aussieht, wenn sie schläft. Wenn er einen Wunsch frei hätte, würde er sich wünschen, sie vor allem Leid zu bewahren.

Sachte nimmt er seine Hand von ihrem Kopf und steht auf. Leise schließt er die Zimmertür hinter sich und schleicht zu Kalles Zimmer. Er legt sein Ohr an die Tür und pocht sachte mit dem Finger dagegen. Er lauscht, doch es bleibt still. Doch statt Wut spürt er nur Bedauern, Bedauern über seine eigene

Unfähigkeit. Ein letztes Mal pocht er leise dagegen und flüstert zu der verschlossenen Tür: „Kalle, bist du da? Ich bin unten, falls du Lust auf Gesellschaft hast." Es bleibt still. Leise schleicht Samuel nach unten.

Nachdem er den letzten Teller zum Abtropfen auf die Ablage gestellt hat, hört er, wie die Haustür leise aufgeschlossen wird.

Noch bevor Kalle die Treppe hinauf huschen kann, tritt Samuel aus der Küche und stoppt ihn. „Hallo, lass uns doch mal reden. Woher kommst du?"

„Vom Fußball, wie jeden Donnerstag und Freitag", stellt Kalle kurz angebunden fest.

„Setz dich mal zu mir. Ich will mit dir reden!" Verblüfft nimmt Samuel wahr, dass sein Sohn der Aufforderung folgt.

„Was ist denn? Ich habe noch mega viele Aufgaben zu machen", sagt Kalle.

Jetzt bloß keinen Fehler machen, ermahnt sich Samuel, ist dies doch seine Chance. Zuhören, Interesse zeigen, gehen ihm die Tipps von Simone und Jan durch den Kopf.

„Wie viele Tore hast du geschossen?",fragt er ihn.

„Ich schieße keine Tore. Ich spiele in der Abwehr, wenn du weißt was das ist. Deshalb sollte ich mich jetzt setzen??" Herablassend sieht Kalle ihn an und steht auf.

„Ich wollte mit euch am Sonntag ein Familientreffen machen. Es geht um den Ausflug mit Simone und ihrer Tochter. Beim Familientreffen können wir abstimmen, ob wir alle hingehen." Samuel haut die Worte schnell heraus, bevor Kalle wieder nach oben verschwindet und die Gelegenheit verstrichen ist.

„So ein Kinderkram! Familientreffen - willkommen im Kindergarten. Ich geh sowieso nicht mit. Deshalb sollte ich mich setzen!!", regt sich Kalle auf und stürmt die Treppe nach oben. Zurück bleibt Samuel, der ihm verzweifelt nachsieht. Statt eine Brücke zu seinem Sohn zu bauen, hat er die nächste zum Einstürzen gebracht.

Simone

Lore steigt ein. Simone sieht sie erstaunt an und sagt: „Du strahlst ja. Was gibt es?"

„Stell dir vor. Emil und ich sind jetzt zusammen. Er ist so ein Schatz."

„Und wie kommt er mit Hanna klar?"

„Sie hat ihn nur kurz kennengelernt. Wir treffen uns an den kindfreien Tagen. Habe ich dir überhaupt erzählt, dass Hannas Vater sie seit unserem letzten Seminar regelmäßig abholt? Anfangs einen Tag am Wochenende, damit die beiden eine Beziehung zueinander aufbauen. Inzwischen schläft sie auch mal eine Nacht bei ihm."

„Wow", staunt Simone, „wie hast du ihn verzaubert?"

Lore lacht. „Erinnerst du dich? Beim letzten Seminar ging es doch um Beziehungen. Damals in der Meditation habe ich erkannt, dass ich gar nicht will, dass ihr Vater kommt. Ich glaube, ich war eifersüchtig, weil er die Bonuskarte gezogen hat. Er muss sich nicht um die Hausaufgaben kümmern oder auf gesundes Essen achten. Er macht einfach, was er will. Ich hatte Angst, dass sie ihn lieber mag", gibt Lore zu. „Puh, das war jetzt ein ganz schöner Vertrauensbeweis, dass ich dir das sage.

Hat lange gedauert, bis ich es mir gegenüber zugegeben habe."
Sie lacht.

Ihre Worte erwärmen Simones Herz. Nie hätte sie gedacht, dass Lore und sie mal Freundinnen werden und sie sich sogar freut, dass sie befreundet sind.

Inzwischen haben sie ihr Ziel erreicht, parken und betreten den Seminarraum. Direkt nach ihnen kommt Samuel und lässt sich auf den freien Stuhl neben Simone plumpsen. Fragend sieht sie ihn an. „Alles klar bei dir?"

Er flüstert: „Kinder sind schon eine Herausforderung. Jetzt habe ich auch noch ein Stofftierlazarett aufgemacht."

Fragend sieht Simone ihn an.

„Kiras Teddy fehlt ein Arm und nach langen Überredungs-künsten hat sie mir erlaubt, ihn im Stofftierkrankenhaus zu reparieren."

„Falls du Hilfe brauchst, sag Bescheid", sagt Simone.

Zufrieden lächelnd schüttelt Samuel den Kopf. „Schon erledigt. Patient lebt. Operation gelungen. Und bis auf mehrere blutige Stichverletzungen sogar glimpflich abgelaufen." Er zeigt ihr seinen zugepflasterten Zeigefinger. „Im Umgang mit meinem Sohn bräuchte ich jedoch sehr wohl einen weiblichen Rat", sagt Samuel. Simone nickt. „Nachher im Bistro, wenn du magst."

Kommunikation mit dem Herzen

Liebe verbindet die Menschen

Ragna wartet, bis alle Blicke auf ihr ruhen. Dann greift sie in ihre Hosentasche und holt einen handgroßen Gegenstand heraus. Als sie ihn zwischen zwei Fingern der anderen Hand hochhält, erkennen alle, dass es sich um ein Herz handelt.

„Ich trage das Herz meistens in meiner Hosentasche mit mir, damit ich mich immer daran erinnere, mit meinem Herzen in Kontakt zu sein. Viel zu oft, nehmen wir das Leben auf der Verstandesebene wahr. Wir sehen das scheinbare Verhalten des anderen und bewerten, ob es unseren Erwartungen und Vorstellungen entspricht. Mit dem Herzen sehen bedeutet tiefer sehen und die Beweggründe des anderen sowie unsere eigenen Gefühle und Beweggründe zu erkennen. Mit dem Herzen sehen, bedeutet den göttlichen Anteil im anderen und bei sich selbst zu sehen. Wenn wir mit dem Verstand das Verhalten des anderen bewerten, verschließen wir uns häufig, anstatt unser Herz zu öffnen. Doch damit schneiden wir uns auch von unserer Liebe und Herzlichkeit ab. Liebe dagegen will nicht siegen und bewerten, Liebe will den anderen verstehen. Durch die Liebe verändern wir uns. Durch unser verändertes Verhalten und durch die Liebe kann auch beim anderen etwas in Bewegung kommen, kann Heilung geschehen. Dies geschieht mit der

Liebe auf eine sanfte Art und längerfristig. Veränderung, die durch die Liebe in Bewegung kommt, setzt meist langsam ein und erfordert Geduld im Umgang mit uns selbst und anderen Menschen. Mit Gewalt verändern wir den anderen und die Situation vielleicht auch, doch auf Dauer zerstört Gewalt mehr."

Lore schüttelt den Kopf und wirft ein: „Unterschreibe ich nicht, das würde heißen, dass ich alles mit mir machen lassen soll. Gerade jetzt wo ich meine Grenzen entdeckt habe und lebe."

Ragna schüttelt den Kopf. „Ein wichtiger Einwand. Danke dafür. Die eigenen Grenzen abstecken heißt, dich ernst zu nehmen, für dich einzustehen. Wenn wir die Beweggründe des anderen und unsere erkennen, gelingt es uns besser auf einlenkende Art unsere Grenzen abzustecken. Das ist fast ein Seminarthema für sich", fügt Ragna hinzu.

Sobald Ragna stoppt, fragt Sarah neugierig: „Und wie verändere ich den anderen? Also nicht, dass ich es mit Gewalt probiert hätte. Ich bin für gewaltfreie Erziehung. Aber natürlich müssen die Kinder oder der Mann auch mal das machen was ich sage."

Weit beugt sich Simone zu Lore rüber und flüstert hinter vorgehaltener Hand. „Klar, sie weiß ja auch, was immer richtig ist."

Lore beäugt sie nur von der Seite und zieht mit ihrer rechten Hand eine imaginäre Schublade auf und wieder zu.

Ragna lächelt Sarah herzlich an und fragt: „Ist das so? Hast du eine besondere Situation im Kopf?"

„Na ja, die anderen müssen mir im Haushalt helfen, selbst wenn ich nicht berufstätig bin. Das steht mir zu!!!!", bestätigt sie ihre Worte und die drei Ausrufezeichen, die hinter den Worten stehen, sind für alle erkennbar.

„Ist die Frage, ob hier ein **Muss** hilfreich ist oder es nicht besser ist, wenn du dein Bedürfnis mitteilst und ihr gemeinsam überlegt, wer welche Aufgaben übernehmen möchte. Dann darfst du natürlich auch nicht erwarten, dass es genauso ausgeführt wird, wie du es dir wünscht. Denn je weniger andere beim Helfen kritisiert werden, desto lieber helfen sie."

„Geht uns Erwachsenen ja wohl genauso. Wenn ich ständig nur höre, was ich falsch gemacht habe, verliere ich auch die Lust, etwas zu machen", sagt Anton.

Schnippisch antwortet Sarah: „Das mache ich ja nicht." Mit Blick auf Ragna stimmt sie zu: „Danke, wahrscheinlich hast du Recht."

„Die Liebe lässt dem anderen den Raum zur Entwicklung, den er benötigt. Die Liebe weiß, alles hat seine Zeit. Manchmal wollen wir, dass der andere sich verändert, damit wir uns nicht verändern müssen. Und wie bereits gesagt, wenn wir uns verändern, verändert sich auch alles um uns herum. Wenn wir mit dem Herzen kommunizieren, bedeutet das im Grunde, alles was ihr bisher hier gehört habt, anzuwenden. Den eigenen Raum einnehmen, mit den eigenen Gefühlen im Kontakt sein, in der Gegenwart sein", ergänzt Ragna.

Ines gibt sich einen Ruck und sagt: „Das kann ich jetzt so gut gebrauchen. Zwischen meinem Mann und mir kriselt es gerade und den Kindern merkt man es an. Es schmerzt mich im Herzen, wenn ich die beiden erlebe. Malu zieht sich zurück und Levi, der früher als Friedensstifter bekannt war, stört in der Schule. Am liebsten hätte ich gerade eine Zauberfee, die alles wieder in rosa taucht. Aber irgendwie ist die abgehauen. Ich sage Sätze zu den Kindern, die ich nie sagen wollte, wir spielen ihnen vor, dass alles in Ordnung ist, dabei ist nichts in Ordnung. Wir tun so, als ob sie zu blöd wären, etwas zu merken." Die Worte sprudeln aus ihr heraus, als wären sie Gefangene, die aus ihrem Gefängnis ausbrechen. Abrupt stoppt sie und mustert die Gruppe unsicher. Wie diese wohl ihre Worte aufgenommen haben? Ob sie ihre größte Angst bestätigen, ihre Offenbarung als Schwäche abzuwerten? Ängstlich lässt sie ihren Augen von einem zum anderen wandern. Als sie in ein Meer aus verständnisvollen Blicken sieht und als sie dann noch Ragnas Blick ansieht, der voller Mitgefühl ist, entlässt sie den Atem, den sie unbewusst angehalten hat, in die Freiheit.

Ragna bestätigt mit warmer Stimme: „Es gibt Zeiten, da sollte die Zauberfee keinen Urlaub nehmen. Ich wünsche dir Kraft, für die nötigen Veränderungen, die du dir von der Zauberfee wünschst. Für unsere Gruppe hast du einen wichtigen Punkt aufgezeigt. Denn oft versuchen wir den Schmerz oder die Wut des Kindes wegzudrücken, da wir es nicht aushalten unsere Kinder so zu sehen. Dabei werden Schmerz, Trauer, Wut dadurch gelöst, dass wir darüber reden und weinen dürfen. Zur Lebendigkeit gehört eine Bandbreite an Gefühlen. Für Kinder ist es wichtig zu lernen, Gefühle auszuhalten, so erfahren sie, dass nach jedem Schmerz, der durchlebt werden durfte auch wieder Freude kommt. Lenken wir es daher ab, wenn es sich unwohl fühlt, nehmen wir ihm die Chance, dies zu erfahren und es besteht die Gefahr, dass es sich auch später bei schweren Situationen eher ablenkt, sei es mit Essen, Drogen, Fernsehen, es wird ihm auf jeden Fall schwerer fallen, Gefühle und Spannungen auszuhalten."

Mit Karacho saust Samuel in seine Angst um Kalle. Hoffentlich ist es noch nicht zu spät, ihn von der schiefen Bahn, auf die er ihn schlittern sieht, herunterzuholen. Es war ihm ganz Recht, dass die Kinder nach dem Tod ihrer Mutter wenig über ihre Gefühle gesprochen hatten, so konnte er seine eigene Trauer in Aktionismus umwandeln. Wenn Kira weinte, lenkte er sie oft mit etwas Schönem ab. Natürlich nicht sofort, doch sobald ihre Gefühle seine hervorlockten.

Ragna entzündet in der Mitte des Kreises die Kerze und legt ihr Herz daneben. Nachdem sie sich wieder gesetzt hat, leitet sie die Abschlussmeditation an. „Wir schauen in der Meditation auf den vergangenen Tag oder die vergangene Woche zurück. Als Beobachter und nicht als Akteur. Im ersten Schritt schauen wir uns eine Situation an, in der wir das Gefühl hatten, dem anderen nicht gerecht zu werden. Im zweiten Schritt nehmen wir unsere Gefühle und Gedanken dazu wahr und im dritten schauen wir uns an, wie wir sinnvollerweise reagiert hätten. Wenn ihr diese drei Schritte immer wieder anwendet, seid ihr irgendwann in der Lage, in kritischen Augenblicken euer eigener Beobachter zu werden und direkt in der Situation zu reflektieren und bewusst zu handeln."

Nach diesen Worten wartet Ragna bis sich alle zurechtgesetzt haben, dann leitet sie Stück für Stück die Meditation an.

Samuel sieht sich wieder mit Kalle am Tisch sitzen, sein missglücktes Gespräch und wie Kalle nach oben stürmt. Wieder einmal ist es ihm nicht gelungen, den Kontakt herzustellen. Wie hätte er besser auf Kalle reagieren können, was braucht er von ihm? Akzeptanz kommt ihm in den Sinn. Er sollte akzeptieren, wenn er den geplanten Familienrat doof findet, genauso wie den Ausflug mit Simone und Familie. Samuel merkt, wie erleichtert er nach dieser Erkenntnis ist.

Monika meditiert wieder über Beatrix. Da ihr keine direkte Situation mit ihr einfällt, meditiert sie darüber, wie sie den

Kontakt mit ihr wieder herstellen kann, trotz Hans und dem Fernseher. Eine vage Idee sucht sich einen Weg in ihr. Monika schmunzelt, als sie an all die schönen Filme denkt, die er damals mit Beatrix gedreht hat. Was wäre, wenn er die Filme heute mit seinen Enkeln dreht. Sie muss unbedingt die Videokamera suchen. Dann kann Beatrix doch nichts mehr gegen das Fernsehen sagen, oder?

Zufrieden sieht Simone auf ihren vergangenen Tag. Ihr Leben hat sich verändert, sie ist entspannter. Ihr Kontakt mit Laura ist gelassener und tiefer geworden. Konflikte schaut sie sich genauer an und ergründet die tieferen Beweggründe. Laura erzählt mehr von sich, seitdem auch Simone mehr von sich erzählt. Ihr Leben hat sich verändert auch dank Jan. Mit ihm reflektiert sie inzwischen ihr Verhalten, von ihm nimmt sie Kritik an. Seit sie entspannter geworden ist, vertritt sie sich gegenüber ihren Eltern besser. Ja, Simone ist rundum zufrieden, wenn da nicht Juliane wäre. Seit sie in ihr Leben getreten ist, fällt Simone immer wieder in alte Verhaltensmuster. Warum nur? Warum? Still lässt Simone Juliane vor ihrem inneren Auge erscheinen, in ihrem Bauch bildet sich ein Knoten. Sie hat Angst. Sie hat eine Scheißangst, Jan an sie zu verlieren. Neben ihr kommt sich Simone wie ein Mauerblümchen vor, fühlt sich hässlich und unfähig. Genau wie ihr als Kind immer wieder gesagt wurde. Nicht direkt, sondern durch das Verhalten, die Vergleiche mit anderen, an denen sie sich ein Beispiel nehmen sollte. Bevor Simone von dem Knoten aufgesaugt wird, dreht sie ihre Gedanken und überlegt, was sie verändern könnte. Sie könnte Jan fragen, ob er Juliane liebt. Andererseits darf er sie lieben, sie selbst hat ihn oft genug abblitzen lassen. Denn sie will nichts von Jan. Doch stimmt das wirklich? Simone atmet aus, atmet ein. Wie sind ihre Gefühle zu Jan? Haben sie sich durch die gemeinsame Wohnung verändert? Simone atmet aus, atmet ein und lässt ihr Herz zu ihr sprechen. Wach auf und steh zu deinen Gefühlen, scheint es zu flüstern.

Ines schaut sich die vergangene Zeit mit Levi an. Der Besuch bei Paul im Krankenhaus hat Levi gutgetan. Stolz ist sie, wie Levi sich bei ihrem gemeinsamen Gespräch mit der Lehrerin vertreten hat. Auf seinen Wunsch haben sie ihn reden lassen, nachdem sie kurz die Familiensituation erläutert haben. Frau Glasmann reagierte sehr verständnisvoll, so dass sie zufrieden aus dem Gespräch gegangen sind. Irgendwie hat dieser Konflikt die Beziehung zwischen ihr und Levi gestärkt. Das kommende Wochenende verreist sie alleine. Die Kinder wollten ohne ihren Vater nicht verreisen und so hat sie das Wochenende für sich reserviert. Ein Hotel mit Sauna, die sie ausnutzen möchte, bis jeder kleinste Nerv in ihr entspannt ist. Ein leichtes Unbehagen fühlt sie in sich, wenn sie an ihre Offenbarung vor der Gruppe denkt. Doch im Grunde ist sie erleichtert, dass sie niemandem mehr etwas vorspielen muss. Vielleicht ist das ein wichtiger Schritt, um heil zu werden, denkt sie sich.

Nachdem sie die Meditation beendet haben, seufzt Simone. Fragend sieht Ragna sie an.

Schnell sondiert Simone die Meditation. Die Gefühle zu Jan, das Gespräch mit ihrem Herzen verschweigt sie lieber. Hier braucht sie erst einmal selbst Klarheit. Da spricht sie lieber die Veränderung an, die immer wieder einen Rückwärtsgang einlegt. „Ich habe das Gefühl, ich trete immer wieder in alte Muster."

„Ja", bestätigt Ragna. „Genau wie es Zeit braucht, ein Verhalten zu lernen, braucht es Zeit, es wieder zu verlernen. Seid geduldig und milde mit euch. Entwicklung läuft spiralförmig nach oben. Das bedeutet, wir kommen immer wieder an alte Stellen, allerdings mit unserem neuen Wissen."

Sobald Ragna schweigt, beginnt Samuel. „Kalle war mein Thema jetzt in der Meditation. Mir ist bewusst geworden, wie ich seine Trauer nach dem Tod seiner Mutter ignoriert habe. Das Zerschlagen einer Beziehung geht schnell, an das Heilen werde ich mich jetzt wagen."

Alle sehen ihn aufmunternd an. Samuel merkt, wie gut ihm das tut und wie wichtig ihm die Gruppe geworden ist. An das Ende des Seminares mag er gar nicht denken.

Ragna sieht ihn an und sagt: „Dazu möchte ich direkt noch etwas loswerden. Wenn wir den anderen oder uns selbst ignorieren oder uns schweigend oder beleidigt abwenden, verschließen wir unser Herz und entziehen dem Kind oder uns selbst unsere Liebe. Doch das Kind ist auf unsere Liebe, unsere Zuwendung angewiesen. Wie an einer Mauer prallt sonst die vom Kind ausgesendete Liebe ab."

Samuel nickt. „Hundert Prozent mein Gefühl mit Kalle. Ich hoffe so sehr, dass sich unsere Beziehung noch verändert. Ein Highlight der Woche habe ich allerdings auch. Er hat sich zumindest zu mir an den Tisch gesetzt. Leider habe ich es nicht durch das Gespräch geschafft, engeren Kontakt herzustellen, doch ich arbeite weiter daran. Außerdem habe ich gerade in der Meditation erkannt, dass ich ihn entscheiden lasse, ob er mit auf den Ausflug kommt. Ich werde ihn mehr miteinbeziehen." Stolz sieht er zu Simone.

Diese strahlt ihn an und bestätigt: „Das ist ein toller Anfang."

Auch Ragna nickt ihm anerkennend zu. „Das klingt doch nach einem Schritt Richtung Heilung. Oft sind es falsche Denkmuster, die wir entwickelt haben und die unserem Kontakt mit dem Kind im Weg stehen. Wir denken, wir als Eltern müssten über unsere Kinder bestimmen und wüssten wie sie denken und fühlen. Anstatt unsere Kinder kennenzulernen, um sie zu verstehen, bewerten und kontrollieren wir sie. Und so verlassen wir den Kreislauf der Liebe und treten in den Kreislauf des Schmerzes. Um die Verbundenheit wieder herzustellen, ist es nötig, dass wir in Kontakt mit dem Kind treten, vor allem, wenn das Kind den Kontakt sucht. Falls wir das Kind verletzt haben, sollten wir uns entschuldigen und ihm kurz erklären, weshalb wir so gehandelt haben. Sich entschuldigen bedeutet, den anderen wahrnehmen in seinen Bedürfnissen und eigene Fehler erkennen. Mit der Entschuldigung lassen wir die Verantwortung für etwas bei uns. So", Ragna macht eine kurze Pause, bevor sie fortfährt, „damit entlasse ich euch in euer Nachseminarritual." Sie bläst die Kerze aus und steckt das Herz zurück in die Hosentasche.

Als anschließend alle das Bistro aufsuchen, schmunzelt Monika, der einzige Platz, der noch frei ist, ist neben Lore. Monika grinst in sich hinein, das kann kein Zufall sein, denn direkt gegenüber sitzt Simone. Monika spürt die Kraft, die ihr die heutige Meditation gegeben hat. Vielleicht ist das ein Zeichen, um den beiden mitzuteilen, dass sie ihre Frage nach der Leihoma verletzt hat. Doch sie kommt gar nicht dazu, davon zu reden, denn Lore fragt Monika direkt: „Hast du mal darüber nachgedacht? Das mit der Leihoma war ernst gemeint. Wie wäre es?"

Simone hält die Luft an, als sie das ernste Gesicht von Monika sieht. „Nur wenn du Zeit hast, natürlich. Und Lust.", hängt sie schnell hintendran.

Automatisch legt Monika ihre Hand auf den Bauch, sie atmet ein und holt sich die Stärke, die sie in der Meditation gespürt hat, zurück. Sie schluckt jedes schlechte Gewissen hinunter, genauso wie die Sorge abgelehnt zu werden, schließlich geht es um ihre persönlichen Grenzen und antwortet: „Wisst ihr, ich habe mein ganzes Leben für andere gesorgt. Jetzt bin ich dran. Wenn ich auch noch nicht weiß, wie die Veränderung aussehen wird." Sie schweigt, erdet sich fest in sich, fasst all ihren Mut zusammen und sagt: „Nein, ich will keine Leihoma sein. Ich freue mich, wenn ich auf meine Enkel aufpassen darf."

Unsicher sieht sie die beiden an. Hoffentlich nehmen sie es ihr nicht übel. Beide lächeln sie an. Lore sagt: „Kein Problem. Falls du es dir mal anders überlegst, sag einfach Bescheid."

Auch Simone nickt, lächelt und sagt nebenbei: „War nur so eine Idee. Kein Problem."

Ungläubig starrt Monika die Zwei an. In ihr wird es leicht. All die Gedanken, die sie sich im Kopf zurechtgezimmert hatte, nachdem die beiden sie gefragt hatten, waren genau das, von ihr gezimmert worden. „Ich dachte schon, ihr seid sauer", platzt es aus ihr heraus.

Simone und Lore werfen sich einen kurzen Blick zu. Simone beruhigt sie. „Wir haben ein funktionierendes Betreuungsnetz."

„Na ja, zumindest meistens", fügt Lore hinzu und ergänzt: „du wärst eine Bonus Betreuung gewesen."

„Weil wir dich bereichernd und reflektiert erleben", ergänzt Simone.

Fest presst Monika Daumen und Zeigefinger gegen ihren oberen Nasenrücken. Wenn sie nur fest genug presst, drängt sie hoffentlich die aufsteigenden Tränen der Erleichterung und Rührung zurück.

Simone und Lore mustern sie besorgt. „Das ärgert dich doch nicht, dass wir gefragt haben?"

Die Tränen zurückdrängend, schüttelt Monika den Kopf. Sie weiß, wenn sie jetzt redet, stürzen die Tränen aus ihr heraus.

Beruhigt wenden Simone und Lore sich Samuel und Ines zu, die neben ihnen sitzen.

Samuel dreht sich zu Simone und fragt sie: „Ich bräuchte deinen Rat, wie ich die Beziehung zu Kalle vertiefen kann."

Simone spöttelt: „Da fragst du die Richtige. Ich bin selbst so ein Beziehungstrampel. Vielleicht hat Ines einen Tipp?!" Ihre Worte unterstreicht sie mit einer Handbewegung Richtung Ines.

Erleichtert denkt sich Ines, dass ihre Selbstoffenbarung doch keine so großen Löcher in die Fremdwahrnehmung der anderen gerissen hat. „Bei uns läuft es beziehungstechnisch gerade auch nicht rosig, und daran trage ich einen großen Anteil. Falls ich euch trotzdem meine Ratschläge, um die Ohren schlagen soll, mache ich das jedoch gerne." Mit einem breiten Grinsen und einem großen Fragezeichen im Gesicht, sieht sie Samuel und Simone an.

„Klar, mach mal. Erschlage uns damit", kontert er ihre Worte.

„Nun denn. Dann kreisen wir den Kern der Ratschläge erst einmal ein. Was macht er gerne?", fragt Ines wieder ernst.

„Er spielt Fußball. Neuerdings sogar im Verein", erklärt Samuel.

„Dann trifft man euch doch bestimmt fast jedes Wochenende bei einem Fußballturnier", stellt Ines fest, froh, dass sie direkt einen guten Anknüpfungspunkt gefunden hat.

Samuel schüttelt den Kopf. „Die Eltern von seinen Freunden nehmen ihn mit."

„Das ist doch der ideale Türöffner. Wenn du ihn am Wochenende bei den Fußballturniers begleitest, hast du sofort Gesprächsstoff und zeigst ihm, dass du Interesse an seinen Hobbys hast", sagt Ines.

Den Rat hätte sie auch geben können. Simone stoßen die Worte von Ines auf, sie hat mal wieder, viel zu früh, ihre Kompetenzen abgegeben. „Jetzt dränge dich ihm bloß nicht auf", unterbricht Simone die beiden. „Sag ihm doch, dass du ihn gerne spielen sehen möchtest und frage ihn, ob du ihn fahren darfst. Damit er mitentscheiden kann."

Zustimmend nickt Ines. „Stimmt, das ist noch besser."

„Klingt gut. Danke euch beiden. Ich berichte", sagt Samuel und sieht sehr zufrieden aus.

Langsam leert sich die Runde. Samuel ist auf Toilette und Simone, Lore und Monika sitzen am Tisch. Das ist ihre Chance, denkt sich Monika, um den beiden ihre wahren Gefühle mitzuteilen. Sie fasst all ihren Mut zusammen und sagt: „Ich habe vorhin den Kopf geschüttelt, obwohl ich mich sehr wohl über eure Frage geärgert hatte. Nicht heute, aber neulich. Ich musste mich erst einmal sammeln."

„Welche Frage?", fragt Simone und sieht sie ratlos an. In Gedanken ist sie noch bei dem Gespräch mit Samuel und Ines. Lore stößt sie an und erklärt ihr: „Na, ob sie Leihoma wird, oder?"

Monika nickt.

„Oh", sagt Simone und sieht sie betroffen an. „Das tut mir leid. Das war doch nur eine Frage und nicht böse gemeint."

„Für euch war es eine harmlose Frage. Für mich transportierte sie meine gesamte Lebenssituation in sich. Alle erwarten von mir, dass ich mich kümmere und für andere sorge. Ich gebe und gebe und wenn ich etwas für mich unternehmen möchte, wächst das schlechte Gewissen in mir. Ich bin in die Fußstapfen meiner Mutter getreten. Etwas, das ich niemals wollte. Beim letzten Seminarabend habe ich erkannt, dass ich eine Mauer aus schlechtem Gewissen um mich herum aufgebaut habe. Da könnt ihr natürlich nichts dafür."

Betreten hören die beiden ihr zu. Was für eine Lawine ein lustig gemeinter Satz auslösen kann. „Danke, für deinen Mut, uns das zu sagen", sagt Simone und streicht Monika sachte über ihren Arm. Lore steht auf, breitet ihre Arme aus und sagt: „Lass dich drücken."

In diesem Augenblick kommt Samuel zum Tisch zurück, sieht die Gruppe verwundert an und sagt lachend: „Da gehe ich kurz auf Toilette und schon verpasse ich eine Gruppenorgie. Welche Verbrüderung hat hier stattgefunden?"

Simone sieht Monika an und sagt: „Frauensache."

Der dankbare Blick von Monika bestätigt ihr, dass sie richtig reagiert hat.

Als Simone und Lore später im Auto sitzen, stellt Simone fest: „Eine patente Frau die Monika. Schade, dass Beatrix sie nicht zu schätzen weiß."

Lore wiegt ihren Kopf hin und her und sagt: „Wir haben natürlich mit ihr auch keine Vergangenheit erlebt. Bei Beatrix hängt ein langer Schwanz dran, nämlich die gesammelten Kindheitserfahrungen. Von daher, freuen wir uns, dass wir durch Monika einen andern Blick auf unsere Eltern bekommen. Vielleicht. Wenn wir wollen.", schiebt sie nach und grinst breit.

Anton

Als Magda mit Mathilda auf den Arm das Wohnzimmer betritt, sitzt der Rest der Familie bereits im Wohnzimmer. Vor jedem Platz steht ein Glas und vor Magdas Platz liegt neben dem Glas noch ein Schnuller für Mathilda. Emma hält den Redestab in der Hand. Außerdem liegen ein Block und ein Stift vor ihr. Emma ist heute die Protokollführerin und die Verantwortliche für die Familienkonferenz. Magda ist immer wieder erstaunt, wie ernsthaft alle jeden Monat dabei sind, sich gegenseitig aussprechen lassen und gemeinsam Lösungen finden.

Nachdem Mathilda geboren war, wurde sie wie selbstverständlich in die Runde aufgenommen. Da sie jedoch nicht für sich sprechen konnte, überlegten alle gemeinsam, welche Bedürfnisse Mathilda hat und wie sie diese zeigt. Eine Familienrunde ist Magda besonders im Gedächtnis geblieben. Mathilda war knapp drei Monate alt, Thomas hielt den Redestab in seiner Hand und beschwerte sich, dass seine Eltern, besonders Anton mit ihm schimpfe, wenn er Mathilda schaukele.

„Ich habe Sorge, dass du ihr wehtust und das nicht merkst", erklärte ihm Anton.

Magda lehnte sich zurück. Sie lauschte der Diskussion und genoss es, einfach nur Zuhörerin zu sein. Denn die meisten

Kämpfe focht Anton mit den drei Kindern aus. Anfangs war das anders, sie vermittelte, wenn Konflikte zwischen den einzelnen Parteien entstand, bis Anton in einer Familienrunde sagte: „Jeder sollte seine Konflikte alleine lösen und das hier ist meine Baustelle. Die löse ich mit den Kindern. Sollten wir Hilfe brauchen, melden wir uns." Seitdem schweigt Magda und ist selbst überrascht, wie entspannend das für sie ist.

Fassungslos sah Thomas seinen Vater an. „Glaubst du, ich will Mathilda weh tun? Sie ist doch meine Schwester. Ich bin doch der große Bruder."

Eins zu eins hörte Anton sich sprechen. Wie oft sagte er zu Thomas: „Sei doch vernünftig. Du bist der große Bruder."

Während des Gespräches überlegten sie, woran sie erkennen könnten, dass es Mathilda zu viel wird. Am Ende einigten sie sich darauf, dass Anton auf das Gesicht von Mathilda achtet, wenn sie lacht, mischt er sich nicht ein, doch sobald sie weint, darf er einschreiten. Seitdem ist es friedlicher zuhause. Thomas ist im Umgang mit seiner Schwester vorsichtiger und achtet genau auf ihren Gesichtsausdruck.

Heute nun ist Emma für die Gesprächsrunde zuständig. Magda greift nach dem Schnuller und sagt: „Danke, dass du ihn bereit gelegt hast. Dann brauche ich nicht aufzustehen, wenn Mathilda ihn braucht."

Hochkonzentriert sieht Emma sie an, einzig das Strahlen in ihren Augen zeigt, wie stolz sie die Bemerkung ihrer Mutter gemacht hat. Emma greift nach dem Zettel, der vor ihr liegt. Auf diesem stehen die Themen, über die die Familie reden möchte. Da Emma noch nicht in die Schule geht, haben sie es sich zur Gewohnheit gemacht, vor jeden Wunsch den Anfangsbuchstaben des Vornamens zu schreiben. Einzelne Buchstaben kennt Emma schon. Mit lauter Stimme beginnt Emma: „Wir fangen jetzt unsere Familienrunde an. Unser erster Wunsch ist von Mama." Mit diesen Worten reicht Emma den Zettel und den Redestab an Magda weiter.

„Ich wünsche mir, an einem Wochenende mit eurem Vater zu verreisen. Die genauen Pläne würde ich gerne mit euch besprechen."

Sofort wirft Thomas ein: „Ich schlafe bei Leon." Sofort hält er sich die Hand vor den Mund, immerhin hat er noch keinen Redestab. Als ihm das einfällt, werden seine, gerade noch strahlenden Augen wieder ernst.

Entsetzt sieht Emma ihn an. „Und ich?", dann fällt ihr Blick auf Mathilda und sie ergänzt: „Und Mathilda?"

„Wer ist denn Leon? Kannst du nicht dieses Mal nochmal bei Ines schlafen?", fragt Magda mit genervter Stimme. Sie war davon ausgegangen, dass beide Kinder begeistert vorschlagen würden, bei Ines schlafen zu wollen. Und jetzt macht Thomas ihr einen dicken Strich durch die Rechnung.

„Leon ist in meiner Klasse. Er ist mein bester Freund. Ich will auch mal ohne Emma wo schlafen", erklärt Thomas. Bereits wesentlich selbstsicherer, nachdem er gemerkt hat, dass seine Mutter nicht über seinen Zwischenruf schimpft.

„Wie dein bester Freund? Ich dachte Levi ist dein bester Freund?", lässt Magda nicht locker.

Mist, denkt sich Thomas, er will seiner Mutter nicht sagen, dass Levi immerzu Streit anfängt und er gar nicht mehr richtig mit ihm spielen kann. Thomas weiß genau, was seine Mutter dann sagt. Levi und du ihr wart gute Freunde. Auch in Durststrecken hält man zu seinen Freunden. Um weiteren Diskussionen zu entgehen, lenkt Thomas widerwillig ein. „Dann schlafe ich auch bei Ines.."

Bis auf Thomas sehen alle hochzufrieden aus. Magda beugt sich zu Thomas und bestätigt ihm: „Du wirst sehen. Es wird bestimmt toll. Und bei Leon schläfst du einfach wann anderes."

„Mathilda schläft dann bei mir und Malu", sagt Emma und sieht dabei Mathilda an.

Anton und Magda tauschen einen kurzen fragenden Blick aus. Ermunternd nickt Magda ihm zu. Anton legt seine Hand auf Emmas Arm und sagt: „Finde ich toll, dass du das anbietest.

Dieses Jahr ist Mathilda noch zu klein. Sie schreit oft nachts, will Fläschchen trinken und braucht eine neue Windel. Sie ist gewöhnt, dass wir das machen. Weißt du, sie ist so klein, dass sie das nicht versteht, wenn auf einmal alles anders ist."

Ernst hört Emma zu, man sieht, wie es in ihrem Köpfchen rattert. Mit ernster Stimme sagt sie: „Ach so. Genauso wie sie noch zu klein für unsere Runde ist. Da muss sie schon größer sein, so wie ich, oder?"

„Ganz genau. Und wenn du dann immer noch möchtest, kann Mathilda auch mal mit dir, der großen Schwester, bei Ines schlafen", stellt Anton erleichtert fest.

Große Schwester, Emma lässt das Wort auf ihrer Zunge zergehen. Sie setzt sich gerade hin, mit würdevollem Blick nimmt sie den Redestab wieder in die Hand. Zum Glück ist ihr das gerade noch eingefallen, dass Papa da nicht dran gedacht hat?!

„Vielleicht kannst du das im Protokoll festhalten", rät Anton.

Emma nickt und zeichnet viele kleine Männchen auf das Papier. „Mama, mit welchem Buchstaben fängt Mathilda an?"

„Genau wie meiner. Ein M wie Mama und Magda. Brauchst du Hilfe?", fragt Magda mit weicher Stimme.

Energisch schüttelt Emma den Kopf und beginnt ein M unter ein Männchen zu malen. Ines und Malus Anfangsbuchstaben kennt sie schon. Zwischen sich und Mathilda malt sie ein Bett und verbindet das ganze in einem schiefen Herzen.

Liebevoll lächelt Magda Anton an. Auch wenn er nicht alles so perfekt wie sie hinbekommt, so hat er doch eine tolle Art auf die Kinder einzugehen. Innerlich klopft Magda sich selbst auf die Schulter, noch vor anderthalb Jahren hätte sie sich nicht so gut zurücknehmen können.

Nur Thomas sieht missmutig in die Runde. Er hätte so gerne bei Leon geschlafen. Leon ist der coolste Junge in der Klasse. Er hat einen Bruder, der schon in der fünften Klasse ist und wenn der großzügig ist, darf Leon mit den großen Jungs Fußballspielen. Und er hat Thomas versprochen, wenn er mal bei ihm schläft, gehen sie beide mit. Wahrscheinlich besteht seine Mutter dann darauf, dass er Levi auch mitnimmt. Als wären sie Zwillinge!

„Warum schaust du so finster?", fragt Anton und sieht Thomas an. Der zuckt nur mit den Schultern und sagt: „Nix."

Warnend sieht Magda Anton an, sie sieht gerade ihr Wochenende in der Ferne verschwinden, wenn Thomas zurückrudert und darauf besteht, bei Leon zu schlafen.

Schnell greift sie den Redestab und beginnt mit einem neuen Thema.

Monika

Respekt beginnt damit, die Eigenheiten des anderen zu respektieren. Diesen Satz sagt Monika vor sich hin, als sie den Frühstückstisch wie gewohnt deckt. Schweigend sitzen sie beieinander. Hans verfolgt die Nachrichten im Fernsehen. Nachdem die Wettervorhersage das Ende eingeläutet hat, beginnt Monika: „Gestern habe ich mich erinnert, welche tollen Filme du mit Beatrix gedreht hast, als sie noch klein war. Unsere Enkelkinder haben wir noch nicht oft in Filmen festgehalten."

Hans winkt ab. „Die Zeit ist vorbei. Außerdem weiß ich gar nicht, wo die Kamera ist. Du räumst doch immer alles weg."

Monika merkt, wie seine Ablehnung zu bröckeln beginnt. Sofort springt sie auf den fahrenden Zug auf. „Ich weiß wo sie ist. Würdest du dann wieder filmen? Marie-Lou hat sicher großen Spaß daran, sich einen Film zu überlegen." Monika hat sich im Vorfeld auf alle Eventualitäten, die ihr eingefallen sind, vorbereitet. Den Nachmittag nach dem Seminar verbrachte sie auf dem Dachboden, suchte die Videokassetten und die Kamera. Sie freute sich, wie ein Kind an Weihnachten, als sie alles gefunden hatte. Und genau wie früher setzte sie ihrem Mann gegenüber ihr Pokerface ein, als er sie fragte: „Was hast du am Dachboden gemacht? Du strahlst wie ein Engel an Weihnachten."

„Aufgeräumt." War ihre knappe Antwort gewesen. Für das Gespräch mit ihm wollte sie genau den richtigen Zeitpunkt abwarten. Und der ist ihrer Ansicht nach jetzt gekommen. Dass er nicht direkt ablehnt, scheint ihr Recht zu geben.

Noch etwas widerwillig nickt Hans.

Das reicht Monika als Zustimmung. Als sie sicher ist, dass Marie-Lou in der Kita ist und Beatrix wieder zuhause, ruft sie Beatrix an. Diese hat auf dem Weg Simone getroffen. Simone, die ihr von ihrer Mutter vorschwärmte.

„Mensch, du kannst so dankbar sein, dass Monika das Seminar besucht. Die gibt sich solche Mühe, dich zu verstehen und mit dir an einem Strang zu ziehen. Meine Mutter trägt statt dessen ihre Fahne hoch auf der steht: Ich alleine weiß, was richtig ist und ich sage dir, was du alles falsch machst."

Die Worte haben etwas in Beatrix bewirkt. Es ist, als hätten sie eine Tür zu ihrem Herzen geöffnet. Als sie nun die Telefonnummer ihrer Mutter sieht, ist sie milde gestimmt.

Vorsichtig begrüßt Monika sie. Genau achtet sie auf die Worte, die ihr von Beatrix entgegenkommen. Erleichtert nimmt sie die entspannte Stimme von Beatrix wahr. Sie beginnt direkt:

„Erinnerst du dich noch an die Filme, die du als Kind mit deinem Vater gefilmt hast?"

Beatrix lacht. „Klar, wir hatten Requisiten und alles gebastelt. Das war eine richtige Gaudi. Würde Marie-Lou sicher auch gefallen."

Heftig nickt Monika, bevor ihr einfällt, dass sie am Telefon ist. Sie stimmt ihr zu: „Ich habe schon mit deinem Vater gesprochen. Er freut sich sehr, wenn er mit Marie-Lou auch Filme drehen kann. Vielleicht kann er auch Lennard mit einbeziehen." Dass sich die Freude in Grenzen hielt, verschweigt sie. Schließlich dient die Notlüge einem guten Zweck.

Beatrix ist von der Idee begeistert und die beiden verabreden, dass Beatrix am nächsten Wochenende mit der Familie vorbei kommt. „Dieses Wochenende sind wir mit Freunden unterwegs", erklärt Beatrix. Das ist Monika sehr recht, verschafft es ihr doch zwei Wochen Zeit, um Hans positiv zu stimmen.

„Was soll ich kochen? Und Kuchen? Wollt ihr Kuchen essen?", fragt Monika vorsichtig, weiß sie doch, wie dünn das Eis ist.

„Essen gerne, Kuchen nicht", ist die knappe Antwort von Beatrix, „sollen wir etwas mitbringen, damit du nicht soviel Arbeit hast?"

„Nein, nein", wehrt Monika sofort ab. „Lass dich mal von mir verwöhnen. Mit zwei kleinen Kindern gibst du soviel."

Nachdem alles geklärt ist, beenden sie das Telefonat.

„War das Beatrix", ruft Hans ihr zu, nachdem sie aufgelegt hat. „Und kommen sie mal wieder vorbei?"

„Nächstes Wochenende", sagt Monika und betritt das Wohnzimmer.

„Ist sie endlich zur Vernunft gekommen!", stellt Hans fest.

Schweigend geht Monika in die Küche.

Samuel

Ein explosives Gemisch der Gefühle tobt in Samuel. Dabei hatte er sich fest vorgenommen, jede Antwort seines Sohnes zu respektieren. Der Tag hatte so gut angefangen. Gemeinsam mit Kalle hat er Kira zur Magda gebracht. Wie vorher ausgemacht, schlief Kira bei Laura, damit er und Kalle den Abend als Männerabend nutzen konnten. Hatte Samuel gedacht....

Bevor sie zum Stadion fuhren, holten sie noch zwei Freunde von Kalle ab. Ohne Sieg zwar, doch dafür erschöpft und heiser, traten sie drei Stunden später die Heimfahrt an.

Zurück in Düsseldorf fragte Samuel die Kumpanen seines Sohnes, wohin er sie bringen solle. Und da begann das Drama. Denn Kalle antwortet sofort: „Du kannst uns am Rand der Altstadt rauslassen. Wir wollen zum Rhein."

Entgeistert starrte Samuel ihn an. „Ich dachte, du und ich, wir gehen noch etwas essen." Vorbei sein Traum von einem harmonischen Männerabend. Er hatte sogar mit dem Gedanken gespielt, mit Kalle ein Bier zu trinken, immerhin war er 15. Stattdessen lag wieder ein langer einsamer Abend vor ihm. „Wir holen uns Pommes von der Bude. Kannst aber gerne etwas dazu geben", sagte sein Sohn völlig selbstverständlich.

Samuel war drauf und dran, den Spuren seines Vaters zu folgen und diese Aufforderung klar abzuweisen, er war nicht ihr Goldesel. Dann fiel ihm die letzte Meditation ein, er besah sich von außen und dachte, da bin ich tüchtig auf meine eigenen Erwartungen reingefallen.

Er gab den Jungs Geld, setzte sie ab, bekam es gerade noch hin, ihnen viel Spaß zu wünschen und Kalle zu sagen, dass er vor 22 Uhr zuhause sein solle, was einen Augenverdreher zur Antwort hatte, dann fuhr er los. In sich ein Gefühlswirrwarr. Dafür hat er Kira weg organisiert und sich somit die Chance genommen, jetzt Trost bei Simone und Jan zu suchen. Sie könnten ihm helfen, seine Sicht der Dinge gerade zu rücken. Wenn er trotzdem zu ihnen fährt, schimpft Kira mit ihm, da sie sicher denkt, er holt sie ab.

Ach, denkt er sich, ist auch egal. Statt auf den Parkplatz zu fahren, wendet er und fährt zu Simone.

Wie erwartet fällt die Begrüßung von Kira sehr frostig aus. „Oh Papa, ich wollte hier schlafen. Was machst du hier?"

Hilfesuchend sieht er Simone an, nach der Abfuhr mit Kalle gibt ihm diese Begrüßung den Rest. Freut sich eigentlich keiner seiner Kinder, wenn er kommt?

„Du kannst hier schlafen", sagt er schnell und versucht den begeisterten Gesichtsausdruck seiner Tochter nicht persönlich zu nehmen.

„Ihr zwei geht jetzt wieder in euer Zimmer und wir trinken erst einmal Tee", sagt Simone und zeigt mit ihrer Hand zum Wohnzimmer. „Du kannst schon zu Jan gehen. Der hätte sogar ein Bier, falls dir das lieber ist und ich koche einen Tee." Mit diesen Worten geht Simone in die Küche.

Sobald Samuel durch die Tür ins Wohnzimmer getreten ist, umhüllt ihn eine Welle der Akzeptanz. Jan, der auf dem Sofa sitzt, strahlt ihn an und sagt: „Schön, dass du da bist."

„Endlich einer der sich freut, mich zu sehen", sagt Samuel und grinst. Die Akzeptanz, die Jan ausstrahlt, lässt ihn leichter, die Reaktionen seiner Kinder akzeptieren.

Simone stellt vor Samuel eine Tasse Tee, nachdem dieser ein Bier abgelehnt hat. In kurzen Worten berichtet er von dem Tag.

Simone grinst und meint: „Manchmal kommt es mir vor, als sende uns das Leben Prüfungen, ob wir das, was wir bereits erkannt haben, auch anwenden können. Ich bin schon so oft an den Prüfungen gescheitert. Inzwischen akzeptiere ich das einfach, denke dann, ich gehe weiter und bestehe hoffentlich die nächste Prüfung."

„Immerhin durfte ich das Fußballspiel sehen und die Jungen fahren", redet Samuel sich diesen verkorksten Tag schön.

Jan erhebt sich. Auf dem Weg in die Küche fragt er Samuel: „Isst du mit uns zu Abend?"

Dieser verzieht seinen Mund und sagt: „Von mir aus gerne. Nur..... Kira wird nicht begeistert sein."

Sein zerknirschter Gesichtsausdruck erinnert Simone an ihre Vergangenheit, als sie bei Laura das Gefühl hatte, ständig gegen eine Wand zu laufen. Wie dankbar war sie damals für Jan, der ihr zur Seite stand. Schnell erwidert sie daher: „Wir erlauben den beiden ein Picknick im Garten. Wirst sehen, damit punkten wir."

„Isst du jetzt mit?", ruft Jan aus der Küche. Abwartend sieht Simone Samuel an. Dankbar nimmt dieser die Einladung an.

Nachdem Samuel seiner Tochter dreimal bestätigt hat, dass sie bei Laura schlafen darf und er sie nicht kontrollieren will, sondern Simone und Jan auch seine Freunde sind, ist sie mit seiner Anwesenheit einverstanden. Das Abendessen zieht sich in die Länge, längst liegen die Mädchen im Bett und schlafen fest, während die drei Erwachsenen noch zusammen sitzen.

Als Samuel zuhause ankommt, hat der neue Tag bereits angefangen. Leise schleicht er die Treppe nach oben. Er weiß zwar nicht, wie er erkennen soll, dass Kalle da ist, wenn die Zimmertür abgeschlossen ist....

Doch ein Vater gibt niemals auf, spricht er sich selbst Mut zu. Leise drückt er die Türklinke von Kalles Zimmertür nach unten. Drückt dagegen und ....stolpert ins Zimmer. Mühsam bemüht das Gleichgewicht zu halten. Sein erster Blick fällt auf das Bett und eine Welle der Liebe und Erleichterung schwappt in ihm hoch. Dort liegt Kalle, seine lockigen Haare lugen unter der Bettdecke hervor. Das es in dem Zimmer wie in einem Puma-Käfig riecht, schiebt Samuel als Bagatelle beiseite.

Ines

„Drei Pizzen sollen wir den Fiedlers mitbringen und wir nehmen auch drei. Oder?", fragt Ines und dreht sich zu Levi nach hinten.

„Teilst du dir eine mit Malu?" Ermunternd lächelt Ines ihn an.

Levi nickt. Er hätte wahrscheinlich allem zugestimmt, zutiefst sitzen Angst und Scham der vergangenen Ereignisse noch in seinem Nacken. Er wollte immer alles richtig machen, doch alle schimpfen nur noch mit ihm. Seit er diese Angst in sich hat, dass seine Eltern sich scheiden lassen, fühlt sich alles falsch an. Seine Hand wandert in seine Hosentasche. In ihr hebt er den Knautschball auf, den ihm Frau Glasmann bei dem Gespräch gegeben hat. Bevor er das nächste Mal etwas Unüberlegtes tut, soll er den Ball drücken. Dabei weiß er gar nicht, wann etwas unüberlegt ist. Paul hätte doch gar nicht aufgehört, wenn er nur geredet hätte.

Peter parkt das Auto in zweiter Reihe und eilt, nachdem Ines ihm die Bestellung mitgeteilt hat, in die Pizzeria.

Während sie auf die Pizzen warten, wendet sich Ines erneut Levi zu. „Es kann sein, dass Magda oder Anton uns fragen, wie das Gespräch mit Frau Glasmann lief. Was sollen wir antworten? Sollen wir sagen, dass es gut war wir jedoch nicht darüber reden wollen. Oder ???? Du bestimmst was wir erzählen."

Mit gesenktem Blick flüstert Levi: „Gar nicht sagen."

„In Ordnung", stimmt Ines zu und fährt direkt fort. „Hast du mit Paul alles geklärt?"

Schweigend nickt Levi, obwohl gar nichts geklärt ist. Er möchte einfach nur vergessen und obwohl Paul wieder zuhause ist, sitzt Levi immer noch die Angst gepaart mit Schuld im Nacken. Gönnerhaft nahm Paul das Auto entgegen und fragte erstaunt, ob das sein Ernst sei, nur ein Auto. Sofort versprach ihm Levi, von seinem nächsten Taschengeld ein weiteres zu kaufen. Hauptsache dieses Gefühl im Nacken verschwindet.

Die Pizza in der Hand betreten sie kurze Zeit später das Haus ihrer Nachbarn. Emma wartet bereits an der Haustür, greift sich die Hand von Malu und zieht sie hinter sich her in den Garten. Levi steht unentschlossen neben den Erwachsenen.

„Thomas ist in seinem Zimmer. Geh doch zu ihm. Wir rufen euch, sobald wir die Pizzen ausgepackt haben", sagt Magda zu Levi und schiebt ihn Richtung Treppe. Levi krallt seine Finger in den Pullover seiner Mutter, schüttelt den Kopf und verzieht sich hinter ihr. Ines legt den Arm um ihn und sagt: „Du kannst auch hier bleiben, bis wir essen." Sie dreht sich zu Magda und fragt: „Soll ich dir noch etwas helfen?"

Mit einem Blick, dem anzusehen ist, dass sie sehr zufrieden mit sich ist, sagt Magda: „Du kennst mich doch. Natürlich habe ich längst alles vorbereitet."

Gemeinsam gehen die beiden in die Küche. Auf der Anrichte stehen Servierplatten bereit. Ein breites Schmunzeln überzieht Ines Gesicht. „So kennen und lieben wir dich", sagt sie.

Mit einem breiten Grinsen sieht Magda Ines an, dann macht sie mit ihrer Hand eine einladende Bewegung. „Das Herrichten auf den Platten ist dein Part. Ich hole währenddessen die anderen von oben."

Peter hat indessen seinen Arm um Levi gelegt und ihn ins Wohnzimmer geschoben. Aus dem Fenster beobachten sie die beiden Mädchen, die im Garten spielen.

Magda eilt die Treppe nach oben und kehrt kurze Zeit später, mit Thomas und Anton im Schlepptau, zurück. Nachdem sich alle begrüßt haben, öffnet Anton die Terrassentür und ruft die beiden Mädchen. An den Händen haltend sausen sie herein. Wer von ihnen mehr strahlt, lässt sich nicht erkennen. „Wir teilen uns eine Pizza", rufen sie ihnen entgegen.

Ines sieht ratlos auf die beiden Jungen, die steif nebeneinanderstehen, sorgsam darauf bedacht, sich nicht zu nahe zu kommen. Genervt zieht Magda ihre Augenbrauen nach oben, hoffentlich geht das nicht den ganzen Abend so. Als Ines die hochgezogenen Augenbrauen von Magda sieht, möchte sie die beiden Jungen am liebsten in den Arm nehmen. War sie selbst gerade noch völlig genervt von ihnen, ist sie nun voller Verständnis und Anteilnahme. Es ist, als ob dieser Blick den Schleier vor ihren Augen weggezogen hat, sie sieht die beiden in ihrer Hilflosigkeit, den entscheidenden Schritt aufeinander zuzugehen und ihr wird klar, Hilflosigkeit ist auch das Gefühl, weshalb sie genervt ist. Denn sie hat keine Idee, wie sie mit der Situation umgehen könnte. Und doch sieht sie es als ihre Aufgabe, den beiden den Weg zu weisen, auch wenn sie im Moment selbst keine eins im Problemlösen verdient hat, ehrlicherweise noch nicht mal ein befriedigend. Krampfhaft sucht sie die Zipfelchen guter Laune in ihrem Innern zusammen, verpackt diese in ein verständnisvolles Lächeln und dreht sich zu den beiden. „Wie wäre es? Teilt ihr euch die andere?"

„Och nööö", regt sich Thomas auf.

Ines bricht es das Herz, als sie sieht, wie ihr Sohn bei den Worten weiter im Erdboden zu versinken scheint. Magda dagegen stupst ihren Sohn sachte gegen die Schulter. „Komm, gib dir einen Ruck."

„Ich will aber eine ganze Pizza", grummelt dieser vor sich hin.

„Die schaffst du doch sowieso nicht", sagt Magda ungerührt, „außerdem hat Ines für euch Kinder zusammen nur zwei mitgebracht."

Peter hebt die Hände hoch. „Das war unser Fehler. Was haltet ihr davon, wenn wir die Pizzen in Stücke teilen und wir teilen alle miteinander."

„Wir wollen aber eine Pizza zusammen essen", schmollen Malu und Emma.

„Das könnt ihr auch", beruhigt Ines die beiden Mädchen, bevor sie sich an die Jungen wendet, „ist doch eine gute Idee, die Papa hatte. Und die Mädchen teilen sich ihre Pizza." Über die Köpfe der Kinder hinweg, lächelt sie ihren Mann zustimmend an, bevor sie Magda und Anton in die Küche folgt. Nachdem Magda auf jede der Servierplatten eine Kuchenschaufel gelegt hat, reicht sie eine an Anton und die andere an Ines. Mit großen Schritten eilt sie den beiden voraus in das Wohnzimmer zu den anderen.

„Jetzt kommt ins Esszimmer, bevor die Pizzen endgültig kalt geworden sind", fordert Magda alle auf und treibt sie mit ihren Händen wedelnd vor sich her. Staunend bleibt Ines an der Tür stehen. „Wow. So festlich habe ich selten Pizza gegessen", stellt sie fest, als sie den gedeckten Tisch sieht. Liebevoll gefaltete Servietten stehen auf den Tellern, neben denen Gabeln und Messer liegen.

Malu läuft zum nächstgelegenen Platz, nimmt behutsam die Serviette in die Hand und zeigt sie ihrer Mutter. „Ein Schwan", sagt sie ganz verzaubert.

Stolz nickt Emma. „Den haben wir für euch gebastelt."

„Genau. Die Plätze mit Schwan sind für die Kinder", erklärt Magda.

„Dann sitzen wir wohl bei den Fächern", sagt Ines und geht zu einem Platz. Mit einem Blick auf die Gabeln und Messer, die neben jedem Teller liegen, stellt Ines fest: „das Praktische am Pizza essen ist doch, dass man sie mit den Fingern essen kann und hinterher das Spülen wegfällt."

„Genau, für die Schweinchen unter uns, die mit den Fingern essen wollen, liegen die Servietten bereit", sagt Magda und zwinkert ihnen freundlich zu, „Emma erklärt euch jetzt, wo ihr sitzt."

Bevor Emma zu der Serviette sprinten kann, auf der ein großes M steht, stoppt Magda sie. „Nur erklären. Dann kann jeder selbst seinen Platz suchen. Du kannst es an deiner Serviette erklären", rät ihr Magda. Mit stolzem Mutterblick ergänzt sie sofort: „Emma hat die Buchstaben selbst geschrieben."

„Ja, ich kann nämlich schon schreiben", sagt Emma und ihre Augen funkeln, wie kleine Sonnen. Während Emma auf einen Platz zugeht, sieht sie fragend ihre Mutter an, wie um sich zu vergewissern, dass sie die Richtige nimmt. Magda nickt ihr ermunternd zu. Emma greift sich den Schwan und zeigt auf das große E. „Mein Platz, denn ich heiße Emma. Das fängt mit E an. Du hast ein M, weil dein Name fängt mit mmmm an", erklärt Emma Malu. „Wenn du das noch nicht lesen kannst, helfe ich dir. Ich weiß das nämlich schon."

„Genau und wenn ich mal ergänzen darf. Auf jede Serviette hat Emma den Anfangsbuchstaben eures Namen geschrieben. Dann sucht mal..."

Alle, bis auf Emma und Magda schlendern am Tisch entlang und suchen ihre Servietten. Emma steht hinter ihrem eigenen Platz und sieht den anderen aufmerksam zu.

Anerkennend nickt Ines Magda zu, geschickt hat diese somit jeder Diskussion über die Sitzplatzwahl, den Wind aus den Segeln genommen.

Emma und Thomas greifen Messer und Gabel, als sie jedoch sehen, dass sowohl Malu und Levi, als auch Ines und Peter die Pizzastücke mit der Hand greifen, werfen sie ihrer Mutter einen fragenden Blick zu. Magda grinst und meint: „Wir können ruhig alle Schweinchen sein. Dafür gibt es ja die Servietten und bei Pizza und Pommes darf man das auf jeden Fall, wenn man will." Daraufhin greift sie selbst mit der Spitze ihres Zeigefingers und Daumen ein Stück Pizza. Erleichtert legen Emma und Thomas ihr Besteck zur Seite und greifen ein Stück mit der Hand.

„Wo ist denn Mathilda?", fragt Ines und schaut fragend zu Anton. Kauend deutet er nach oben.

„Die schläft", antwortet Magda an seiner Stelle. „Es ist sehr entspannt mit ihr. Meistens hat sie wohl eine eingebaute Antenne, mit der sie ahnt, ob sie stört."

„Bei zwei großen Geschwistern ist es kein Wunder, dass sie entspannt ist. Es ist meistens jemand für sie da. Wahrscheinlich ist sie froh, wenn sie in Ruhe gelassen wird", erklärt Anton.

„Esst ihr eure Pizzastücke nicht zu Ende?", fragt Ines, als sie auf die Teller der beiden Mädchen schaut. Beide schütteln den Kopf. „Satt", kommt es wie aus einem Mund.

Thomas grinst vielsagend Levi an. Gerade mal zwei Stücke haben die beiden geschafft und das zweite noch nicht einmal komplett. Das sieht bei ihm und Levi ganz anders aus. Er hat sich bereits das vierte Stück genommen und Levi genauso. Sie sind halt älter. Dankbar lächelt Levi zurück. Als zehn Minuten später auch die Jungen satt sind und fragend zu Magda sehen, erlaubt diese: „Ihr könnt aufstehen, Händewaschen nicht vergessen und in eure Zimmer gehen. Seid leise, damit Matilda nicht aufwacht."

Thomas fragt Levi: „Soll ich dir meine Legoburg zeigen? Du darfst sie allerdings nicht kaputt machen."

Sofort nickt Levi und sagt: „Ich habe jetzt einen Ball, wenn ich wütend werde." Er kramt in seiner Hosentasche und holt den weichen Ball heraus.

„Cool", stellt Thomas fest. „Mit dem können wir sogar im Zimmer spielen. Vielleicht sollte ich auch öfter wütend werden."

„Wag dich nicht", sagt Magda, dabei droht sie ihm grinsend mit erhobenem Zeigefinger.

Nachdenklich blickt Anton ihnen nach. „So einen Knautschball bräuchte ich auch manchmal, wenn mir die Geduld ausgeht mit der ganzen Familienbespaßung."

„Ich würde liebend gerne den ganzen Tag Kinder bespaßen, statt arbeiten zu gehen", rutscht es Ines heraus.

„Ich dachte du gehst gerne arbeiten", stellt Peter fest und sieht sie fassungslos an.

„Bevor die Kinder kamen, ja, da war es eine schöne Abwechslung. Aber seit die Kinder da sind, hätte ich gerne mehr Zeit für sie und für mich." Ines spricht die Worte mehr zu sich selbst. Sie ist selbst erstaunt, wie klar ihr das gerade geworden ist. Zu spät, denkt sie bei sich, wenn Peter und sie weiter in die jeweils andere Richtung laufen, wird sie froh sein, eigenes Geld zu verdienen.

Aufmerksam hört Magda zu. „Ich könnte das gar nicht. Nur zuhause sein... Ich brauche meinen Beruf als Abwechslung zum Familienleben. Aber...." Sie macht eine kurze Pause, bevor sie fortfährt: „.....etwas haben wir doch gemeinsam. Wir wünschen uns ein Wochenende ohne Kinder."

Alle nicken. Aus dem Babyphone ertönt leises Gewimmer und zeitnah ruft Thomas von oben: „Mathilda weint. Wir waren ganz leise."

Anton steht auf und sagt: „Da möchte wohl jemand auf sich aufmerksam machen. Denn Mathilda nehmen wir natürlich in das Wochenende mit."

Thomas sieht Anton bereits von der oberen Treppenstufe entgegen. Erneut verteidigt er sich: „Wir waren nicht laut."

Beruhigend streicht ihm Anton über die Haare. „Mathilda hat Hunger und wäre aufgewacht, egal ob ihr laut seid oder nicht."

Erleichtert zieht sich Thomas wieder in sein Zimmer zurück.

Magda steht ebenfalls auf und bereitet das Fläschchen in der Küche zu.

Ines und Peter sehen den beiden nach. Als sie alleine sind, starrt jeder von ihnen angestrengt in eine andere Richtung. Leise räuspert sich Peter, sieht Ines an und fragt fassungslos: „Warum hast du denn nie etwas gesagt?"

Ines zuckt nur mit den Schultern, als ob hier und jetzt der richtige Zeitpunkt wäre, über ihre Ehe zu sprechen. „Bitte, Peter! Nicht jetzt!"

„Gib unserer Ehe noch eine Chance. Lass uns ein Wochenende alleine verreisen, dann können wir in Ruhe alles besprechen. Bitte, mach es deinen Kindern zuliebe", beschwört Peter Ines.

Wie hypnotisiert starrt Ines weiter in die entgegengesetzte Richtung von Peter. Seine Worte dringen zu ihr durch, anstatt jedoch darauf zu antworten, fragt sich Ines, bis zu welchem Augenblick kann eine Ehe gerettet werden und wann spricht man von Zerrüttung. Und wenn ja, ist dieser Punkt bei ihnen bereits eingetreten? Doch wie wird sie das erkennen, wenn sie nicht bereit ist, etwas Neues zu wagen.

Langsam wendet sie ihren Kopf hin zu Peter. „Vielleicht hast du Recht. Vielleicht sollten wir das tun. Vielleicht lässt es uns erkennen, wo wir mit unserer Ehe stehen."

Sie hören Anton die Treppe herunterkommen. Eng drückt er Mathilda an sich und betritt das Esszimmer. Als er jedoch die ernsten Gesichter von Ines und Peter sieht und die Spannung wahrnimmt, die zwischen den beiden knistert, hält er abrupt inne.

„Ich sehe mal nach, wie weit das Fläschchen ist." Mit diesen Worten dreht er sich direkt wieder um und eilt in die Küche. Strahlend sieht Magda den beiden entgegen.

„Gerade fertig geworden. Gibst du sie mir?" Mit diesen Worten streckt sie ihre Arme zu Mathilda. Kaum sichtbar lehnt diese sich zu ihrer Mutter und beginnt erneut zu greinen. „Das ist deine Flasche. Wir gehen hoch ins Schlafzimmer, dort bekommst du sie", redet Magda, auf die immer lauter werdende Mathilda ein. Das Fläschchen in der einen Hand, Mathilda auf dem anderen Arm steigt Magda die Treppe nach oben, leise mit Mathilda flüsternd. Anton folgt ihnen. Er verspürt keinerlei Lust, den Paartherapeut für Ines und Peter zu geben.

Verwundert sieht Magda ihn an, als er nach ihr das Schlafzimmer betritt. „Setzt du dich nicht zu Ines und Peter?"

„Ich glaube, Zeit nur mit sich tut ihnen gerade gut und als Therapeut bin ich nicht geeignet", antwortet Anton und sieht sie gespielt entsetzt an.

Verständnisvoll lächelt Magda ihm zu. Die nächsten Minuten sind erfüllt von friedvollem Schweigen. Einzig die schmatzenden Geräusche von Mathilda sind zu hören.

Gemeinsam gehen die drei nach unten, als Mathilda ihre Mahlzeit beendet hat. Ines und Peter schauen ihnen erleichtert entgegen, als sie das Zimmer betreten. Ohne auf die Stimmung zwischen den beiden einzugehen, beginnt Magda: „Worüber hatten wir nochmal gesprochen, bevor Mathilda wach wurde? Ach ja, über unsere kinderfreien Wochenenden. Was haltet ihr davon, ein Wochenende nehmt ihr unsere Kinder, und ein Wochenende wir eure. Zeit als Paar tut sicher gut."

Kurz tauschen Ines und Peter einen Blick, bevor beide nicken. Magda holt ihr Handy hervor, scrollt durch ihren Kalender und sagt: „Wir haben jedes Wochenende Zeit. Wie sieht es bei euch aus?"

„Besucht ihr nicht deinen Vater Sonntags?", fragt Ines erstaunt.

„Früher schon. Inzwischen haben wir die Besuche in sporadisch umgewandelt. Da er immer schimpft, egal ob wir kommen oder nicht, dachten wir uns, dann hat er wenigstens einen Grund und merkt vielleicht, dass ihm etwas fehlt und das zu einer gelingenden Beziehung beide Seiten beitragen müssen und nicht nur die Kinder für die Eltern verantwortlich sind", erklärt Magda mit ruhigen Worten.

Erneut nicken Ines und Peter. Ines erklärt: „Nächstes Wochenende verreise ich erst einmal alleine. Danach können wir nach einem Termin Ausschau halten."

Den Blick fest auf Peter gerichtet, spricht sie weiter: „Bevor wir gemeinsam ein Wochenende verbringen, brauche ich Klarheit für mich."

Mit feuchten Augen sieht Peter sie an. Stumm nickt er.

Gelassenheit und Ruhe in sich finden

Selbsterkenntnis ist der Weg zur Selbstannahme

In der Mitte des Raumes liegt ein großes Herz aus Papier. In der Hand hält Ragna einen Pfeil aus Pappe, der auf beiden Seiten eine Spitze hat. Nachdem sich alle gesetzt haben, kniet sich Ragna neben das Herz und legt den Pfeil an den Rand, so dass die eine Spitze nach außen und die andere nach innen zeigt. *Selbsterkenntnis* steht auf dem Pfeil. Mucksmäuschenstill ist es in dem Raum, die fröhlichen Unterhaltungen auf dem Weg zum Seminar sind der Neugier gewichen.

Ragna zählt ihnen die Wörter, die sie in das Herz schreibt, auf: „Zufriedenheit, Gelassenheit, Liebe und Glück und und und."

Ragna erhebt sich und setzt sich. „Wir können das Glück noch so sehr außerhalb von uns suchen, wir finden es nur in uns. Kinder sind noch mit diesen Schätzen in ihrem Herzen verbunden."

„Schade, dass wir sie irgendwann verloren haben. Wie kann ich das bei meinen Kindern verhindern?", fragt Anton.

„Wie immer, indem wir unsere Kinder ernst nehmen, sie dabei bestärken, auf sich zu hören und ihnen erklären, wenn wir ihre Bedürfnisse und Wünsche nicht erfüllen können. Das ist der eine wichtige Aspekt, der andere ist wie meist, dass wir es ihnen vorleben, indem wir uns selbst ernst nehmen", zählt Ragna die Punkte auf.

„Sicher ist es auch wichtig, dass wir nicht danach schauen, wie wir vor den Mitmenschen dastehen, oder?", fragt Monika, „bei meiner Generation war es wichtiger, welchen Eindruck die anderen von einem haben. Der schöne Schein."

„Wichtiger Punkt. Den du erwähnst", bestätigt ihr Ragna.

„Wenn ich jetzt an unseren ersten Abend denke, da ging es um den Samen, der nährende Erde zum Gedeihen braucht. Das spielt doch auch eine Rolle, oder?", will Lore wissen.

Ragna nickt. „Manchmal passt die Umgebung nicht, in der wir uns befinden oder die Menschen um uns herum, hemmen unsere Entwicklung. Da hast du Recht, darauf sollte man auch ein Augenmerk haben."

„Bei den Kindern ist es doch genauso. Sobald wir im Außen etwas verändern, wachsen sie, wo vorher Stillstand war. Habe ich bei meiner Ersten erlebt. Im ersten Kindergarten war sie schüchtern, hing, während der Eingewöhnungszeit nur an mir und sprach so gut wie gar nicht. Und sie war damals bereits knapp über vier Jahre, als sie in die Kita kam. Ein halbes Jahr schaute ich mir das an, überredete sie jeden Morgen, bis ich sie wieder raus genommen habe. Das war ein schwerer Schritt, ich hatte Angst, dass sie dann nie wieder in eine Kita will. Die Trennung mit ihrem Vater fiel damals in die Zeit, vielleicht ist es ihr deshalb so schwer gefallen, mich gehen zu lassen. Sie wusste ja nicht, was in der Zeit zuhause passiert", erzählt Marie.

„Ich dachte ihr seid verheiratet?", fragt Sarah verwundert.

„Jetzt mit Tom bin ich verheiratet. Und mit ihm habe ich zwei Kinder. Simon, der Vater meiner ältesten Tochter Lena und ich haben uns, als sie vier war, getrennt", sagt Marie. Sie schweigt, runzelt die Stirn und fährt fort: „jetzt habe ich den Faden verloren."

Auf einmal hellt sich ihr Blick auf und sie fährt fort: „Stimmt, ich wollte von der Kita erzählen. Die zweite Kita hat uns beiden auf Anhieb gefallen, sie wollte direkt mit den Kindern spielen. Ich war ganz verblüfft."

„Hast du sie direkt mitgenommen?", fragt Sarah erstaunt. „Klar. Ich habe vorher mit ihr gesprochen und ihr versprochen, wenn es ihr nicht gefällt, gehen wir wieder. Ich glaube, genau dieses Versprechen hat ihr Sicherheit gegeben. Ich habe ihr die Wahl gelassen. Von Anfang an ist sie gerne hingegangen", sagt Marie. Ihr Gesicht strahlt. „Und soll ich euch etwas sagen. Auf einmal ist sie auch körperlich gewachsen. Es war, als hätte sie vorher alle Energie für die Bewältigung des Alltages in der Kita gebraucht." In Erinnerung an die Situation bestätigt Marie ihre Worte mit einem kräftigen Nicken.

Zustimmend nickt Ragna ihr zu. „Es lohnt sich, auf die eigene Zufriedenheit und Selbstliebe zu achten und diese zu nähren.

Wenn wir mit uns zufrieden sind, treten wir anders in Kontakt, als wenn wir genervt und unzufrieden sind. Wer sich selbst liebt ist in der Lage, andere bedingungslos zu lieben. Sonst ist unsere Liebe oft davon abhängig, ob der andere unseren Erwartungen, unseren Vorstellungen entspricht und diese erfüllt. Die bedingungslose Liebe dagegen nimmt den anderen und sich selbst an, ohne ihn verändern zu wollen. Diese Liebe ist geprägt vom Interesse an dem anderen, sie möchte den anderen kennen lernen und verstehen."

Samuel nickt und bestätigt: „Da gebe ich dir Recht und doch ist es sehr schwer, meine Erwartungen an die Kinder loszulassen. Und obwohl ich weiß, dass es falsch ist, vergleiche ich die beiden. Kira als die jüngere, ruhigere und gehorsamere kommt dabei natürlich besser weg als Kalle, der gerade mit dem Erwachsenwerden beschäftigt ist."

Simone stimmt ihm zu: „Dass wir jeden annehmen sollen, wie er ist, weil jeder seine eigenen Erfahrungen gemacht hat, habe ich aus den anderen Seminaren, bereits mitgenommen. Doch es wird nicht einfacher, je öfter ich es höre, sondern mein schlechtes Gewissen wächst dadurch, weil ich es nicht schaffe."

„Ich habe mal gelesen, dass hinter jeder Handlung eine Motivation steht, die in den Augen des Handelnden sinnvoll erscheint. Durch das Bewerten öffnen wir eine Schublade und teilen die Handlung in gut oder schlecht. Soviel zur Theorie", sagt Anton und lacht. „Nur wie wir das in der Praxis hinbekommen, wüsste ich gerne von dir, Ragna."

Das wüsste ich auch gerne, liegt es Ragna auf der Zunge, doch obwohl sie es weiß, ist die Praxis oft eine Herausforderung. Stattdessen antwortet sie: „Ehrlich gesagt, manchmal fällt es mir auch schwer. Je nachdem, wie sehr es ein Thema in mir berührt. Die Theorie ist, als Beobachter die Situationen, die Menschen mit Abstand zu sehen und die verschiedenen Sichtweisen zu erkennen. Aufhören zu bewerten bringt uns in unsere Mitte. Wichtig ist auch, anzusehen, wieso wir bewerten. Oft bewerten wir, weil die andere Einstellung oder Handlung uns fremd ist oder wir das Gefühl haben, dass das Leben durch das Einteilen in Schubladen kontrollierbar und verstehbar wird. Denn auch hier ist es so: wenn wir mit uns zufrieden sind, fällt es leichter, den anderen anzunehmen wie er ist."

„Davon kann ich ein Lied singen", sagt Marie und erzählt weiter, „anfangs hat mein Mann bei unseren gemeinsamen Kindern darauf bestanden, dass sie den Teller leer essen. Ich habe da bereits Erfahrungen mit meiner großen Tochter gesammelt. Bei ihr habe ich auch darauf bestanden, bis sie mir als Zweijährige auf den Tisch gekotzt hat. Und als ich dann gelesen habe, dass Kinder ein gesundes Verhältnis zu ihrem Hunger- und Sättigungsgefühl haben und wir Erwachsenen dies oft verloren haben, da habe ich jeden Stress aus dem Essen genommen. Mein Mann hat die Erfahrungen natürlich noch nicht gemacht. Ich wollte ihm nicht in den Rücken fallen, deshalb habe ich alle möglichen Tricks erfunden, wieso sie vorher aufstehen konnten. Meistens habe ich, wenn ich sah, dass sie satt war, gesagt, ich hätte noch so einen Hunger und sie gab mir bereitwillig ihren Teller. Das war natürlich keine Dauerlösung, sonst wäre ich irgendwann aufgegangen wie ein Hefeteig. Na und dann setzte ich mich mit meinem Mann zusammen und wir diskutierten darüber. Zum Glück konnte ich ihn überzeugen und er nahm meine Erkenntnisse an."

Monika spürt die Hitze in sich aufsteigen, die Hitze der Scham, ihr leidiges Thema das Essen.

„Das ist ein gutes Beispiel", sagt Ragna. „Nicht bewerten, heißt auch nicht, dass wir alles gutheißen was der andere tut, doch es heißt, den anderen trotz anderer Meinung, anderen Handelns zu akzeptieren. Wer sagt, dass unsere Meinung immer die Richtige ist? Wenn wir mit dem anderen ins Gespräch kommen, erleben unsere Kinder das unterschiedliche Werte geachtet werden und dass gemeinsame Wege der Einigung gefunden werden."

„Vielleicht kommt daher auch das Konkurrenzdenken der Mütter oder generell Frauen. Weil wir uns oft unseres eigenen Wertes nicht bewusst sind, werten wir die anderen Mütter oder Frauen ab. Ich bekenne mich schuldig, ich mache das.....", sagt Monika und hebt beide Hände hoch, als bitte sie die anderen um Verzeihung, „.also manchmal mache ich das. Oder ist das mehr ein Problem von meiner Generation?", fragend sieht sie in die Runde. Die anderen schütteln den Kopf.

„Leider nicht", sagt Simone. „Wisst ihr was verrückt ist. Ich habe bei meinen Eltern das Gefühl, dass ich Konkurrenz für sie wurde, als ich anfing mein eigenes Leben zu leben. Ständig reden sie mir ein, dass ich etwas nicht kann und besser einen Fachmann hole oder Jan frage. Männer genießen mehr Ansehen bei ihnen." Nachdenklich schweigt sie.

Marie fällt sofort in ihre Pause ein: „Bei mir war das auch so. Ich habe den Kontakt abgebrochen oder zumindest fast, als mir das bewusst wurde. Sie blockieren mich nur. Jetzt wo du das sagst, denke ich, sie können mich nicht groß denken, weil sie sich nicht groß denken können. Wenn ich die Marie bleibe, die ich immer war, gibt ihnen das Sicherheit."

Simone nickt, ihre Stirn in tiefe Denkerfalten gelegt. „Den Kontakt abbrechen. Das möchte ich nicht. Ich versuche es zu ignorieren, wenn sie so komisch reden. Viel wichtiger finde ich, dass ich bei Laura darauf achte, dass sie über sich und mich hinauswachsen kann."

Marie prustet los. „Wenn sie so komisch reden - passender Ausdruck dafür. Ich kann das nicht. Irgendwie finden die Wörter selbst durch einen kleinen Spalt einen Weg in mich hinein. Meine Eltern melden sich auch nie. So what?"

„Ich kann euch nicht verstehen. Ich bin mit meinen Kindern gerne bei meinen Eltern. Wenn ich dort bin, habe ich frei. Das hört sich jetzt vielleicht albern an. Ich tanke dann auf. Sie geben mir Halt", stellt Sarah fest.

„Das hört sich schön an. Hört sich nach einem sicheren Hafen an. Ich hoffe, das empfindet meine Tochter später genauso", sagt Lore und blickt sehnsüchtig in die Ferne.

Ines wird es schwer ums Herz. Einen sicheren Hafen bietet sie ihren Kindern im Moment nicht. Die Krise scheint all ihr Wissen weg gepustet zu haben. In der Meditation, die Ragna nun anleitet, taucht Ines in die Schwere ein. Während sie tief ein und ausatmet, stellt sie der Schwere die Frage: Was willst du mir mitteilen? Sie atmet ein, hält inne und atmet aus. Während die Gedanken zur Ruhe kommen füllt die Schwere sie wie eine dunkle Wolke aus. Vollgepackt mit ihrem hohen Anspruch, es allen Recht machen zu wollen und der Verantwortung, die darauf lastet. Sie atmet ein, sie atmet aus und mit dem Ausatmen lässt sie jede Wertung los. Alles darf sein, Krisen kommen und gehen, alles was uns begegnet, dient unserer Entwicklung. Die Worte scheinen, aus dem Nirgendwo zu kommen und wandeln die, gerade noch schwere dunkle Wolke in ein violettes Licht. Genau wie die Wolke, die Farbe wechselt, wandelt sich das Gefühl in Ines. Die Schwere weicht einem inneren Frieden, getragen von dem Gefühl der Stärke.

Während alle meditieren, fühlt sich Ragna in die Stimmung der Gruppe mit ein. Der anfängliche Druck, den sie bei einigen Teilnehmern wahrgenommen hat, scheint sich gelöst zu haben und ist einer Ruhe gewichen. Auch wenn sie unsicher ist, ob dieses Gefühl dem wahrhaften Empfinden der Meditierenden entspricht, folgt sie ihrem Impuls und stellt eine Frage, leise, mit ruhiger Stimme, um die Meditierenden nicht zu erschrecken. „Was ist euch wichtig im Leben?"

Noch bevor Ines die Frage fertig gedacht hat, klopft die Antwort bei ihr an. Ihre Familie ist ihr das Wichtigste, doch sie selbst ist auch wichtig und sie kann ihrer Familie nur gerecht werden, wenn sie sich selbst nicht verliert. Wie ein helles Licht steigt die Erkenntnis in ihr auf, sie selbst ist wichtig. In diesem Augenblick verspricht sie sich selbst: ihrem Herzen zu folgen. Schnell, bevor Ragna die Meditation beendet, nimmt sich Ines vor, den geplanten Wochenendausflug unter dieses Motto zu stellen.

Nachdenkliche Gesichter blicken Ragna entgegen, als sie kurze Zeit später die Meditation beendet.

Simone lässt die Erzählungen der anderen an sich vorbei fließen. Ihre Gedanken sind bei der Meditation. Sofort war ihr klar, dass ihr ihre kleine Familie wichtig ist und zu der gehört Jan. Sie möchte ihn nicht an Juliane verlieren. Sie möchte ihn überhaupt nicht verlieren, mit ihm könnte sie alt werden. Die Gefühle zu ihm gleichen keinem Feuerwerk, sondern einem

Bach, der sich seinen Weg immer wieder neu sucht. Jetzt ist es wohl an ihr, ihm zu zeigen, wie wichtig er ihr ist. Oft genug hat er ihr zu erkennen gegeben, wie wichtig sie ihm ist. Jetzt braucht sie nur noch eine Idee, wie sie dies anfängt.

Anton schmunzelt, als er von seinen inneren Bildern erzählt. „Ich sah die Wohnung, versunken in völligem Chaos. Entspricht nicht der Realität", ergänzt er sofort und zwinkert den anderen zu. „Na ja, manchmal ist es etwas unordentlich. Magda tauchte in meiner Meditation auf, ich wischte sie direkt zur Seite. Mittendrin im Chaos saßen meine Kinder, strahlend und ins Spiel vertieft. Die drei sind mir sehr wichtig. Mir ist wieder mal klar geworden, wie schnell die Kinderjahre vorbei gehen und wie wichtig es ist, darauf zu achten, wie ich die Zeit mit ihnen verbringe."

„Ob Kinder im Chaos gut spielen können, sei mal dahin gestellt", wendet Sarah ein.

Anton winkt ab. „Das ist mir bewusst. Ich wollte euch an meinen inneren Bildern teilhaben lassen."

Mit verkniffenen Mund dreht Sarah sich zur Seite.

„Ja, ja, selbst austeilen, auf dem eigenen Augen dagegen blind", flüstert Simone Lore zu.

„Hauptsache, du bist perfekt", flüstert Lore zurück und zwinkert ihr bei den Worten zu. Simone grinst ihr mit gebleckten Zähnen zurück.

Fieberhaft überlegt Ragna wie sie mit Sarahs verkniffenen Gesicht umgehen soll. Ignorieren? Doch das würde ihrem Grundsatz nach zufriedenen Teilnehmern nicht gerecht werden.

Während Ragna noch überlegt, sieht sie, wie Anton sich zu Sarah beugt und ihr etwas ins Ohr flüstert. Auch wenn sie die Worte nicht versteht, sieht sie die Miene von Sarah, die sich langsam entspannt. Erleichtert atmet Ragna aus. Jetzt kann sie gut den Abend beenden.

Anton und Sarah führen ihr Gespräch fort, während sie dem Rest der Gruppe in das Bistro folgen. Inzwischen ist der Besuch dort zu einem festen Bestandteil der Gruppe geworden. Die ganze Woche fiebert Monika diesem Ausklang des Abends entgegen. Bedeutet er doch ein Auftauchen aus dem Alltag und eintauchen in die längst vergangene Jugendzeit. Seit Monika mit den „jungen Leuten", wie ihr Mann gerne sagt, Zeit verbringt, fühlt sie sich lebendiger. Schade nur, dass ihr Mann keine Lust auf eine Verjüngungskur hat.

Samuel drängt an ihr vorbei und lässt sich auf den freien Stuhl neben Simone fallen. Lore, die gleiches im Sinn hat, sieht ihn erstaunt an.

„Habe ich bereits reserviert", erklärt ihr Samuel.

Erstaunt sieht Simone ihn von der Seite an, während Lore sich breit grinsend auf den Platz daneben setzt.

„Sollen wir die Freundschaft unserer Kinder nicht unterstützen und einen Ausflug nur zu viert machen?" Erwartungsvoll sieht Samuel sie an.

„Wir wollten doch alle gemeinsam mit Jan einen Ausflug machen!", stellt Simone fest.

„Klar! Auch! Ich dachte nur wir vier. Wir wollten immer mal in den Zoo nach Köln fahren. Du sagtest doch, dass Jan und du nicht zusammen seid, somit gehört er noch nicht mal zur Familie", sagt Samuel.

Simone schüttelt den Kopf. „Das musst du mal Laura sagen. Klar gehört Jan zur Familie. Kommst du und Kalle mit?", will Simone wissen.

„Kalle hat keine Lust - und ob ich mitkomme. Du weißt ja, wie Kira ist. Ich wollte sie fragen, was ihr lieber ist, ob ich mitkomme oder nicht. Wenn du möchtest, komme ich natürlich mit." Erwartungsvoll sieht er sie von der Seite an.

Geschmeichelt lächelt Simone ihn an. Auch wenn sie nicht so hübsch wie Juliane ist, hat sie durchaus eine Wirkung auf Männer. Auch wenn Samuel bei einem der Hauptkriterien durchfällt. Simone erinnert sich an das vergangene Jahr, als sie verzweifelt per App den idealen Partner für sich suchte und ein

Mann mit Kindern ein absolutes No Go war. Doch dank des vergangenen Seminars bei Ragna zum Thema Beziehungen vertiefte sie die Beziehung zu sich selbst. Je stärker diese wurde, desto unwichtiger wurden die Kriterien der zukünftigen Partner.

„Ist es dir wichtig?", sucht sich die Stimme von Samuel erneut einen Pfad durch ihre Erinnerungen. Abwartend sieht er sie an.

Mist, jetzt hat sie vergessen, worüber sie gerade gesprochen haben. „Was genau?", fragt sie ihn.

„Na ja, ob ich mit zum Ausflug komme oder nicht. Weil, wenn du möchtest komme ich mit", stellt Samuel sofort fest.

„Sprich mit Kira darüber. Du weißt, wie anstrengend etwas werden kann, wenn Kinder es absolut nicht wollen", antwortet Simone, ohne näher auf seine Aussage einzugehen.

„Natürlich ist der Alltag anstrengender geworden, seit ich die Ausbildung mache. Weniger Geld, mehr Lernen..." Lore stockt und sieht fassungslos zu Monika.

Gerade noch saß diese ihr gegenüber, nickte mit ihrem Kopf und bestätigte Lore dadurch, endlich einmal jemandem von ihrem schwierigen Alltag zu erzählen. Und jetzt? Monika wendet sich einfach Ines zu und flüstert mit ihr, so als ob sie Lore gar nicht existiert. Mit bösen Augen funkelt Lore Monika an. Vielleicht sollte sie einfach aufstehen und gehen. Natürlich nicht, ohne sich vorher betont ironisch bei Monika für dieses tolle Gespräch zu bedanken. Andererseits ... ihr Blick wandert von dem vollen Glas vor ihr zu den anderen, die mit am Tisch sitzen. Sie möchte den Kontakt mit ihnen nicht mehr missen. Vielleicht sollte sie sich den Konflikt mal, wie Ragna ständig referiert, ohne Bewertung ansehen. Sie hat Monika zu getextet mit ihren Problemen. Eigentlich war ihr das Interesse gar nicht wichtig, da sie nur erzählen wollte. So gesehen war es vielleicht nur die ehrliche Retourkutsche von Monika. Trotzdem wird sie sie, sobald sie alleine sind, darauf ansprechen. Weil sie es sich wert ist.

Monika bekommt Lores Ärger nicht mit. Unbewusst ruhte ihr Blick auf Lore und ab und zu nickte sie, damit diese ihren Monolog weiterführen konnte. Insgeheim lauschte sie dem Wortwechsel von Simone und Samuel, da deren Worte tief in ihr etwas anrührten. Als die beiden schweigen, wendet sie sich daher direkt Ines zu, die glücklicherweise neben ihr sitzt.

„Du, Ines, wie seht ihr jungen Eltern das heutzutage? Kinder müssen doch auch lernen, dass nicht immer alles nach ihrer Pfeife tanzt, oder?", flüstert Monika zu Ines mit einer fast schon verzweifelten Stimme. „Kinder müssen auch funktionieren, sonst werden sie kleine Egoisten, oder?"

„Na ja, Kinder sind Meister im funktionieren. Wir sagen ihnen ständig, was sie tun sollen. Dinge, die wir von uns nie erwarten würden, verlangen wir von ihnen. Unser Lieblingsbuch - wir entscheiden ob wir es verleihen wollen oder nicht. Bei unseren Kindern verlangen wir, dass sie teilen. Wir ziehen unsere Jacken aus, wenn uns warm ist, unseren Kindern sagen wir, dass sie sie anlassen sollen, damit sie sich nicht erkälten."

„Ja, aber Kinder wissen das doch noch nicht. Wir müssen es ihnen doch sagen", wendet Monika ein.

„Du hast mich gefragt, was ich denke. Nun, ich denke, wir sollten Kindern mehr eigene Entscheidungen zutrauen in Dingen, die sie betreffen. Und ihnen helfen, die Konsequenzen zu tragen."

„Das heißt, wir lassen sie bewusst gegen die Wand laufen?", wendet Lore, die die Sätze von Ines gehört hat, empört ein.

„Natürlich nicht. Reden ist das Zauberwort. Wir überlegen mit ihnen, welche Konsequenzen bestimmte Verhaltensweisen haben können. Doch ehrlicherweise: können wir die Ergebnisse immer einschätzen?"

Monika unterbricht sie: „Und wie schaffen wir es, dass sie keine kleinen Egoisten werden?"

„Wenn Kinder lernen, dass ihre Gefühle und Bedürfnisse ernst genommen werden, auch wenn sie nicht immer erfüllt werden, lernen sie sich zurück zu nehmen. Denn dann brauchen sie nicht ständig um die Erfüllung ihrer Bedürfnisse zu kämpfen, sondern wissen, dass sie wichtig sind. Wenn sie dagegen erfahren, dass sie ständig klein gehalten und über sie bestimmt wird, tragen sie ihr kleines inneres verletztes Kind mit sich herum und bestimmen später über die vermeintlich schwächeren. Denn dann haben sie endlich die Macht. Und so halten sie den Kreislauf des Leidens am Leben. Schau dir die meisten Erwachsenen an. Sie alle tragen ihr kindliches verletztes Ich mit sich herum und sind nur mit dem Erfüllen alter Muster beschäftigt."

Sehr nachdenklich schaut Monika sie an. Es ist an der Zeit, diesen Kreislauf zu durchbrechen.

Ines

In letzter Sekunde setzt Ines den Blinker und nimmt die Ausfahrt Richtung Nettersheim. Der Abschied von ihren Kindern hängt ihr nach. Die Kinder hörten nur, was sie hören wollten. Dabei hatte sie ihnen am Abend vorher genau erklärt, dass sie mal ein Wochenende für sich braucht. Zeit alleine. Mit weinerlicher Stimme fragte Levi immer wieder: „Lasst ihr euch jetzt scheiden?" Worauf auch Malu zu weinen anfing. Am liebsten hätte sie mit geweint. Sie wusste ja selbst nicht weiter. Peter war ihr keine große Hilfe, zusammengesunken saß er bei ihnen auf dem Sofa und schluckte schwer. Sie stand kurz davor, das Wochenende abzublasen. Doch das Zimmer war gebucht und sie freute sich seit Tagen auf das freie Wochenende. Letztendlich profitiert die gesamte Familie davon, wenn es ihr besser geht. Mit diesen Worten versucht sie sich selbst, zu beruhigen.

Nach einem frühen Frühstück am nächsten Vormittag schlendert Ines durch den mystischen Ort. Wie stets ist sie frei von Plänen und folgt ihrem inneren Kompass. Dieser führte sie am Abend zu einer großen Jesus- Statue, der mit ausgebreiteten Armen über der Stadt thront. Sie setzte sich auf die Mauer, überließ sich ihrem Atem und der Ruhe, die die Statue ausstrahlte. Langsam übertrugen sich die Ruhe und der Frieden auf sie. Es war, als ob sich der Nebel, der sie die letzte Zeit eingehüllt hatte, lichtete. Passend dazu schickte Peter ihr ein Foto von Malu und Levi, die miteinander Federball spielten, mit dem Kommentar: Ich hoffe, du genießt deine Zeit allein, hier geht es allen gut. Auch wenn wir dich natürlich vermissen. Ein zwinkerndes Smiley zierte den Kommentar. Dieses kleine Smiley berührte ihr Herz und zeigte ihr, dass vielleicht nicht Trennung der Weg ist, sondern mehr miteinander über die Dinge reden, die sie beide im tiefsten Innern beschäftigen.

Und auf einmal fiel ihr das Loslassen leicht.

Und auf einmal konnte sie das Alleinsein genießen.

Heute wählt sie den Weg in die entgegengesetzte Richtung. An diesem zauberhaften Ort scheint an jeder Ecke ein Wunder auf sie zu warten. Den kleinen Bioladen, der versteckt zwischen zwei Häusern liegt, lässt sie links liegen und schlendert weiter bis sie an eine kleine Brücke gelangt. Lustig plätschert ein kleines Bächlein unter der Brücke hindurch. Sie geht bis zur Mitte der Brücke und beugt sich über das Geländer. In kleinen Wellen umtanzt das Wasser, die in ihm liegenden Steine. Blätter, Ästchen dagegen trägt er mit Leichtigkeit davon. Der ideale Ort um den letzten Rest von Schwere, der noch in ihr haftet, dem fließenden Wasser zu übergeben. Und auf einmal spürt sie tief in sich eine zarte Flamme der Freude und Neugier auf das Leben. Anfangs flackert diese Flamme unruhig, doch je länger sie sich dem Fluss des Baches hingibt, desto stärker und größer wächst sie. Mit ausholenden Schritten legt sie ihren Weg beschwingt fort, gespannt, was sie auf diesem Weg noch alles entdeckt. Sie überquert Bahngleise und folgt dem breiten Weg. Ihre Schritte werden zögerlicher, als sie erkennt, dass der Weg aus dem Ort heraus führt. Dabei will sie doch den Ort erkunden. Sie bleibt stehen. Soll sie ihrer Intuition vertrauen, obwohl diese sie von ihrem Ziel fortzuführen scheint? Doch in ihrem Alltag ist ihre Intuition stets ein verlässlicher Wegweiser gewesen. Daher beschließt sie, ihr zu vertrauen und sich von dem Weg überraschen zu lassen.

Eine steile Holztreppe, die auf einen Berg führt, lässt sie erneut innehalten. *Reise in die Baumwipfel* steht auf einem schmalen Wegweiser aus Holz. Neugierig steigt sie die Treppen nach oben. Sie folgt diesem Pfad, der oben auf dem Bergkamm entlang führt. Rechts und links recken die Bäume ihr ihre Äste entgegen. In Ines pulsiert die Lebendigkeit, die sie solange vermisst hat. Ihr Leben ist vorhersehbar und langweilig geworden. Doch dafür kann sie nicht Peter verantwortlich machen. Der Alltagstrott hält sie fest in ihren Fängen. Vorsichtig balanciert sie auf dem schmalen Weg, der langsam hinunter führt auf eine grüne Wiese. Drei Throne aus unterschiedlichem Material stehen hier zu einem Kreis aufgestellt. Am Rand der Wiese entdeckt Ines eine Tafel. Die drei Throne passen zu der Beschreibung, die sie vor ihrer Abreise über Nettersheim gelesen hat und wegen der sie diesen Ort gewählt hat. Eine Heimat für Matronenheiligtümer.

Andächtig steht Ines vor den drei Thronen, sie symbolisieren den Kreislauf der Altersstufen der Matronen.

Ihr Blick fällt auf den Thron aus Metall, der für die junge Matrone steht. Es wäre nur logisch, als Erstes in die Energie der Jugend einzutauchen, sagt sich Ines. Doch viel neugieriger ist sie auf den Blick der alten und weisen Matrone. Ist es nicht viel aufschlussreicher, wenn wir mit den Erfahrungen des Alters auf unsere Kindheit und Jugend blicken? Zielstrebig steuert Ines daher den Thron aus Stein an. Den Thron der Weisen und Alten. Sie spürt die Kälte des Steins an ihrem Hintern. Weisheit braucht einen klaren Blick. Mit geschlossenen Augen spürt sie der Kälte nach, die sich in ihrem Körper in Kühle wandelt und ihren Geist klärt. Sie stellt sich eine Schatztruhe vor, in der sie ihre Träume verwahrt hat. Langsam öffnet sie die Truhe. Vor ihrem inneren Auge sieht sie eine Uhr und ein Herz. Geduldig wartet sie ab, ob sich ein weiteres Symbol zeigt. Rosafarbene Tanzschuhe, wie sie eine Ballerina trägt, tauchen auf. Obwohl sie mit den Zeichen mehr als zufrieden ist, spürt sie weiter in sich hinein. Doch es bleibt still.

Langsam erhebt sie sich und schlendert zum Thron der Jugend. Das Metall fühlt sich kühl, doch wesentlich wärmer an, als der Thron aus Stein. Sie spürt in die Energie der Jugend. Die Uhr erscheint vor ihrem inneren Auge und mit ihr Gefühle aus der Jugend. Die Welt lag ihr zu Füßen mit ihren Möglichkeiten.

Wege, die Möglichkeiten versprachen, die geändert werden konnten, die erprobt werden durften.

Wege, die zu Sackgassen wurden. In einer Sackgasse liegen die Ballerina Schuhe. Alte Erinnerungen steigen in ihr auf. Ihr Jugendtraum Tänzerin zu werden, den sie wohl so tief vergraben hat, bis sie ihn aus den Augen verloren hat. Die Worte ihres Vaters Tänzerinnen wären bessere Nutten, sorgten dafür, dass sie die Richtung änderte und einen anderen Weg suchte. Ob es sinnvoll ist, nach all den Jahren einen Sackgassenweg neu zum Leben zu erwecken?

Ines beschließt, die Frage wirken zu lassen, erhebt sich und setzt sich auf den nährenden mütterlichen Thron. Warm und geborgen umfängt sie das Holz des Thrones. Hier kann sie innehalten, ruhig werden und sich fallen lassen. Genau der richtige Ort für das Herz aus ihrer Schatztruhe. Der richtige Zeitpunkt, um ihr Herz zu öffnen und die Liebe fließen zu lassen, denkt sich Ines. Doch stattdessen wird ihr Herz schwer und Tränen rinnen über ihr Gesicht. So fern fühlt sie sich von der Liebe. Von der Liebe, die nicht an Menschen gebunden ist, sondern an die Offenheit des Herzens. Die Liebe, die im Augenblick verweilt, offen, achtsam. Die Liebe, die verwandelt. Sie lässt die Tränen fließen. Vorsichtig blinzelt sie hin und wieder durch ihre leicht geöffneten Augen, ob sich bereits erste Spaziergänger hierher verirrt haben. Doch die Wiese und der Weg liegen verlassen. Sie legt ihre Hände in den Schoß, die geöffneten Handflächen nach oben und überlässt sich dem ruhigen Rhythmus ihres Atems.

Erst als sie in der Ferne näher kommende Kinderstimmen hört, reibt sie sich über ihr Gesicht und wischt die letzten Tränen ab. Sie öffnet die Augen und beendet die Meditation.

Nach einem ausgiebigen Spaziergang und einem Abendessen im Hotel durchforstet sie am Abend ihr Handy nach Berufen, die sie mit ihrem Kindheitstraum Tanzen verbinden kann.

„Wann kommt Mama endlich wieder?", fragt Levi mit weinerlicher Stimme beim Abendessen.

„Morgen. War doch ein schöner Tag heute mit Thomas und Emma, oder?" Peter sieht Levi erwartungsvoll an. „Nur, warum wolltest du nicht mit Thomas spielen?" Dabei hatte Peter sich auf ein Gespräch ohne Kinderohren gefreut.

Levi starrt ihn nur mit großen Augen schweigend an. Wie kann er ihm auch seine Angst erklären, die Angst, die in ihm rumort, seit seine Mutter angekündigt hat, dass sie das Wochenende alleine verbringen will. Was, wenn seine größte Sorge jetzt wahr wird und sie sich scheiden lassen.

Erst kurz bevor sie gehen wollten und nachdem Peter seine gesamte Überzeugungskraft gebraucht hatte, ging Levi zu Thomas in den Garten. Peter verfolgte ihn mit seinem Blick, sobald er sicher war, dass Levi außer Hörweite war, beugte er sich den beiden entgegen. Flüsternd begann er: „Ich weiß einfach nicht wie es mit Ines und mir weitergehen soll." Seine Stimme begann zu zittern und er verstummte.

„Aber ihr seid das Traumpaar schlechthin. Nie sieht man euch streiten...", stellte Magda fassungslos fest.

„Vielleicht ist das das Problem, dass wir nie streiten", sagte Peter mehr zu sich selbst. „Vielleicht sollten wir mal ein Seminar besuchen, bei dem wir es lernen können. Es gibt doch für alles Seminare."

„Wollt ihr euch denn scheiden lassen?", fragt Anton den Blick voller Mitgefühl. „Krisen gehören doch dazu." Nur zu gut ist ihm seine Krise noch im Gedächtnis und die anhängliche Flirtbekanntschaft. Was so leicht begonnen hatte, verwandelte sich, als sie sein Desinteresse spürte, schnell ins Gegenteil. Er denkt nicht gerne daran zurück und ist froh, dass er alles vor Magda verbergen konnte.

„Habt ihr keine Idee, was ich tun kann?", fragte Peter die beiden hoffnungsvoll.

Magda schüttelte den Kopf. „Ihr bekommt das bestimmt hin und ein Wochenende zu zweit hilft sicher."

Jede weitere Unterhaltung wurde von Levi unterbrochen, der mit hängenden Schultern angeschlichen kam und sich neben

Peter setzte. Aus der Ferne wirkte sein Vater so traurig. Besser er blieb in seiner Nähe, dachte sich Levi, außerdem hatte er die Brücke aus Sand, die Thomas gebaut hatte, aus Versehen mit seinem Bagger zerstört. Es war aber auch schwer, zu spielen und parallel auf seinen Vater zu achten. Klar war Thomas sauer und hatte ihm zugeraunt: „Du Vollpfosten. Hau doch ab und lass mich alleine bauen. Du zerstörst sowieso nur alles."

„Hat Thomas dich geärgert?", fragte Magda ihn sofort, „soll ich mit ihm reden?"

Levi schüttelte den Kopf und kuschelte sich an seinen Vater. Dieser unterdrückte den Impuls seinen Sohn wieder zum Spielen zu schicken und legte stattdessen den Arm um ihn. Er drückte ihn an sich und sagte: „Dann bleib bei uns sitzen."

Samuel

„Deckst du den Tisch?", fragt Samuel Kira. Diese steht an die Küchenzeile gelehnt und sieht ihrem Vater zu, wie er die Nudelsoße umrührt. Da sie mittags außer Haus essen, haben sie es sich zur Gewohnheit gemacht, abends warm zu essen.

„Wie viele Teller?", fragt Kira und öffnet den Schrank.

„Drei, falls Kalle auch kommt", sagt Samuel. Seit dem Fußballspiel deckt er für Kalle mit, für den Fall, dass er sich dazu setzen möchte. Besser einmal zu viel, als einmal zu wenig gedeckt. Die letzten Tage hat Samuel viel nachgedacht, über sich, seine Kinder und seine eigene Zeit als Jugendlicher. Wie erwachsen er sich mit 15 Jahren gefühlt hatte und wie wütend er wurde, wenn seine Eltern ihn nicht ernst nahmen.

Die letzten Tage deckte Samuel den Teller von Kalle unbenutzt ab. Immerhin schließt Kalle seine Zimmertür nicht mehr ab.

Auch an diesem Abend sitzt Samuel mit Kira beim Essen. Kira erzählt von der Schule und Samuel hört zu. Die Haustür wird aufgeschlossen und Kalle betritt das Haus. Während er näher schlurft, ruft er seinem Vater zu: „Übrigens nächstes Wochenende haben wir wieder ein Fußballspiel auswärts. Kann ich den anderen sagen, dass du uns fährst?"

Eifrig nickt Samuel und unterdrückt mühsam ein zufriedenes Lächeln. „Klar, gerne. Wo spielt ihr?"

„Neuss", antwortet Kalle kurz, setzt sich wie selbstverständlich an den Tisch und lädt sich den Teller voll mit Nudeln und Soße. Während er mit der linken Hand die Nudeln in sich hinein schaufelt, tippt er mit der rechten ins Handy.

Die Ermahnung auf seiner Zunge schluckt Samuel hinunter. Er sieht das hier jetzt einfach als Achtsamkeitsübung. Und so erzählt er weiter mit Kira, als wäre es das Alltäglichste, das sein Sohn hier bei ihnen am Tisch sitzt.

„Wieso darf Kalle ans Handy?!", schmollt Kira und sieht ihren Vater herausfordernd an.

Gute Frage denkt Samuel und ja, er hat keine Ahnung, was er darauf antworten soll. Besser er ignoriert die Frage. Stattdessen fragt er Kira: „Ist dir das eigentlich recht, wenn ich mit auf den Ausflug komme? Mit Simone und Laura?"

Sofort verdreht Kira ihre Augen und mault: „Muss das sein?"

Obwohl er diese Reaktion erwartet hat, fühlt es sich an, wie ein Schlag ins Gesicht. Bemüht die Fassung zu bewahren, sagt er ruhig: „Nein, natürlich nicht. Dann gehe ich nicht mit." Obwohl er denkt, dass es albern ist, ist ihr erleichterter Gesichtsausdruck ein weiterer Schlag ins Gesicht, zumal genau in dem Augenblick Kalle aufsteht und schweigend nach oben geht.

Simone

Laut ruft Simone seinen Namen, nachdem sie die Tür aufgeschlossen hat. Als keine Antwort kommt, stellt sie die Einkäufe in der Küche ab. Ihr Blick fällt auf die Botschaft auf der Tafel. Eifersucht überschwemmt sie. Sie stürzt die Treppe nach oben in Jans Bereich. Durch die offene Tür sieht sie, dass die Räume leer sind. Dann ist es wohl doch später geworden und er hat die Nacht bei Juliane verbracht, wie es auf der Tafel geschrieben steht. Simone geht die Stufen hinunter und in die Küche. Erneut liest sie die Botschaft auf der Tafel an dem Kühlschrank, auf die sie wichtige Informationen schreiben.

Hi, bin mit Mirko auf einer Party bei Juliane, falls es spät wird, übernachte ich hier. Euer Jan

Mit Juliane. Und es ist schon 14 Uhr. In Simone schrillen die Alarmglocken. Da ist der Abend wohl länger geworden und die beiden hängen einen gemütlichen Tag dran. Was hat Juliane an sich, was ihr fehlt oder wieso hat sie keine Beziehung und Juliane schon? Bevor die Verzweiflung sich weiter in ihr ausbreitet, stellt sie den Wasserkessel auf, schneidet das Obst klein und deckt den Tisch für Laura und sich. Für ihre gemeinsame Teestunde, die sie seit dem letzten Seminar fest in ihr Leben integriert haben. Erwartungsvoll schaut Laura in die

Küche, nachdem Simone ihr die Tür geöffnet hat, nur um zu maulen: „Wo ist denn Jan?" Enttäuscht trottet sie ins Bad.

„Ich freue mich auch, dich zu sehen", ruft Simone ihr nach, die Aussage von Laura ignoriert sie. Es freut sie, dass die beiden sich gut verstehen.

Während sie die Hände an ihrem Pullover trocken reibt, betritt Laura die Küche. Ihr Blick bleibt an der Botschaft am Kühlschrank hängen. Laut liest sie die Botschaft von Jan vor. Entgeistert sieht sie ihre Mutter an: „Heißt das Jan ist nicht hier?"

Simone nickt. „Der ist wohl heute Nacht bei Juliane geblieben."

„Mag er uns nicht mehr? Hat er die Nase voll von mir?"

„Nein", sagt Simone und schüttelt energisch den Kopf. „Juliane wohnt noch nicht lange hier in der Stadt. Er hat ihr die Stadt gezeigt. Juliane feierte ihren Geburtstag, hat wohl länger gedauert und da ist es natürlich sicherer, wenn Jan dort schläft, als sich nachts auf den Heimweg zu machen. Hat keine Bedeutung", erklärt ihr Magda und fragt sich innerlich, wen sie gerade überzeugen will.

„Ist Juliane Jans Freundin? Zieht sie dann auch hier ein?"

Eine Sekunde überlegt Simone, ob sie schnell verneint, um Laura Sicherheit zu geben. Doch, wenn sie ehrlich ist, sie weiß es nicht. Jan und Juliane verbringen in den letzten Wochen viel

Zeit miteinander. Vielleicht hat Jan jetzt die Hoffnung auf eine Beziehung mit ihr verloren, genau jetzt, als sie ihre Liebe zu ihm entdeckt hat. Lauras fragender Blick holt Simone aus ihren Gedanken. Sie zuckt die Schulter und sagt: „Das weiß ich nicht. Warten wir mal ab."

Laura nickt, ihre Gedanken scheinen jedoch absorbiert von ihren Befürchtungen. Krampfhaft bemüht sich Simone, ihre Tochter in den nächsten Minuten mit einem anderen Thema abzulenken. Doch diese starrt sie nur stumm an. Bis Simone kapituliert und ebenfalls schweigend ihren Tee trinkt.

„Und wenn wir jetzt ausziehen müssen? Muss ich dann wieder in die Betreuung?", fragt Laura ängstlich und beginnt sofort ihre Mutter vom Gegenteil zu überzeugen. „Ich bin ja auch schon älter und kann alleine bleiben."

Innerlich beglückwünscht sich Simone, dass sie geschwiegen hat, denn wie hätte ihre Tochter sonst zu Wort kommen sollen. Beruhigend lächelt sie sie an und antwortet: „Nein, die Zeit ist vorbei. Ich denke du könntest, wenn es nötig wäre, auch ein paar Stunden alleine bleiben." Erleichtert nickt Laura. Als wäre sie frei von irgendwelchen Sorgen, beginnt Laura von der Schule zu erzählen, von Kira, die ihr heute einen Muffin geschenkt hat und dass sie beide überlegen, ein Musikinstrument zu lernen, damit sie später eine Rockband gründen können. Fasziniert lehnt sich Simone zurück, froh, dass Laura sie an ihrem Alltag teilhaben lässt.

„Darf ich?", fragt Laura sie und sieht sie erwartungsvoll an.

„Was genau?", fragt Simone schnell, da die letzten Worte ihrer Tochter an ihr vorbei gerauscht sind.

„Eine Rockband gründen?", fragt Laura genervt.

„Wir können das mit Kiras Vater besprechen. Denn erst einmal müsst ihr beide ein Instrument beherrschen, um etwas zu gründen", lenkt Simone ein.

„Wann?", bohrt Laura weiter.

„Du musst doch erst einmal wissen, welches Instrument du lernen willst. Und wo." Simone ärgert sich selbst, dass ihre Stimme dermaßen gereizt klingt. Doch mit Karacho sieht sie Arbeit und Kosten auf sich zukommen. Hoffentlich ist es nur ein Strohfeuer von den beiden.

In diesem Augenblick hören sie wie die Haustür geöffnet wird.

„Jan", ruft Laura und springt auf.

Das Kind stärken

Das Selbst stärken, durch das Fördern der eigenen inneren Kraft

Bevor sie die Tür öffnet, holt sie tief Luft. Langsam öffnet sie die Tür, alle Köpfe drehen sich ihr entgegen. Die zarte Röte, die in ihren Kopf steigt, versucht sie, wegzuatmen. Ragna lächelt ihr freundlich zu und winkt sie herein. „Schön, dass du noch kommst."

Monika stolpert zu dem letzten freien Platz. „Entschuldigung. Irgendwie habe ich mich in der Zeit vertan." Sie grinst verlegen. Sie hasst Unpünktlichkeit. Voller Wärme lächelt Lore sie an und sagt: „Das entlastet mich ungemein zu sehen, dass andere auch unpünktlich kommen. Mir hast du mit deiner Unpünktlichkeit das Gefühl gegeben, dass ich nicht die letzte Loserin bin."

Erleichtert lächelt Monika zurück. Verwundert sagt sie: „Du bist doch immer pünktlich."

„Da hättest du mich beim letzten Seminar erleben sollen", sagt Lore und grinst sie an. Ganz warm wird es in Monika. Die anderen aus der Gruppe haben ihre Aufmerksamkeit wieder auf Ragna und den Kreis in der Mitte gerichtet. Ein rotes ausgeschnittenes Herz aus Pappe liegt auf dem Boden. Auf dem Herz steht ein Rosenquarz.

„Die Verbindung mit allem und zu allem ist die Liebe", sagt Ragna. Ihr Blick ruht dabei auf dem Rosenquarz. „Die bedingungslose Liebe, die nicht an irgendwelche Forderungen oder Erwartungen geknüpft ist. Sich öffnen und den anderen und den Augenblick annehmen wie er ist. Hier können wir uns an Kindern ein Beispiel nehmen, da diese noch ganz mit ihrem Ursprung und ihrer Liebe verbunden sind. Ein Kind fragt nicht danach, ob seine Eltern Liebe verdienen."

„Zum Glück", stellt Simone trocken fest. „Sonst sähe es für manche Eltern schlecht aus."

„Ja, stellt euch mal vor. Die Kinder wären so streng mit uns, wie wir mit ihnen", sagt Marie.

„Ich stell mir das gerade vor, wie ich mit Ben schimpfe, na ja wohl besser schreie und er vor mir steht und zurück schreit und sagt: rede nicht so mit mir. Geh in dein Zimmer und komm erst wieder wenn du normal geworden bist", sagt Sarah und sieht schuldbewusst aus.

„Na ehrlich gesagt, Marlene meine fünfjährige macht das schon. Also ohne, dass sie mich in mein Zimmer schickt. Aber das mache ich auch nicht mit ihr. Ansonsten baut sie sich vor mir auf, wenn ich lauter werde oder mit ihr schimpfe und sagt

zu mir: ´nicht in diesem Ton´. Von wem sie das wohl hat!"
Breit grinsend wandert Maries Blick von einem zum anderen.

„Ja ja unsere Spiegel", bemerkt Ines und nickt wissend mit dem Kopf, „Kinder schauen sich alles von uns ab. Um uns selbst kennen zu lernen, müssen wir nur unsere Kinder beobachten. Wie sie mit sich selbst umgehen, zeigt wie wir mit uns und mit ihnen umgehen." Sie seufzt, gute Tipps geben, das kann sie. Wenn die anderen wüssten, dass ihre Worte nur leere Hüllen sind, die darauf warten, mit Leben gefüllt zu werden.

„Eigentlich sollte unser Kompass immer auf Liebe ausgerichtet sein. Auf diese Waagschale müssten wir alles legen, was wir in die Welt und vor allem zu unseren Kindern senden", stellt Marie fest.

„Davon bin ich tausend Jahre entfernt", sagt Simone resigniert, „und ehrlich gesagt macht mir das einen Riesendruck. Weil immer nur in der Liebe, dann wären wir ja himmlische Wesen und selbst die haben versagt, siehe Luzifer."

„Ja, wahrscheinlich hat der Gegenspieler der Liebe, der Hass, die Aufgabe uns zu verführen", bemerkt Samuel.

„Es ist die Frage ob Hass der Gegenspieler von Liebe ist. Ist es nicht vielmehr die Angst? Liebe ist Offenheit und Annahme. Angst dagegen lässt uns eng werden, wir verschließen uns. Wir handeln dann nicht aus unserer inneren Weisheit heraus. Wir sehen dann nicht unsere Kinder und den Augenblick, sondern das, was wir befürchten. Liebe dagegen lässt uns und den anderen frei und offen sein. Die Liebe setzt in uns und unserem Kind ungeahnte Kräfte frei. Der Hass dagegen ist eine zerstörerische Kraft. Er trennt und möchte vernichten. Was könnte das Gegenteil von zerstören sein?", fragt Ragna die Gruppe. Die Denkerfalten auf ihrer Stirn lassen erkennen, dass sie selbst keine Antwort weiß.

„Aufbauen", sagt Lore sofort.

„Das ist doch kein Gefühl", korrigiert Sarah sie.

Die Wangen von Lore beginnen zu glühen. Wenn sich jetzt ein Loch vor ihr auftun würde, sie würde es nutzen. Stattdessen verstummt sie.

Ragna eilt ihr zu Hilfe und meint: „Wir sammeln erst einmal alle eure Ideen."

„Verbundenheit, würde ich das gegenteilige Gefühl nennen", sagt Marie.

Zustimmend nicken alle. Nachdenklich bemerkt Marie: „Bedeutet dass nicht im Umkehrschluss, wenn ich hasse, fehlt mir die Verbundenheit mit demjenigen."

„Wow", stellt Simone fest, „das würde ja bedeuten, dass wenn ich Wut oder Aggression mir gegenüber empfinde oder mich sogar selbst verletze, bin ich nicht mit mir verbunden."

Fragende Blicke sehen Ragna an. „Klingt stimmig", erkennt diese an, „darüber habe ich mir noch nie Gedanken gemacht. Würde auch bedeuten, dass ich mir anschaue, was die Verbundenheit verhindert hat und wie ich sie wiederherstellen kann."

„Eine interessante These. Die Angst stört jedoch genauso die Verbundenheit", bemerkt Samuel, „ich habe das Gefühl die Angst steuert mich und meinen Umgang mit meinen Kindern. Da habe ich Angst, dass Kalle drogenabhängig wird und Kira." Er seufzt schwer, „bei Kira habe ich wahrscheinlich die für Väter typischen Ängste, wenn die Mädchen älter werden. Melanie hätte sie gut begleiten können bei den typischen Frauenthemen. Doch ich??"

Weit öffnet Simone ihre Arme und sagt: „Du kannst das sicher besser als du denkst und bist ja nicht allein. Immerhin verstehen sich Kira und Laura doch sehr gut. Vielleicht bekommt sie Antworten, die sie dir nicht stellen will, bei uns. Oder fragt mich", sie grinst ihn an und ergänzt, „ich würde mich auf jeden Fall geehrt fühlen. Außerdem hat irgendwer mal auf die Frage, warum es so viele Menschen gibt, geantwortet, damit wir uns gegenseitig helfen können."

„Ihr seid fast schon ihre zweite Familie. Ich hoffe, es wird dir wirklich nicht zu viel", entschuldigt sich Samuel direkt.

Simone schüttelt den Kopf. „Ist doch schön mit den beiden Mädchen. Die verstehen sich richtig gut. Und Jan nimmt mir auch viel ab. Und wie gesagt, ich wäre geehrt, wenn sie deine ´typischen Frauenthemen´ bei uns zur Sprache bringt." Mit ihren Fingern zeichnet Simone zwei Anführungsstriche in die Luft, bevor sie das Thema der eigenen Ängste wieder aufgreift, „mich plagen ganz andere Ängste. Ich habe Angst, dass ich keine gute Beziehung zu Laura habe, dass sie wieder klaut und die schlimmste Angst....."

Die anderen beugen sich vor, damit sie sie verstehen, denn leise fährt Simone fort: „.....ist, dass sie lieber bei ihrem Vater oder meinen Eltern wohnen möchte. Dann hätte ich als Mutter endgültig versagt." Sie hält erschrocken inne. Hoppla, das ist ihr jetzt im Überschwang der Offenbarungen herausgerutscht.

Verständnisvoll sieht Marie sie an. „Das waren genau meine Gefühle, als meine älteste Tochter damals zu ihrem Vater gezogen ist. Durch das Seminar hat sich das relativiert. Auch wenn es immer noch wehtut, konnte ich es akzeptieren und ihr ihre Entscheidung zugestehen. Sie geht ihren Weg und wenn das bedeutet, dass sie bei ihrem Vater lebt, dann ist das so. Ich kann nur die Tür offenhalten und ihr zeigen, dass ihre Entscheidung in Ordnung ist und dass sie mir wichtig ist."

Mitfühlend sieht Simone sie an. Ob sie so souverän mit der Situation umgegangen wäre, bezweifelt sie.

Auch bei den anderen in der Gruppe stoßen ihre Worte eine Tür auf. Und die folgenden Minuten berichten sie von ihren Ängsten und Sorgen, die so unterschiedlich und im Grunde doch so ähnlich sind. Von der Angst, dass das Kind mit seinem Verhalten aneckt, dass andere es ablehnen, dass die Kinder unglücklich werden oder den Herausforderungen des Lebens nicht gewachsen sind.

„Ja, die Angst", unterbricht Ragna die Gespräche. „Ist euch aufgefallen, dass Angst meist auf die Zukunft gerichtet ist?"

„Stimmt", sagt Anton.

„Deshalb bleibt in der Gegenwart und lebt diese bewusst. In die Zukunft können wir nur unser Vertrauen senden", sagt Ragna. „Vertraut dem Leben und vertraut euren Kindern, dass sie ihren Weg gehen werden."

„Ben geht seinen Weg. Jedoch ohne auf andere zu achten. Er nimmt sich, was er will. Deshalb habe ich jetzt ein Belohnungssystem für beide angefangen. Immer wenn sie sich richtig verhalten, dürfen sie einen grünen Punkt auf die Liste malen und wenn sie sich oder andere ärgern einen roten. Abends zählen wir gemeinsam die Punkte, bei wem die grünen überwiegen lese ich noch vor, der andere geht leer aus", erzählt Sarah stolz. „Momentan zieht Ben immer den Kürzeren. Ich hoffe, dass er dadurch lernt, sich auch mal zurückzunehmen."

Alle Augen richten sich fragend auf Ragna.

Leise platzt es aus Simone: „Das klingt nach absolutem Drill. Sie gibt doch immer so tolle Tipps. Vielleicht sollte sie sich mal selbst daran halten." Gerichtet waren die Worte an Lore, doch die Röte, die Sarahs Gesicht binnen Sekunden überzieht und die fassungslosen Gesichter der anderen, zeigen, dass die Worte eindeutig zu laut gesprochen wurden.

Schnell überlegt Ines wie sie eine Brücke baut für Sarah und fragt Ragna: „Kurzfristig keine schlechte Lösung. Doch ist es grundsätzlich nicht so, dass Kinder langfristig, dann zu funktionierenden Mitläufern werden und aufhören, auf sich zu achten? Brauchen Kinder nicht genau dann unsere Liebe, wenn der Tag schlecht war? "

Verhalten nickt Ragna und antwortet: „Hilfreicher ist es sicher, darauf zu achten, weshalb dein Sohn so reagiert."

„Ich weiß, ich sollte ihm mehr zuhören. Habe ich nach unserer letzten Meditation auch gemacht. Nur ist es so mühsam. Ich suche nach einer schnellen Lösung. Was hältst du von meinem Punktesystem, Ragna?" Ratlos sieht Sarah Ragna an.

„Was hältst du davon?", gibt Ragna die Frage zurück.

„Ich....", Sarah zögert. „Ehrlich gesagt, bin ich unsicher. Aber ich hatte keine andere Idee."

„Stell dir deine Kinder als Erwachsene vor. Was meinst du, haben sie aus der heutigen Situation gelernt?", bohrt Ragna weiter. Sie ist sich bewusst, dass es eine schmale Gratwanderung ist, durch ihre Fragen alle zum Nachdenken anzuregen oder Sarahs Idee bloßzustellen. Abwartend schweift ihr Blick durch die Gruppe. Nachdenkliche Gesichter sehen sie an.

Sarah schluckt, bevor sie antwortet: „Zu funktionieren?" Unsicher sieht sie Ragna an.

„Vielleicht,......Mitläufer zu werden .....den Erwartungen ihrer Umgebung zu folgen?", wirft Marie ein.

„Das ist gar nicht mein Ziel. Selbstbewusste Kinder, die sich trauen, aufzufallen und anzuecken sind vielmehr mein Ziel. Im Moment ist mir allerdings meine Ruhe wichtiger, wenigstens die habe ich mit diesem Punkteplan", gibt Sarah zu, „und es ist doch auch wichtig, dass es mir gutgeht, oder?"

„Klar, das ist wichtig", bestätigt ihr Ragna, „ überlege wie du das erreichst, ohne deine Kinder zu beeinflussen."

„Werde mal drüber nachdenken", gibt Sarah zur Antwort und fährt direkt fort, „sagst du uns denn noch etwas zu meinem Belohnungssystem?"

„Fördert das nicht auch die Konkurrenz zwischen den Geschwistern?", fragt Anton, der der Diskussion interessiert folgt.

„Kann ich mir vorstellen", sagt Ragna nickend. „Wir schauen uns mal an, was Belohnung mit Kindern macht. Wenn wir die Kinder loben, bauen wir das Äußere der Kinder auf, anstatt das Innere zu stärken. Kinder suchen dann immer wieder Bestätigung, sie sind dann aktiv, um uns zu gefallen, und nicht aus der eigenen inneren Freude heraus. Sie verlernen auf sich zu hören und achten eher darauf, ob sie anderen gefallen, d.h. sie werden vom Lob abhängig. Wenn das Lob dann ausbleibt oder geringer ausfällt, zweifeln sie schnell am eigenen Wert. Außerdem kann ein Lob den anderen auch unter Druck setzen oder abhängig machen, da dieser dann Angst hat, den Ansprüchen nicht zu genügen. Die Versuchung ist dann größer, einem Bild zu entsprechen und nicht die eigene Authentizität, mit all ihren Stärken und Schwächen zu leben. Daher ist es sinnvoll, statt zu loben, das Kind in seiner Entwicklung mit Interesse und Worten zu begleiten. Der Unterschied zwischen Lob und Begleiten ist, dass wir beim Loben das Kind und seine Leistung bewerten und beim Begleiten dem Kind ohne Wertung mitteilen, dass sein Sein genügt. Beim Lob wächst in dem Kind die Erwartungshaltung an sich selbst, wieder ein tolles Bild zu malen. Bei der Begleitung erfährt das Kind, das es sich ausprobieren darf, und das nicht dass Ergebnis das Wichtige ist. Ein Lob nimmt dem Ausprobieren der eigenen Fertigkeiten die Leichtigkeit. Wichtig ist, dass das Kind spürt, dass die Eltern Interesse haben. Kinder sind noch ganz mit sich verbunden und im Kontakt mit ihrem eigenem Entwicklungsplan. Je mehr wir von außen unsere Kinder in der Entwicklung anregen, desto passiver wird das Kind. Das bedeutet nicht, die Kinder alleine zu lassen, sondern sie im Blick zu haben und eben zu begleiten. Wir stärken Kinder, indem wir sie in ihrem Tempo selbstständig werden lassen. Auch dafür ist es wieder wichtig, das Kind im Blick zu haben und seine Bedürfnisse wahrzunehmen. Alles, was das Kind schon kann und alleine machen möchte, sollte es alleine.....“

„Und was mache ich jetzt? Mit Ben? Und seinem Verhalten?“, unterbricht sie Sarah.

„Gute Frage“, bestätigt ihr Ragna. „Wollen wir eine Übung dazu machen?“

„Haben wir doch schon“, winkt Sarah ab. „Ich soll ihm zuhören. Schaffe ich meistens nicht. Seine Schwester ist ja auch noch da.“ Genervt rollt sie mit den Augen. „Hast du keinen Tipp für mich? So wie mein Belohnungssystem? Nur eins das eben auch Ben guttut.“

„Veränderung braucht Zeit und Geduld. Menschen sind nun mal keine Roboter, die man einfach umprogrammiert. Und so kann ich dir nur wie immer die zwei Ebenen nennen. Achte auf dich, deine Gefühle in Bezug zu Bens Verhalten. Vielleicht findest du in deiner Reaktion Parallelen zu deiner Kindheit. Und die zweite Ebene ist dein Verhalten Ben gegenüber. Höre ihm zu und achte darauf wie du mit ihm sprichst. Stelle

Aufforderungen nicht als Frage", erklärt Ragna. „Wir machen jetzt eine Meditation. Vielleicht bekommst du eine Idee. Denkt daran, ihr tragt die Antwort in euch. Andere können euch nur Ideen geben."

„Hmmm", brummt Sarah vor sich hin, alles andere als zufrieden.

„Natürlich habe ich in der Meditation keine Antwort bekommen! Wenn ich die Antworten auf mein Leben wüsste, wäre ich nicht hier", schimpft Sarah, als sie anschließend alle im Bistro sitzen.

Spöttisch stellt Monika fest: „Du hast doch immer so tolle Tipps für die anderen. Bei dir bist du mit deinem Latein am Ende?"

„Ja, leider", stellt diese bedauernd fest, ohne den spöttischen Tonfall wahrzunehmen. „Wenn du einen Rat für mich hast. Immer her damit. Dafür besuchen wir doch dieses Seminar um uns gegenseitig zu unterstützen."

Skeptisch sieht Monika sie von der Seite an. Marie beugt sich von der anderen Seite zu ihnen hinüber. „Ich weiß nicht, ob dich meine Erfahrungen weiterbringen. Aber zwischen meiner Ältesten und mir gab es dauernd Spannungen. Jahre später erst wurde mir klar, dass ich oft über ihre Bedürfnisse hinweggegangen bin. Einfach weil ich einen festen Plan oder genaue Vorstellungen im Kopf hatte."

„Aha, und welche?", fragt Sarah, bei sich denkt sie, was hat das jetzt mit mir zu tun.

„Lauter Pläne und Vorstellungen tummelten sich in meinem Kopf. Ich dachte für Kinder ist es wichtig, viel mit anderen Kindern zu spielen, den Teller leer zu essen, viel draußen zu sein. Dabei waren meiner Tochter andere Kinder oft zu viel. Ein Nein ließ ich oft nicht gelten. Ich war ständig die Bestimmerin und sie rebellierte dann in den Situationen, die mir wirklich wichtig waren, beim Zähneputzen oder eben essen."

„Und du meinst, ich bestimme zu viel?", fragt Sarah, bemüht, sich ihren Ärger nicht anmerken zu lassen. Schließlich kennt sie ihre Kinder am besten und geht sehr wohl auf sie ein. Ihre Kinder stehen an erster Stelle, immerhin ist sie wegen ihnen Vollzeitmutter.

„Nein, vielleicht hast du einfach nur Pläne im Kopf oder Vorstellungen von deinem Sohn, davon, wie Geschwister miteinander umgehen sollten oder was weiß ich, welche Pläne in deinem Kopf schwirren", sagt Marie. „Ich weiß natürlich nicht, was bei dir los ist. Bei meinen jetzigen zwei nehme ich mich mehr zurück oder frage sie, was sie wollen. Aber keine Ahnung, ob das deine Lösung ist."

„So schlimm ist es auch nicht. Ich finde schon eine Lösung", wiegelt Sarah ab.

Am Ende des Tisches rückt Samuel mit seinem Stuhl näher an Simone heran. Bedauernd sagt er zu ihr: „Kira möchte nicht, dass ich mit auf den Ausflug komme."

„Hattest du das nicht schon gesagt?! Kommt Kira eben alleine mit", stellt Simone trocken fest.

Ja, war möglich, dass er das bereits gesagt hatte, wahrscheinlich hat ihm ihre Antwort nicht gefallen. Auch jetzt hätte er gerne mehr Bedauern in ihrer Stimme wahrgenommen. Samuel startet einen weiteren Versuch. „Wollen wir nicht mal zusammen etwas unternehmen? Mit oder ohne Kinder? Schließlich sind wir beide doch allein."

Direkt schüttelt Simone den Kopf. „Ich bin nicht alleine. Ich habe Jan und Laura." Jetzt hat sie das, was seit Tagen durch ihre Gedanken schwirrt, laut ausgesprochen und es ist, als ob es dadurch an Gewicht gewinnt. Langsam rückt Samuel seinen Stuhl wieder zurück. Betont fröhlich wendet er sich der Unterhaltung von Anton und Ines zu, die ihm gegenüber sitzen.

„Hast du einen Tipp wo Magda und ich das Wochenende verbringen könnten, wenn die Kinder bei euch schlafen? Magda hat mich mit der Organisation beauftragt." Seine knittrige Stirn zeigt, dass ihn die Planung eindeutig überfordert.

„Hat Kira dir von den Plänen der beiden erzählt, dass sie eine Band gründen wollen?", wendet sich Simone, der die ablehnende Haltung entgangen ist, an Samuel.

Samuel nickt. „Finde ich eine tolle Idee. Hobbys vertreiben die Flausen aus dem Kopf in der Pubertät. Das heißt für mich eine Zukunftssorge weniger." Strahlend sieht er sie an. „Und außerdem haben wir noch eine Gitarre und ein Keyboard im Keller herumstehen. War in meiner Jugend Hobbymusiker."

„Davon hat Laura gar nichts erzählt", bemerkt Simone verwundert. Dabei hatte sie so sehr gehofft, dass Laura inzwischen das nötige Vertrauen zu ihr hat.

„Kann sie auch nicht. Ich habe die Instrumente heute mit Kira im Keller freigeräumt und Probe gespielt. Kira wollte morgen in der Schule Laura davon berichten."

Beruhigt lehnt sich Simone zurück.

„Ich darf Kalle am Wochenende wieder zu einem Fußballspiel fahren. Darf Kira am Sonntag wieder zu euch kommen?", wendet sich Samuel fragend an Simone und hängt direkt dran, „also nur falls sie nicht mitfahren will und ihr nichts anderes vorhabt."

„Klar, kein Problem. Kira gehört schon mit zur Familie und falls wir etwas unternehmen, kommt sie einfach mit. Du kannst mir auch einen Gefallen tun. Jan fühlt sich für Juliane verantwortlich, weil sie ´neu´ in der Stadt ist", nicht nur, dass Simone das Wort neu in Anführungszeichen setzt, nein sie betont es extra abwertend, „deshalb hängt sie oft am Wochenende bei uns herum. Nimm **sie** doch mit zum Fußballspiel." Bittend sieht sie Samuel an.

„Klar, kann ich machen. Für dich doch gerne", antwortet er sofort.

„Klär das vorher mit Kalle ab. Nicht, dass eure Beziehung deswegen den Rückwärtsgang einlegt", erinnert ihn Simone.

Samuel winkt ab. „Hätte ich vergessen. In Beziehungsfragen brauche ich noch viele Tipps. Also immer her damit, wenn dir einer einfällt."

„Wie läuft dein Leben? Hast du wieder mehr Kontakt mit deinen Enkelkindern", fragt Lore vorsichtig Monika.

Monika nickt. „Ja. Bei mir läuft es gut, wie du sagen würdest", hängt sie grinsend dran. „Mir ist ein altes Hobby meines Mannes eingefallen und seitdem telefoniert er täglich mit seiner Enkeltochter. Die beiden planen einen Videofilm und nächstes Wochenende wollte Beatrix uns sogar mit ihrer Familie besuchen. Du siehst läuft gut."

„Das klingt toll!! Freut mich so sehr, dass es läuft", sprudelt Lore voller Begeisterung.

In der nächsten halben Stunde wirkt die Freude von Lore in ihr nach. Monika weiß nicht, wann das letzte Mal jemand so ehrlich an ihrer Freude Anteil genommen hat.

Gemeinsam verlassen sie alle eine Stunde später die Gaststätte.

Simone

Die warmen Temperaturen ausnutzend, nehmen Jan, Simone und Laura die tägliche Teezeit auf der Terrasse ein. Wie so oft ist auch Kira bei ihnen. Simone wendet sich an die Runde und fragt: „Wollen wir unseren Ausflug planen?"

Jan nickt begeistert. „Wohin wollen wir fahren?"

„In einen Freizeitpark", antwortet Laura sofort.

„Freizeitpark ist zu teuer und außerdem brauchen wir dafür mehr Zeit. Was haltet ihr vom Neanderthal? Da gibt es Tiere, einen Spielplatz und bestimmt eine tolle Aktion", beschwatzt Simone die beiden.

„Ja, gute Idee", sagt Jan, „haben Juliane und Samuel sicher auch Lust drauf."

„Och neee, die zwei kommen auch mit?!", stöhnen die beiden Mädchen gleichzeitig. „Dann wollen wir gar keinen Ausflug machen."

Fragend sieht Jan zu Simone. Diese funkelt wütend zurück. Dabei hat sie ihm extra gesagt, dass sie einen Ausflug ohne Juliane wollen. Bevor er nachfragen kann, fordert sie die beiden Mädchen auf: „Holt euch doch mal mein Tablet im

Wohnzimmer und schaut mal, welches Projekt das Neanderthal Museum zur Zeit plant."

Beide Mädchen springen auf und verschwinden nach drinnen. Sobald sie sich außer Hörweite befinden, sagt Simone mit entsetzter Stimme zu Jan. „Hast du meine Worte schon wieder vergessen? Wir wollen einen Ausflug ohne Juliane. Oder seid ihr jetzt ein Paar??" Noch bevor er antworten kann, zetert sie weiter: „Also Samuel kommt nicht mit. Er hat Kira gefragt und die wollte alleine mit." Vor lauter Zorn glühen ihre Wangen.

„Ist ja gut. Wieso denkst du das Juliane und ich ein Paar sind?! Sie ist neu in der Stadt und ich führe sie herum. Das Neanderthal Museum kennt sie noch nicht",erklärt Jan. Simone fällt ihm ins Wort. „Wieso ich das denke. Ihr seid doch schon ziemlich vertraut. Oder bei wie vielen Frauen schläfst du nach einer Party?" Schnell blinzelt sie die Tränen, die ihr in die Augen steigen, weg. Jan soll nicht denken, dass ihr das etwas ausmacht.

Innerlich schmunzelt Jan und freut sich; seine Simone ist eifersüchtig. „Es war eine Party und nicht unsere Hochzeit. Und ja, ich habe da geschlafen, weil ich etwas getrunken hatte. Aber ich habe doch nicht bei ihr im Bett geschlafen, sondern schön brav im Wohnzimmer auf der Couch. Außerdem ist es die Wohnung von Mirko und seiner Freundin. Also habe ich eigentlich dort geschlafen."

Simone bringt nur ein stummes Nicken zustande, sie befürchtet, dass sie sonst ihre Enttäuschung und ihre Tränen nicht im Zaum halten kann.

Jan sieht sie an und legt seine Hand auf ihre. „Wenn du nicht willst, nehmen wir Juliane nicht mit."

„Gut, wie gesagt, ich will das nicht und die Mädchen anscheinend auch nicht", gibt sie kurz angebundener als beabsichtigt zur Antwort. Sie greift nach dem Holztablett auf der Fensterbank und stellt die leeren Tassen und den Teller mit den Keksen darauf. Jan reicht ihr eine Tasse und erhebt sich ebenfalls.

„Lass mal. Ich mach das", winkt Simone ab. Nachdem sie das Tablett in der Küche abgestellt hat, klopft sie an Lauras Zimmertür. Laura öffnet die Tür.

„Juliane und Samuel gehen nicht mit. Jan wusste nicht, was wir ausgemacht haben. Gibt es in der Zeit ein interessantes Sonderprogramm?", fragt Simone. „Den Freizeitpark besuchen wir mal in den Ferien, versprochen", schiebt Simone schnell nach.

Gönnerhaft nicken die beiden Mädchen. „Na gut." Laura hält ihrer Mutter das Tablet hin. „Honigbienen. Vielleicht gibt es auch Honig zum Probieren." Ihre Stimme klingt begeistert. „Können wir das machen?"

„Das klingt gut", bestätigt ihr Simone.

Nach einem kurzen Nicken drehen sich die beiden Mädchen um und widmen sich wieder ihrem Spiel auf dem Tablet. Simone bleibt im Türrahmen stehen, beobachtet die beiden Mädchen, die gemeinsam lachen und kreischen, wenn etwas schief gegangen ist. Früher hätte sie ihnen direkt das Tablet weggenommen, denn sie kann sich nicht erinnern, dass sie ihnen das Spielen damit erlaubt hat.....Heute jedoch, ...wartet sie ab, spürt tief in ihre Wut und erkennt, dass sie gerne gefragt worden wäre. Laura sieht sie fragend und gleichzeitig bittend an, hoffentlich schimpft ihre Mutter nicht, es war so ein schönes Gefühl, als Kira sie fragte, ob sie wirklich einfach so selbst bestimmen darf, dass sie spielen darf. Stolz antwortete Laura ihr, meine Mutter weiß, dass ich nicht oft spiele. Sie vertraut mir.

Ja, sie weiß es ja, sie hat geschwindelt und doch hofft sie, dass ihre Mutter sie nicht blamiert. Ihr bittender Blick berührt Simone im Herzen, wenn sie ehrlich zu sich ist, ist es ihr sehr recht, dass die beiden beschäftigt sind und sie Zeit allein mit Jan hat. Sie lächelt Laura liebevoll beruhigend zu und tritt in den Flur. Der räumliche Abstand hat ihr inneren Abstand gebracht, so dass eine entspannte Simone bei Jan ankommt. Fragend sieht er ihr entgegen. „Honigbienen sind zur Zeit das Sonderprogramm im Museum. Klingt doch gut, oder?", klärt ihn Simone auf.

Jan nickt. „Mit euch klingt alles gut." Er blickt auf sein Handy und sagt verlegen: „Ich bin noch verabredet."

„Jetzt sag bloß nicht mit Juliane?", sagt Simone mit schriller Stimme.

Jan nickt. „Sie braucht handwerkliche Hilfe. Ich bleibe nicht lange." Mit diesen Worten erhebt er sich. Simone starrt ihm fassungslos nach. War ja klar, mal wieder hat sie es verbockt. Sie treibt noch jeden Mann aus dem Haus. Genau wie mit Freddy.

Anton

„Bitte, das hatten wir doch schon. Du hast versprochen, dass du dieses Wochenende bei Levi schläfst, weil Emma nicht alleine dort schlafen will. Jetzt mach doch kein Theater", redet Magda auf Thomas ein.

„Aber ich habe Emma gerade gefragt und sie sagt, es ist ihr egal", versucht Thomas, seine Mutter zu überzeugen. Mit seinem Zeigefinger pikst er Emma, die neben ihm am Tisch sitzt, in die Seite. „Jetzt sag du doch auch mal etwas."

„Überhaupt ist es jetzt viel zu knapp, um Leon zu fragen. Wir fahren doch schon morgen Mittag", sagt Magda triumphierend.

„Aber ich habe in der Schule mit Leon gesprochen und er meint das geht. Bei ihm darf immer jemand schlafen", verteidigt Thomas seinen Vorschlag, inzwischen mit jammernder Stimme. Er will nicht zu Levi. Der lässt ihn in letzter Zeit nicht mehr mit seinen Spielsachen spielen.

„Ruf doch mal Leons Mutter an", rät Thomas.

„Damit bringen wir alles durcheinander. Wir hatten doch schon entschieden", beschwert sich Magda.

„Du bist nicht immer der Bestimmer", entgegnet Thomas.

Anton grinst breit, was ihm einen bösen Blick von Magda einfängt. Innerlich freut diese sich jedoch, dass Thomas für sich einsteht und mit ihr diskutiert. Noch vor zwei Jahren hätte Thomas sofort klein beigegeben.

Die Stirn in Falten gelegt, richtet Magda den Blick fest auf Anton. „Was meinst du?"

Deutlich geschmeichelt, dass sein Rat gefragt ist, richtet er seinen Oberkörper, der gerade noch bequem an der Stuhllehne ruhte, auf. Ohne lange zu überlegen, antwortet Anton: „Wenn es für Emma in Ordnung ist, alleine bei Ines zu schlafen, müssen wir nur noch Leons Mutter und Ines fragen, ob es denen ebenfalls recht ist. Und wenn es Thomas doch so wichtig ist...."

Fragend sieht Thomas seine Mutter an. Sofort als diese ihm sanft zunickt, springt er auf und holt das Telefon.

Monika

Lächelnd lauscht Monika dem Telefonat von Hans, während im Hintergrund leise der Fernseher läuft. Hans legt den Hörer auf und erkundigt sich bei Monika: „Bist du mit dem Kostüm fertig? Beatrix kommt gleich mit Marie-Lou vorbei."

„Ich habe gar nichts vorbereitet. Warum sagst du denn nichts?", empört sich Monika.

„Genau deshalb. Marie-Lou kommt nur für den Film. Es gibt noch viel zu planen." Zufrieden steht Hans auf und greift nach der Videokamera, die Monika in der hintersten Ecke des Dachbodens gefunden und ihm auf das Regal gelegt hat.

„Was macht das Kostüm?", wiederholt er seine Frage.

„Ich habe aber auch gar nichts im Haus", sagt Monika kopfschüttelnd zu sich selbst und eilt in die Küche.

Als es zwanzig Minuten später an der Haustür klingelt, öffnet Monika mit vorwurfsvollen Blick. „Warum hat mir denn keiner erzählt, dass ihr kommt? Jetzt habe ich nichts im Haus. Nicht mal Kekse."

„Mama, wir wollen doch auch nichts. Marie-Lou will mit ihrem Opa den Film besprechen." Beatrix holt den Rucksack von ihrem Rücken hervor und reicht ihn ihrer Mutter. „Hier sind ein schwarzen T-Shirt und schwarze Leggings drinnen, wie du es wolltest."

Monika nimmt den Rucksack entgegen, zwinkert Marie-Lou zu, reicht ihr die Hand und sagt: „Opa ist im Garten. Komm, wir gehen zusammen hin."

Beatrix folgt den beiden durch das Wohnzimmer. Zufrieden registriert sie, dass der Fernseher ausgeschaltet ist. Weit breitet Hans seine Arme aus. Marie-Lou rast auf ihn zu und springt in seine Arme. Sachte stellt er sie auf den Boden zurück und umarmt Beatrix.

„Ich komme dich in zwei Stunden abholen", sagt sie zu Marie-Lou und nimmt sie in den Arm. Sofort strampelt sich diese frei und gibt ihrer Oma die Hand. Angeregt miteinander redend schlendern die beiden zum Nähzimmer.

„Wir schauen gleich, wie ein Feuersalamander aussieht", sagt Monika. Denn dass sich Marie-Lou als Feuersalamander für den Film verkleiden will, teilte sie ihrem Opa in den vergangenen Tagen am Telefon mit. Überhaupt stand das Telefon in den vergangenen Tagen kaum still. Gemeinsam planten sie das Drehbuch. Monika bekam die Aufgabe das Kostüm herzustellen. Obwohl sie bereits einen genauen Plan zu dem Kostüm hatte, wollte sie erst mit Marie-Lou darüber sprechen, sowie es ihr Beatrix einen Tag vorher am Telefon geraten hatte.

„Es ist für Marie-Lou doch schön, zu sehen, dass sie einbezogen wird. Und zwar nicht nur pro forma, sondern höre ihr zu und setze ihre Ideen um", hatte Beatrix eindringlich auf sie eingeredet. Und Monika hätte alles versprochen, so froh war sie, dass auf einmal das geschehen war, was sie noch vor einem Monat nicht für möglich gehalten hatte. Ihr Enkelkind durfte sie besuchen und sogar allein. Das bedeutete Vertrauen und das wollte Monika auf keinen Fall zerstören.

Marie-Lou unterbricht ihre Gedanken, indem sie empört erwidert: „Das weiß ich doch längst. Im Kindergarten haben wir uns Bilder angesehen. Ich brauche einen Schwanz und der muss so lang sein." Sie lässt die Hand ihrer Oma los und breitet weit ihre Arme aus, „und ganz viele Flecken. Überall." Zufrieden sieht sie ihre Oma an.

„Das schwarze Shirt und die Leggins habe ich als Körper gedacht", erklärt Monika. Ernsthaft nickt Marie-Lou, während sie den Zeigefinger gegen ihre Lippen drückt. Nach kurzem Überlegen will sie wissen. „Und die Flecken und der Schwanz? Der Schwanz ist ganz wichtig."

Monika nickt, geht zum Schrank und holt orangeroten Filz hervor, genau wie Schere und zwei schwarze Stifte. Einen der Stifte reicht sie an Marie-Lou weiter. Nachdem sie den Filz geteilt hat, legt sie die eine Hälfte vor Marie-Lou. Aufmerksam sieht diese ihr von der Seite zu. Monika malt fünf Zentimeter große Flecken auf den Filz. Genau schaut Marie-Lou ihr zu, bevor sie auf ihren Stoff ebenfalls große Flecken malt. Nachdem ersten Fleck sieht sie kritisch auf das gemalte und reicht den Filz an Monika weiter. „Malst du mir das? Du kannst das besser."

Monika greift nach ihrem Handy und sucht ein Foto von einem Feuersalamander. Sie zeigt es Marie-Lou und sagt: „Guck mal. Der hat unterschiedlich große Flecken. Guck mal. Hier der Fleck sieht aus wie deiner und der wie meiner." Mit diesen Worten reicht Monika den Filz zurück an Marie-Lou. Kurz zögert diese, bevor sie ihn in die Hand nimmt. Schweigen erfüllt den Raum. Hochkonzentriert malen beide die Flecken auf den Filz. Auf einmal legt Marie-Lou den Stift zur Seite und sagt: „Jetzt geh ich zu Opa."

Monika nickt ihr zu. „Soll ich mitkommen oder willst du alleine gehen?"

„Alleine", sagt Marie-Lou. Fröhlich vor sich hin summend hüpft sie die Treppe hinunter.

„Opa, Opa....", ruft sie laut, während sie die letzten Stufen hinunterspringt.

„Ist dein Kostüm fertig?", fragt Hans und kommt, die Kamera in der Hand, in das Wohnzimmer. Marie-Lou streckt ihm ihre Hand entgegen. Hand in Hand gehen die beiden in den Garten.

Hier trifft Monika sie an, als sie eine halbe Stunde später aus dem Nähzimmer in den Garten geht. Beide hocken auf dem Boden vor einem Strauch, ein Zettel liegt vor ihnen im Gras. Mit einem Kugelschreiber malt Hans Striche. Marie-Lou sitzt stumm dabei.

Zufrieden sitzt Monika zwei Stunden später neben Hans auf dem Sofa. Erstaunt sieht er sie an, als sie über seinen Rücken streichelt. „Was ein wunderbarer Tag heute."

Hans nickt und wendet sich wieder dem Film zu.

Monika schließt die Augen und spürt dem Gefühl in sich nach. Zufrieden und hoffnungsvoll fühlt sie sich, auch wenn inzwischen wieder der Fernseher läuft und Beatrix beim Abholen keine Zeit zum Bleiben hatte.

Samuel

„Du musst doch nicht mitkommen. Ich bin doch kein kleines Kind mehr?", empört sieht Kira Samuel an, als dieser aus seinem Auto steigt, um seine Tochter persönlich zu Laura zu bringen. Völlig unverständlich hatte sie bereits den Kopf darüber geschüttelt, dass er sie überhaupt zu Laura bringen wollte und dann auch noch mit dem Auto. Dabei dauert der Weg nur zwanzig Minuten und sie ist ihn oft genug alleine gegangen. Sie hat auch nicht das Gespräch zwischen ihrem Vater und Kalle mitbekommen. Gönnerhaft stimmte dieser zu, als Samuel ihn fragte, ob es im Auto auch Platz für eine Bekannte gäbe. „Oooooh, eine Bekannte", bemerkte Kalle und sah ihn anzüglich grinsend an, „.... ich will doch eurer Liebe nicht im Weg stehen." Die verzweifelten Erklärungsversuche von Samuel, dass es nur ein Gefallen war und er sie gar nicht richtig kannte, tat Kalle mit einem vielsagenden Grinsen ab. Und so kommt es, dass er mit dem Auto die kurze Strecke fährt, da Kira sonst noch misstrauischer geworden wäre. In seinem Kopf kramt er nach ihrem Namen, doch statt Namen ist da nur ein schwarzer Fleck. Überhaupt ist die Bitte total verrückt, beim Small Talk ist er ein absoluter Anfänger und ein Fußballspiel dauert lang. Direkt nach dem Klingeln öffnet Simone die Tür, als hätte sie hinter der Tür gestanden.

„Laura ist in ihrem Zimmer", sagt sie zu Kira, nachdem sie beiden die Hand gereicht hat.

„Und Juliane im Wohnzimmer", flüstert sie leise, nachdem Kira außer Hörweite ist, und zeigt auf das Wohnzimmer.

Juliane, Juliane, Juliane flüstert Samuel in Gedanken vor sich hin.

„Grüß dich, hast du Kira vorbei gebracht?" Mit großen Schritten kommt Jan auf ihn zu und reicht ihm die Hand. „Trinkst du noch einen Kaffee mit? Ich wollte gerade einen für uns kreieren."

Zum Glück hatte Simone Samuel am Abend vorher telefonisch noch genaue Instruktionen gegeben, damit ihr Plan auf jeden Fall gelingt. Und so hat Samuel ihre Worte zu Herzen genommen und hat Zeit für einen Kaffee mit eingeplant.

„Geh doch schon mal ins Wohnzimmer, während wir in der Küche alles vorbereiten", mit diesen Worten schiebt Simone Samuel Richtung Wohnzimmer.

„Was willst du denn vorbereiten?", fragt Jan erstaunt. „Tassen stehen schon auf dem Tablett und der Kaffee läuft ohne unsere Hilfe durch."

„Solange können wir beide die Ruhe hier in der Küche genießen. Samuel ist bei Juliane doch in den besten Händen.

Oder, bist du eifersüchtig?", sagt Simone und sieht Jan herausfordernd an.

„Ach du.....Ich bin **nicht** eifersüchtig. Weil ich, nämlich **nichts** von Juliane will. Ich zeig ihr nur die Gegend. Kann es sein, dass du eifersüchtig bist?", fragt er Simone. „Nämlich auf Juliane??" Dabei sieht er sie grinsend mit hochgezogenen Augenbrauen an.

„Nö, muss ich nicht. Weil du zeigst ihr nur die Gegend", gibt Simone ebenfalls breit grinsend zurück.

Leises Gemurmel dringt aus dem Wohnzimmer zu ihnen herüber. Entspannt kuschelt Juliane sich in den Sessel gegenüber. Kerzengerade sitzt Samuel am Rand seines Sessels, seine Sinne sind hellwach auf sein Gegenüber gerichtet. Er ist nicht nur von ihrem Äußeren begeistert, sondern auch von ihrer Stimme, die Ruhe und Gelassenheit ausstrahlt und in die er sich gerne fallen lässt. Sie erzählen sich von all den Orten, die sie in dieser ihnen so fremden Stadt bereits erkundet haben. Berichten von ihrem Gründen, wieso sie in diese Stadt gezogen sind und gelangen auf diesen Umwegen zu ihrer Familie. Julianes Familiensituation ist schnell erklärt, da sie alleine lebt. Zwischen ihnen besteht direkt eine vertraute Stimmung und Samuel erzählt von seinen Kindern, seinen Sorgen und über seine Freude, dass er seinen Sohn zum Fußballspiel begleiten darf. „Komm doch auch mit. Das wird sicher lustig, wenn wir ihn gemeinsam anfeuern", überredet er Juliane.

„Ist für deinen Sohn bestimmt blöd, wenn ich auch mitkomme", wendet Juliane ein.

„Nein, nein", sagt Samuel schnell, da er, die sich nähernden Stimmen von Simone und Jan hört.

Ins Gespräch vertieft betreten diese den Raum. „Lass es dir mal durch den Kopf gehen. Ich würde mich sehr freuen", sagt Jan zu Simone, nachdem sie im Zimmer angekommen sind. Eigentlich muss Simone gar nicht überlegen, schweigt jedoch trotzdem, da sie keine Lust hat, vor Samuel und Juliane darüber zu reden. Schweigen füllt das Zimmer aus, denn genau wie Jan und Simone, verstummen Samuel und Juliane, als Jan und Simone dazu kommen. Nachdem sie ihren Kaffee getrunken haben, wirft Samuel einen Blick auf seine Uhr und wendet sich fragend an Juliane: „Möchtest du mit zum Fußball? Dann müssten wir jetzt los."

Sofort erhebt sich Juliane. Strahlend sieht Samuel sie an und erklärt ihr: „Ich sag nur schnell Kira Tschüss. Und für euch ist es wirklich in Ordnung, wenn sie bei euch schläft?"

Wie aus der Pistole geschossen, kommt die Antwort von Simone: „Ja klar." Grinsend zwinkert sie ihm dabei zu.

Mit kräftigen Rufen feuern sie die Mannschaft an. Samuel spürt eine Wärme zu seinem Sohn, wie schon lange nicht mehr. Liebevoll denkt er an das spitzbübische Grinsen von Kalle, als er Juliane im Auto sah. Samuel grinste zurück, es fühlte sich an, als wären sein Sohn und er Verbündete. Jetzt jagt sein Sohn einem Spieler der gegnerischen Mannschaft den Ball ab, trippelt mit dem Ball und gibt ihn an einen Mitspieler ab. Juliane pfeift laut und ruft: „Gut verteidigt." Dabei legt sie vor lauter Eifer ihre Hand auf seinen Arm. Samuel jubelt ebenfalls laut. Dieses Spiel ist kein Vergleich zum Letzten. Sein Sohn hat sicher genauso gut gespielt, doch er Samuel folgte dem Spiel nur halbherzig. Heute jedoch reißt ihn die Begeisterung von Juliane mit.

Heiser stehen Samuel und vor allem Juliane nach dem Spiel am Bierstand und warten auf die müden Fußballer. Müde doch sehr zufrieden gesellen sich eine halbe Stunde später Kalle und seine Freunde zu ihnen.

„Ihr habt spitze gespielt", bestätigt ihnen Juliane.

Kalle greift sich das Bier seines Vaters und nimmt einen langen Schluck. Auf die Frage was sie trinken wollen, winkt Kalle jedoch ab und sagt: „Lass uns fahren. Ich wollte dir nur bei deinem Bier helfen, da du noch Auto fährst."

Samuel lacht und sagt: „Sehr edelmütig von dir. Ist jedoch ein alkoholfreies Bier. Du weißt, ich trinke nicht, wenn ich fahre."

Juliane hält Kalle ihr Glas entgegen und meint: „Wenn du jetzt fahren willst, musst du mir helfen, sonst renne ich wieder dauernd auf Toilette, wenn ich das Bier schnell hinunterkippe."

Mit breitem Grinsen sieht Kalle sie an, greift ihr Glas und trinkt es in einen Zug leer.

„Hoppla", sagt Samuel, „ob das so gemeint war?!"

Doch Juliane winkt nur ab. „Genau so war es gemeint." Ihr Gesicht erfüllt ein freundliches Strahlen, als sie Kalle bei diesen Worten ansieht.

„Wieder alkoholfrei?", neckt Kalle seinen Vater, als er kurz vor Mitternacht nach Hause kommt. Samuel lässt im Wohnzimmer den Tag ausklingen. In seinen Gedanken ist er bei dem Abend, den er, nachdem sie die Jungen in der Altstadt abgesetzt haben, mit Juliane verbracht hat. Er weiß nicht, wann er sich das letzte Mal so wohl gefühlt hat, selbst ihr Schweigen wirkte vertraut. Sie hatte sich wohl genau so wohl gefühlt oder hätte sie sonst auf seine nächste Verabredung so begeistert reagiert? Ganz sicher nicht, denkt sich Samuel.

„Trinkst du meins wieder leer oder holst du dir ein eigenes aus dem Kühlschrank", geht Samuel auf den neckischen Ton seines Sohnes ein.

Direkt dreht Kalle um und holt sich ein Bier. „Die Juliane ist in Ordnung", sagt er zu seinem Vater.

„Ja, finde ich auch", antwortet Samuel. Als wären das schon zu viele Worte für ihn gewesen, steht Kalle auf und schaltet den Fernseher an. Schweigsam sehen sie das Ende eines Filmes.

Anton

„Ich bringe Mathilda in ihr Bett", erklärt Anton mit einem Blick auf die in ihrem Kindersitz schlafende Mathilda.

„Dann springe ich schnell zu Ines", sagt Magda und steigt ebenfalls aus dem Auto aus.

„Ich bin gespannt, wie Emma die Situation gemeistert hat, zum ersten Mal alleine, ohne Thomas", äußert Anton neugierig, während er vorsichtig die Gurte öffnet und Mathilda achtsam aus dem Sitz hebt. Wie ein rohes Ei hält er sie, sachte an sich gedrückt, hoffentlich wacht sie nicht auf. Als er die Haustür hinter sich geschlossen hat, schließt Magda die Autotüren und eilt zu Ines. Kaum hat sie die Klingel gedrückt, hört sie drinnen Emma rufen: „Maaammaaa." Sie hört Kindergetrampel näher kommen, dem die Schritte eines Erwachsenen folgen. Gleichzeitig öffnen Ines und Emma die Tür. Emma schlingt ihre Arme um ihre Mutter und drückt sich fest an sie. Sachte streichelt Magda über ihren Kopf und wirft Ines einen fragenden Blick zu. Diese hält die Tür auf und sagt: „Kommt doch erst nochmal rein. War nicht so einfach so ganz allein, oder Emma?"

Emma nickt und flüstert: „Ich habe dich so vermisst."

„Jetzt sind wir wieder da", stellt Magda ebenfalls mit leiser Stimme fest.

„Und Thomas?" Suchend blickt Emma hinter ihre Mutter, als würde sie ihren Bruder dort vermuten.

„Der kommt morgen nach der Schule wieder zu uns. Diese Nacht schläft er noch bei Leon", erklärt ihr Magda ruhig, löst sich dabei sachte von Emma und ergreift ihre Hand. Beide betreten das Haus. Abwartend steht Malu im Flur und fragt Emma: „Wollen wir oben weiterspielen?"

Emma löst sich von ihrer Mutter und folgt Malu die Treppe nach oben.

Ines schüttet inzwischen Tee in der Küche auf und stellt zwei Tassen auf den Tisch.

„Wie war es mit Emma? So allein? Du hättest anrufen können, wenn sie Heimweh hat. Wir hätten sie geholt", äußert Magda besorgt.

„Nein, nein", beruhigt Ines sie sofort. „Nachdem sie gestern Abend kurz geweint hat, weil sie Heimweh hatte, habe ich sie gefragt, ob wir euch anrufen sollen. Das wollte sie aber nicht. Nachdem ich den beiden weiter vorgelesen haben, war es dann auch wieder gut. Nur heute war es dann doch etwas lang für Emma. Die letzte halbe Stunde hat sie jetzt auf dich gewartet."

Ihre große Emma, denkt sich Magda und sagt laut: „War auf jeden Fall eine schöne Begrüßung."

„Du trinkst doch noch eine Tasse Tee? Wie war denn euer Wochenende?", will Ines ungeduldig wissen.

„Wunderschön", schwärmt Magda direkt, „ein bisschen diese verzauberte Zeit, die ich oft beim ersten Kind empfunden habe. Abends schlief Mathilda in unserem Schlafzimmerbett und Anton und ich haben uns mit einer Flasche Sekt ins Bad zurückgezogen."

Ines schmunzelt beim Gedanken daran. „Ich hoffe, dass Peter und ich bei unserem kindfreien Wochenende auch wieder diese innige Stimmung zwischen uns zustande bringen. Ooooh", seufzt sie, „wir hätten so viel zu klären."

„Da drücke ich euch auf jeden Fall fest die Daumen. Uns hat das Wochenende geholfen. Anton fragt auf seiner Arbeit, ob er in Teilzeit anfangen kann, sobald Mathilda ein Jahr ist. Jetzt brauchen wir nur eine Tagesmutter für die Zeit. Weißt du jemanden?" Magda wirft ihr einen fragenden Blick zu.

Ines fühlt sich, als wären ihre Gebete erhört worden, die sie, seit die beiden ihr erzählt haben, dass sie eventuell eine Tagesmutter suchen, fast täglich in den Himmel gesendet hat. Teilzeittagesmutter und parallel eine Ausbildung zur Tanzpädagogin. Sie muss unbedingt nachsehen, welche Formen es dabei gibt. „Klar, wüsste ich jemanden. Nämlich **mich.**" Vor

Eifer glühen ihre Wangen und ihre Augen strahlen, wie schon lange nicht mehr, „genaueres nach dem Wochenende."

„Wisst ihr schon wohin ihr fahrt?", hängt Magda ihre Frage an, ohne auf den Ausspruch von Ines näher einzugehen.

„Du wartest doch, bevor du jemand anderes fragst, bitte!" So flehend wollte Ines ihre Bitte gar nicht klingen lassen, doch sie hat sich ihr künftiges Leben bereits in den schillerndsten Farben ausgemalt.

„Klar, so eilig haben wir es nicht. Und das wäre für uns und vor allem für Mathilda ideal", beruhigt Magda sie.

Laut trampelt Emma die Treppe herunter, dich gefolgt von Malu. Beide Mädchen kommen fröhlich springend in die Küche. Emma setzt sich sofort ihrer Mutter auf den Schoß. Liebevoll legt diese ihre Arme um Emma und drückt sie fest an sich.

„Wollen wir hinübergehen?", wispert Magda Emma ins Ohr.

Diese nickt und steht auf. Schnell trinkt Magda ihren letzten Schluck Tee aus, steht auf und reicht Emma die Hand. Ines erhebt sich ebenfalls, Malu steht neben ihr.

„Vielen Dank nochmal für das freie Wochenende", bedankt sich Magda bei Ines und umarmt sie mit dem freien Arm. Hand in Hand schlendern Magda und Emma durch den Garten zu ihrem Haus. Anton steht bereits hinter der offenen Tür und strahlt ihnen entgegen. Emma schlingt die Arme um ihn und sagt mit selbstbewusster Stimme: „Ich habe ganz allein bei Malu geschlafen!"

Anton nickt. „Das hast du toll gemacht. War es schön?"

Sie nickt, löst sich von ihrem Vater und fragt: „Wo ist Mathilda?"

„Sie schläft schon. Sie ist im Auto eingeschlafen", erklärt ihr Anton.

Verständnisvoll nickt Emma und stellt trocken fest: „Zum Glück hast du sie gut ins Bett gebracht, ohne sie zu wecken."

Über ihren Kopf hinweg lächeln sich Magda und Anton an.

Als die beiden später aneinander gelehnt auf dem Sofa sitzen, sagt Anton zu Magda: „Ich glaube, dass es Emma gut getan hat, mal allein mit uns zu sein. Soviel erzählt sie sonst nie."

Magda nickt. „Vielleicht sollten wir unsere Tradition vor der Geburt von Mathilda wieder aufnehmen und wieder mehr mit den Kindern alleine unternehmen."

Jedes Ende ist auch ein Anfang

Der Weg setzt sich fort

Wehmütig betritt Monika den Seminarraum. Die Gruppe ist ihr wichtig geworden. Der Austausch, die Erkenntnisse und vor allem das Beisammensein hinterher waren wie ein Jungbrunnen für sie. Sie hat sich verändert und schleichend verändert sich auch Hans. In den letzten Tagen ist der Fernseher nachmittags häufig ausgeblieben und er hat sich stattdessen mit dem geplanten Film beschäftigt, selbst wenn Marie-Lou nicht dabei ist. Glücklich lächelt sie in sich hinein, wenn sie an das kommende Wochenende denkt, an dem Beatrix mit ihrer Familie kommt. Ein weiterer Schritt in die richtige Richtung, denkt Monika erleichtert.

Der Raum hat sich gefüllt, alle Stühle sind inzwischen besetzt. Monika wendet ihre Aufmerksamkeit Ragna zu.

„Jedes Ende ist auch der Anfang von etwas anderem", eröffnet diese den Abend. „Entwicklung durchläuft Phasen, jede Phase hat ihre Bedeutung. Genau wie bei Kindern. Wenn wir sie beobachten und nicht verändern wollen, erkennen wir leichter, welche Entwicklungsschritte gerade wichtig sind. Meist fordern sie ihre neue Phase bei uns ein, unbewusst zwar, doch vehement. Da wollen sie alleine zum Bäcker oder das erste Mal beim Freund schlafen."

„Du könntest unseren Thomas meinen", sagt Anton und grinst breit. „Er wollte bei seinem Freund schlafen und hat im voraus alles mit ihm ausgemacht. Hätte ich ihm nicht zugetraut."

„Bei uns das genaue Gegenteil. Anstatt, dass unser Niklas auf andere Kinder zugeht, wird er immer besitzergreifender. Alles hortet er und gibt nichts her. Von seinen Schwestern kenne ich das gar nicht", beklagt sich Marie.

„Wie alt ist dein Sohn?", will Ragna von ihr wissen.

„Drei und das mit all seinen Wutanfällen. Obwohl ich Erzieherin bin, bin ich bei ihm oft am Ende meines Lateins."

„Die berühmte Besitzphase ist bei ihm eingetreten in der Kinder lernen wie es ist, etwas zu besitzen. Alles ist für das Kind: 'Meins'. Kinder wollen gerade in dieser Zeit selbst bestimmen wem sie etwas geben, mit wem sie teilen wollen. Bedenkt; der Mensch, der gelernt hat, wie es ist zu besitzen, kann leichter abgeben, er hat keine Angst, zu kurz zu kommen. Deshalb lasst euren Kindern die Freiheit, über das Eigene zu bestimmen."

„Ist ja eine blöde Phase. Stellt euch vor sein Freund Leon hätte beschlossen, dass er nicht mit seinen Spielsachen spielen darf und seine Mutter hätte nicht interveniert. Ich gehe einfach mal davon aus, dass sie das in dem Fall gemacht hätte", stellt Anton fest.

Bevor Ragna zu einer Antwort ansetzen kann, ergreift Sarah das Wort: „Na, dein Sohn hätte ja auch von sich Spielzeug mitnehmen können. Dann wäre es gar nicht erst zu diesem Streit gekommen."

„Es ist auch zu keinem Streit gekommen und klar hat er Spielsachen mitgenommen. Trotzdem sind die Sachen der anderen interessanter. Und was mache ich dann?", ratlos richtet er seine Augen auf Ragna.

„Wenn wir von Kindern nicht verlangen, dass sie teilen, machen sie das meist gerne von sich aus. Genau wie wir wollen Kinder nicht permanent gesagt bekommen, wie sie sich verhalten sollen. Sie wollen von sich aus, gut sein und helfen und nicht, weil es ihnen gesagt wird", erklärt Ragna.

„Und was mache ich dann?", fragt Anton mit Nachdruck.

„Erst einmal nichts", sagt Ragna.

„Das ist immer am schwersten. Also für mich zumindest", sagt Marie.

„Wir wollen immer alles schnell lösen. Damit nehmen wir dem anderen jedoch die Möglichkeit, selbst eine Lösung zu finden. Begleitet eure Kinder, ohne Partei zu ergreifen und ohne zu bewerten", rät Ragna.

„Also iiiiich, stell mich erst einmal doof und frag, was machen wir jetzt? Ganz oft haben die Kinder dann eine Idee." Sarah hat wie meist eine Lösung parat.

Simone wirft einen vielsagenden Blick zu Lore, was diese veranlasst, ihre Hand unauffällig nach vorne und zurückzubewegen, als würde sie eine imaginäre Schublade öffnen und wieder schließen. Das ganze begleitet mit einem frechen Grinsen zu Simone.

„Das ist eine gute Idee. Erst wenn die Kinder keine Lösung haben, kann man gemeinsam Lösungen sammeln", bestätigt Ragna die Worte von Sarah. „Genau wie die Kinder sich stetig weiterentwickeln, entwickeln auch wir uns weiter. Jede Lebensphase erfordert eine Neuorientierung und im Idealfall Wachstum. Mit der Geburt der Kinder beginnt die Phase als Eltern. Und diese braucht Zeit und Geduld. Zur richtigen Zeit kommen uns die Ideen und werden wir entsprechend handeln." An dieser Stelle macht Ragna eine Pause. „Bevor wir unsere Runde auflösen, lade ich euch daher ein, gedanklich an den Beginn des Seminars zu gehen und zu sehen, was sich im Lauf der Zeit verändert hat. Nehmt die Meditationshaltung ein."

Alle setzen sich zurecht. Mit ruhigen Worten geleitet Ragna die Teilnehmer zu ihrer eigenen Tiefe. Dann fordert sie sie auf, wie ein Beobachter auf ihr Leben zu schauen und auf die Veränderungen in den letzten Wochen.

Zufrieden stellt Monika fest, wie schnell sie den Alltag und die Gedanken hinter sich lässt, das war zu Beginn des Seminars ganz anders. Dankbarkeit flutet sie, als ihr bewusst wird, was sich verändert hat. Beatrix besucht sie wieder mit ihrer Familie. Monika ist guter Dinge, dass auch Marie-Lou wieder öfters alleine bleiben darf. Der Videofilm war eine gute Idee.

Auch wenn die Veränderung für Lore nur minimal ist, liegt das sicher daran, dass sie nach dem letzten Seminar bereits ihr Leben komplett umgekrempelt hat. In ihrem Leben ist der Fokus gerade nicht auf Veränderung, sondern auf Stabilität gerichtet. Und doch hat sich etwas verändert, Emil und sie sind seit kurzem ein Paar.

Samuel lässt sich tief in seinen Atem fallen. Es ist, als würde sich sein Sein ausbreiten und weit werden. Er spürt in diese Weite hinein und sieht seine Kinder, die auf ihn zukommen. Er ist gelassener geworden und fragt die beiden öfter nach ihrer Meinung. Sie sind auf dem besten Weg eine Familie zu werden. Welche Rolle Juliane dabei spielt, weiß er zwar noch nicht. Doch seine Kinder mögen sie, das haben ihm beide bereits mitgeteilt.

Die Gedanken von Ines gleiten zum vergangenen Abend. Wenn auch das Wochenende mit Peter und ihr noch vor ihnen liegt, hatten sie gestern bereits ein gutes Gespräch. Erstaunt hörte Peter ihr zu, als sie ihm erzählte, dass sie ihren Beruf aufgeben und eine Ausbildung im Tanzbereich anfangen wollte.

Nebenbei wollte sie für Mathilda Tagesmutter sein. Sie rechnet es Peter hoch an, dass er ihren Wunsch akzeptierte und ihr sagte, dass er sie auch bei einer Trennung unterstützen würde. Bei dem Wort Trennung sahen seine Augen wässrig aus und seine Stimme zitterte. Dafür hätte sie ihn knuddeln können. Und so kam es, dass sie, bevor sie zum Seminar fuhr, Magda schnell Bescheid gab, dass sie als Tagesmutter zur Verfügung stand. Was das Wochenende bringen wird oder was sie sich davon wünscht, weiß sie selber nicht. Am besten lässt sie den Dingen ihren Lauf. Gefühle lassen sich nicht erzwingen.

Zum wiederholten Male stellt Anton fest, dass Meditation nicht seins ist. Trotzdem ist er mit sich zufrieden, dass er das Seminar durchgezogen hat und wenn es auch keine Erkenntnisse oder Veränderungen gebracht hat, so hat er doch nette Leute kennen gelernt und einen Abend ohne Kinder verbracht. Inzwischen freut er sich, wenn er wieder arbeiten geht, so sehr er seine Familie liebt, fehlt ihm doch der Austausch mit Erwachsenen. Sehr froh ist er, dass Ines Mathilda als Tagesmutter aufnimmt.

Auch bei Simone sind die Veränderungen mehr im Inneren spürbar, vor allem, ist ihr bewusst geworden, wie wichtig ihr Jan ist und dass sie ihn keinesfalls verlieren möchte. Wenn auch die Liebe nicht mit Feuerwerk heran gerauscht kam, sondern mit sanften Pfoten, füllt sie ihr Leben mit Stabilität und Vertrauen. Zum Glück hatte sie die rettende Idee mit Samuel und Juliane, die beiden passen auch prima zusammen. Noch heute Abend wird sie Jan fragen, ob er das Wochenende an dem Laura bei ihrem Vater schläft, mit ihr wegfahren möchte. Sie hat die letzten Monate Geld zurückgelegt, damit sie dieses Mal ihm die Reise ausgeben kann. Bevor sie sich jetzt wieder ihren Träumen hingibt und große Hoffnungen in das Wochenende setzt, lässt sie die Erwartungen lieber los. Einen kurzen Wunsch sendet sie trotzdem ans Universum. Lass Jan den gleichen Wunsch auf eine gemeinsame Zukunft haben, so dass alles in der besten Reihenfolge stattfindet, Ehe und viele Kinder.

Während alle sich sammeln, steht Ragna auf und holt aus dem Nachbarzimmer zwei Flaschen Sekt und Gläser.

„Heute ist auch für mich mein letzter Seminartag. Ich gönne mir eine Auszeit und gehe auf Weltreise. Wann ich wiederkomme, weiß ich nicht und ob ich zurück in diese Stadt komme, weiß ich auch noch nicht. Auf jeden Fall löse ich meine Wohnung auf. In drei Tagen geht es los", sagt Ragna und ihre Augen strahlen.

„So plötzlich?", fragt Lore.

„So plötzlich ist es nicht. In einer Meditation im letzten Monat sagte mir eine Stimme: mach dich auf den Weg. Lasse dein altes Leben zurück. Und wenn ich auch nicht weiß, wie es weitergeht, so weiß ich doch, wie es nicht mehr geht. Und dieses nicht mehr lasse ich jetzt."

Die sonst bereits klaren Augen von Ragna strahlen Freude und Lebendigkeit aus.

Ines wird fast neidisch, denn genau dieses Gefühl nach Lebendigkeit vermisst sie.

Inzwischen hat Ragna die Gläser mit alkoholfreiem Sekt gefüllt, denn der Weg zum Bewusstsein geht über die Klarheit und Alkohol benebelt, erklärt sie ihnen nebenbei.

Gemeinsam stehen sie zusammen, stoßen an und lassen den Abend ausklingen. Ein jeder auf seine Art.

Ende

Ragnas Spiegel ist der dritte Teil einer Trilogie. Jeder Teil ist eine in sich abgeschlossene Geschichte.

Bereits erschienen:

Magdas Nachbarin   ISBN 9 783755 799658

Inhalt:

Die Freude an ihren Kindern ist Magda im Alltag längst
abhandengekommen. Dabei scheint ihr Leben perfekt zu sein.
Ihren Job als Abteilungsleiterin, zwei wohlerzogene Kinder,
einen Mann und ein Reihenhaus managt sie täglich mit klaren
Vorstellungen. Wenn nur die innere Leere und die Alpträume
nicht wären.

Der Einzug der herzlichen und unkonventionellen Nachbarin
stellt nicht nur ihr Leben, sondern auch ihre Erziehungswerte in
Frage. Ein gemeinsam besuchtes Erziehungsseminar führt
Magda in ihre inneren Tiefen und lässt sie einen Weg zu mehr
Leichtigkeit finden.

Lesermeinungen:

*„Das Buch hat mir viele Denkanstöße gegeben und Ideen, wie
ich selber besser reflektieren und stressige Situationen
verändern kann. In der Familie, genau wie mit Freunden. "*

*„Das Buch hat uns sehr berührt und nachdenklich gestimmt. Es
kam genau zur richtigen Zeit, als wir uns mit unserer eigenen
Kindheit beschäftigten. "*

*"Für Menschen, die an bedürfnisorientierter Erziehung
interessiert sind und keine Lust auf ein trockenes Sachbuch
haben genau richtig. "*

Simones Erbe   ISBN 9 783757 879242

Inhalt:

Ein Familienerbe, das sich durch Generationen zieht.

Die ersten Jahre mit ihrer Tochter wohnt die alleinerziehende Simone bei ihren Eltern. Als Laura vier Jahre alt ist, fliehen sie aus dem engen Elternhaus in eine ferne Stadt.

Jetzt fehlt nur noch der perfekte Partner.

Während Simone verzweifelt auf einer Dating-App nach einer Beziehung sucht, verliert sie zunehmend die Verbindung zu ihrer Tochter und das hat weitreichende Folgen.

Der Besuch eines Meditationsseminars hilft ihr, alte Muster zu erkennen, und führt sie zu dem Punkt, an dem jede Beziehung beginnt.

Wird es Simone gelingen, das Familienerbe aufzulösen?

Lesermeinungen:

„Ein Buch, das Mut macht. Mut, den eigenen Weg zu gehen. Mut, der eigenen inneren Stimme zu folgen."

„Ich habe viele Tipps mitgenommen und die Beziehung zu meinen Kindern hat sich dadurch wesentlich verbessert."

„Ich lege das Buch jedem ans Herz. Aus dem Buch kann man sehr viel für jede Beziehung mitnehmen."